草灵

赵兰振 著

四川文艺出版社

目　录

草　灵

第一章

　　最初开始他们说好是要去钓鱼的，前几天落了霜，清早树叶哗啦啦乱掉，即使没有风，那些树叶在枝上也待不住了，一窝蜂地往地上跳，它们自己形成了一阵阵金黄的风，满地铺起厚厚一层。落霜时节当然是冷，清早穿夹衣都有点不管事儿，还要竭力缩着把儿，就那样冻得还是瑟瑟发抖，但晌午站到太阳底下又会热得要命。今天太阳老早就出来了，是个响晴天，又是个星期天，不去钓鱼实在可惜。是生产队鱼塘里的鱼，天气乍寒转暖，鱼儿抓住最后机会填肚子长膘，接下去就要锁口冬眠了，这时候最好钓，简直钩钩不落空。制鱼钩也不费大事，你只要拿缝衣针在煤油灯灯头子上烧红，趁着烫红未褪，赶紧就着个什么硬东西比如剪子的铡口吧，一别，针尖朝一侧钩去，然后朝碗水里一扔（这样淬火过的鱼钩硬实），滋地一响，一只漂亮的鱼钩就捏成了，根本不用去拨浪鼓子货挑上去买。只要拨浪鼓子摇出一堆零碎的鼓点在村街上跳响，孩子们总是最先围过去，拿着一小团一小团祖母或母亲梳掉的头发，抑或废铜烂铁，当然也有一分二分的硬币，去换货挑子里的各种小玩意儿。换针的最多，因为换的是针，不是鱼钩，大人们是不会计较的。换来的针没有谁真的交给祖母或者妈妈的针线筐，傻瓜才会那样做。他们轻而易举就把缝衣针变成鱼钩，在针鼻子上穿上纳鞋底的线绳，然后再剁一节二指长的秫秸梃子往绳子上一拴，一根连带浮漂般般四齐的钓鱼线就算完工了。他们根本不用钓竿，那样握着晃来晃去招摇，还不是找揍，生产队长或者什么管事的离老远看见，不来找你的事儿能会留着你当神供！他们蹲在水塘边，聚精会神去看水底的把戏，好像偶然光顾村子的马戏团不是在村街上演出，而是都钻进了水塘底。或者是泥鳅突然喜欢打架了，也不怕人，在眼皮子底下你蹿我跳打得不可开交。反正是他们装得都挺像的，不会引人瞩目，队长从水塘边走过，也不多吭一声。谷米的钓技堪可了得，他不用生面团，不用蚯蚓，而是用杂面馍当诱饵，钓上来的鱼最多，伙伴们称他"鱼眼"。谷米往哪儿一蹲，鱼儿好像能嗅出他的气味，一群群围上来。杂面馍家家都有，掰一块在手里，人家看见了还当你是在吃馍呢，其实谷米用的仅只是指头大一块，稍稍蘸点水，在手里捏来捏去，捏成瓷丁丁的一小团，穿在缝衣针鱼钩上再使劲儿捏实，捏得和钩体长在一起，这样无论在水里泡多久鱼儿如何戏弄饵团都不会擅自脱离。馍团的诱饵一低头扎到水下，让那截略微泛黄的秫秸梃子浮漂差点儿坠得被水淹没，没了影踪——

但谷米能让浮漂正好停留在水皮上，他有这本事，让浮漂忠实地给他传送讯息。只要水底里鱼一张嘴触动馍团，保准他马上知道，而且他知道鱼儿是在拿嘴拱，还是仅仅是嗅一嗅，是不是真吃。只要鱼儿不再犹豫，仓促下嘴，想一口吞下马上逃走，拽得秫秸梃子浮漂一下子没了影儿（他们叫"黑漂"）——在这紧要关头，谷米也不会犹豫，他立马从蹲着的姿势跳踉起来，有几次还差点滑进了水里。他机敏得像一道闪电，在塘坡里晃出一团虚影。他使劲儿往上拉，往往劲儿使得有点猛，甚至还拽岔过鱼的嘴唇，使那一钩空欢喜一场。不过现在他已经能存住气，不会那样生猛。他已经有了充足的经验，能够悠着劲儿拉鱼绳，不至于让上钩的鱼再溜掉，这也是他竭力试图撺掇芋头去钓鱼的原因。但芋头今天不想钓鱼，按说芋头比他还热钓鱼，只要一说钓鱼眼睛就滋滋放光，但今天邪了门，芋头就是想牧羊。谷米不知道船湾在哪儿，只知道不对劲儿，但找不到不对劲儿的症结。既然芋头这么坚持要去牧羊，他也不好太反对，反正下午也可以去钓鱼，也不是非要晌午去不可。再说秋天的田野让他百看不厌，无论啥时让他去田野里，他都不会说二。他太喜欢田野了，往田野里一站他都不想再回家，所以他也就理所当然随声附和，要和芋头一起去田野里牧羊。

于是两个人就分头回家牵羊。谷米行动还是迟缓了一些，因为他的羊正在吃一大团从地里刚刚收割回来的红薯秧，吃得很香甜，咕咕吱吱地细嚼慢咽，让他不忍心马上牵它走。他听它不紧不慢地吃红薯秧，将略略透出些苍老的叶片一片一片拖进嘴里去，然后上下颌不住地锉动，来嚼碎那并不坚韧的叶片。羊的嘴角泛出一线绿沫，谷米想给它擦掉，但最终也没有去擦。羊和人不一样，它能干干净净地舔去那些绿沫的。羊干啥事也不会急，不紧不慢，直到芋头在家后的村街上一个劲儿喊："谷米，谷米……"他才悚然惊醒，像是在梦里。他赶紧解开拴在桩上的系羊绳，牵起羊就走，没有顾及他的羊不是太情愿，一个劲儿地咩咩喊着伸着脖子够那堆离它越来越远的红薯秧。清知道它硬不过他，不走也得走，但它还是要做做样子，让他知道它无比留恋那堆美味，也好促使他为它找到更多更爽口的美味佳肴。羊咩咩地颤声唤，央求他停下来，声音里满是哀怜。谷米顾不得分辩，拽着羊就出了门。芋头已经牵着他的羊站在街角，两只羊相见，分外亲热，厮磨不够，又是碰脸，又是蹭脖子，道不尽的离愁别绪软言温语。他们俩就不再吃惊，将羊绳绕成一圈一圈，套在羊脖子上。羊一下子神气起来，像是一下子变成了南太平洋岛国的土著人，一层一层项圈套在脖子上，能把脖子坠弯。两只羊也许是因了套绳的缘故，不再被主人控制，也许是看见了晴天，看见了远方田野里诱人的葱翠景象，兴致猛然高了，争着往前跑，也不再去诉说分开后的想念了。谷米的羊是只羯羊，性格狂放，不使一会儿闲，也从不老实，有点踢岔葫芦弄岔瓢的劲头；而芋头的羊腼腆多了，因为是母羊，而且已经怀孕，不久之后就要当妈妈，所以轻易不发脾气。本来脾气就好，叫干啥就干啥，这时候分外温和，简直是典范。两只羊不可能并排走，唞唞唞唞，羊蹄声碎,谷米的羊永远跑在最前面。

一到村口外,离打麦场还有老远呢,芋头附在谷米耳边低语几句,谷米马上茅塞顿开,知道为什么芋头不想去钓鱼而想来牧羊了。芋头挂念的是队里的打麦场,是打麦场里的豆秸垛,确切地说,是豆秸垛下头暗藏的豆粒。因为等着收玉米,以及收玉米之后接下来为了播种冬麦而生出的一揽子活计,最早收割的大豆被草草碾压一遍,脱脱大部分豆粒,残留在秸秆上的豆粒要等活计忙完之后再掠二遍,反正在打麦场里,和收到谷仓里也没有太大差别。一句话,存着气儿不少打粮食。谷米没想过豆粒是羊的美味佳肴,他只想青草和树叶才是羊最喜欢吃的,庄稼棵子羊也不拒绝,似乎也不是家常便饭。芋头说你可能不知道,羊吃了豆子上膘最快,吃一顿饱半月。

"有那么神奇吗?"谷米睁大眼睛盯着芋头,对芋头的话将信将疑。

"当然了,"芋头说,"不信你试一次就知道了,羊要是吃了豆子,第二天一下子就变精神,浑身都是劲儿。"芋头因为自己发现了真理而自豪,他发现真理的次数实在是太少了,因而被人重视的机会也不多,如今这机会降临,当然令他兴奋且激动。

谷米的脖颈连带头颅连带眼睛停在一个地方凝止不动了好一会儿,然后决定相信芋头的话。芋头是他最好的伙伴,他早已对他深信不疑,现在他决定相信他,觉得那些暗藏的豆粒是他的羊的美味佳肴,是无量福音。

那豆粒确实不远，就在豆秸垛底下，均匀地撒着一层。谷米想起没有打净的豆秸垛底下窝藏豆粒的事儿，只要从豆秸垛边儿上往里头伸进手去，一收就能收一大把。那些豆粒圆润饱满，层层叠叠铺了一层，有点硌手。但只要肯伸进胳膊，抓几把豆粒真不成一回事儿，现在问题是他们怎样才能进入打麦场，靠近豆秸垛。

看守打麦场的是哑巴，一个四五十岁也许是六十岁的老头儿。他是个不容易让人分清年龄的老人，很瘦很矮，一脸枯皱，略略有点驼背，整天围着打麦场转圈。哑巴因为张开嘴只能咿咿呀呀不能说话，就被视作残疾，只能看守打麦场，冬天的时候守候牲口院。哑巴忠实无比，比一条狗还要忠实，叫他看打麦场，他一刻也不会离地方，只有当别人来接替他了，他才舍得回去吃饭。即使回去吃饭，他还是操着打麦场的心，反正他也不太把吃饭当回事儿，回到牲口院三口并作两口，走完吃饭的程序了事，一转身他已经又在打麦场上。哑巴的家就住在牲口院，和成群的牛啊马啊为邻。哑巴没有媳妇，当然也没有孩子。他是一人吃饱全家不饿，小时候好像有过家，现在已经没有家了，牲口院就是他的家。

谷米的羊不是太饿，因而谷米不是太着急冲进打麦场窜到豆秸垛旁边伸手收豆粒。谷米对田野里的好风光还是有点沉醉，尤其是出了村口就是生产队的菜园，这会儿萝卜还没有苍叶，正在枝茂叶盛，而白菜也是刚刚收拢叶片，在起劲儿强摁着最里头往外拱朝外膨胀的菜心。最让人激动不已的是大葱，我的天，碧绿葱翠，像是一堆堆倒插着的秤杆，没有一丝蔫巴相，简直令人不敢置信。谷米喜欢大葱的长相，无缘由地喜欢。他喜欢大葱的这种朝天乱捅的势头。菜园外圈是长长短短的树枝扎起的篱笆，树枝经过一夏天的日晒雨淋，沤得有点发黑，上头却驮着疯长的梅豆。梅豆见了秋天的凉气，一下子精神百倍，叶也更绿，花也更繁，一堆一堆，都是紫紫红红的小花，散发着淡雅的馨香。谷米对这一切都喜欢得不得了，有点流连忘返，哪还有去打麦场豆秸垛冒险的心思。但芋头的心一丝儿也没被梅豆什么的挂住，他仍然在想他的豆秸垛，他说："谷米，你去引开哑巴，我从侧面蹿进场里收豆子。"谷米吃怔了一下，说："好，我去找哑巴。"说着就一蹶跑开了。在这类事情上，两个人总是配合默契，只需要一句话，甚至递个眼色点个头，彼此马上心领神会，明白自己该做什么。

谷米一眨眼工夫已经磨悠进了打麦场，站在了大麦秸垛跟前。这溜麦秸垛又高又大，应该是他见过的体积最大的物体。这是生产队里的麦秸垛，是牲口院里的几十头牛马驴骡们一年的口粮。几百亩地里的麦子，纷纷在这里碾变为金黄的碎麦秸堆垛而起，形成一溜齐刷刷的山冈，是平原上所能见到的最雄伟壮观的景物。因为只是过了一个暑天，还没有经历严冬的霜雪，麦秸垛的表层还保持着金黄簇新，没有发黑沤糟。牲口们的饭量有限，几个月的嘴嚼与反刍也只是让朝向路的垛头略略凹陷，豁陷中崭露的麦秸更显出新鲜如初。勤勤恳恳的哑巴正在收拾麦秸垛旁的秋秸垛，正在把秋秸捆一个一个地叠摞整齐。哑巴太瘦了，一身黑粗布的衣衫穿在他身上有些晃荡。他不停地呼呼啦啦抱起秫秸捆，往垛的上头撂去。阳光从不偏袒，晒得他满头大汗。谷米提心吊胆走上前去。他有点怕哑巴。不知为什么，只要是与常人不同的人，孩子总是有点害怕，似乎他们这些人深藏的秘密太多，不容易看透，而那些秘密则充满不可知的危险，让他骇怕。其实他也知道哑巴对他很好，和其他孩子相比，甚至可以说哑巴对他是偏爱的，虽然他并不多走近哑巴，而且处处提防，眼神里弥漫胆怯与疏远，但哑巴仍然一次次试图疼爱他，走近他，让他莫衷一是。他和哑巴是一个亲族，按辈分他该唤他叫大爷，哑巴大爷，但他从来没有叫过，即使他能够听见他也不一定会叫。现在他想起了一个办法，让哑巴替他编一只蝈蝈笼。哑巴替许多孩子编过，他当然不会拒绝他。又细又长的高粱秫秸刚刚上场，还没有完全干透，很容易用牙齿劈掉秸皮，正是这一溜溜秸皮，可以编制精巧的蝈蝈笼。哑巴的两只手粗糙而骨节突出，但这双手却能巧夺天工。哑巴能劈出比韭菜叶子还要薄细的秸篾儿，而这些秸篾儿在他的手里像是马上拥有了生命，神采飞扬，在他的五指间跳动翻飞，半支烟功夫，一只拳头大小的蝈蝈笼就宣告竣工。蝈蝈笼可以养两只蝈蝈，也可以养一只。同龄的孩子们几乎人手一只，每个身上都有一只蝈蝈笼，而这蝈蝈笼无一例外都出自哑巴一人之手。有恒心的孩子能把蝈蝈养到冬天，把蝈蝈笼装在胸前的衣袋里，贴着胸口，热乎乎的体温可以把冬天的寒冷隔离，让蝈蝈在深冬里照样弹琴唱歌。并不是每一只蝈蝈都能越冬，能够抵抗住冬天寒冷并在这天寒地冻里唱歌的是一种紫蝈蝈。紫蝈蝈紫背紫翅，一看就不同凡响。孩子幻想自己冬天里也能有这样一只紫蝈蝈陪伴，能够听到袄襟深处的清脆的蝈蝈弹唱的琴声，但他知道这是不可能的。他做不到。他没有恒心，不能把一只紫蝈蝈从秋天带到冬天，日子太漫长，而在漫长的日子里吸引他的事物太多，令他总是疏于管理，不知一件什么小事就可以让紫蝈蝈连同蝈蝈笼被轻易忘却，然后就是死亡与消失。当他再度想倾听蝈蝈歌唱时，蝈蝈已经消失，这让他无比悲伤，所以他不打算再去试养一只越冬紫蝈蝈，这想法对他来说太奢侈。他极少找哑巴编笼子，现在他找到他了，看见了他的一脸笑容。他用哑语比画一只蝈蝈笼，哑巴马上明白，马上动手找一只合适的秸皮光溜的高挑个头的秫秸。他站在他身后，不敢太靠近他。他能嗅到他身上的馊味，有点发酸，但并不难闻。他好久没剃头了，头发已经有寸把长，黑黑的，一根白发也没有，也更让他害怕，因为像哑巴这样年纪的人，怎么可能不生白发呢，可见他不是常人，也许根本就不是人。他是鬼吗？他是妖精吗？……在哑巴细心地找出两支秫秸时他开始胡思乱想。他扭头看看芋头，他只看见了两只羊，但没有看见芋头。没有看见比看见了还让他放心，他知道芋头就在那堆不大的豆秸垛背后，离他很近，甚至他能听见随风送来的轻微的掀开豆秸的窸窸窣窣声。芋头已经准时蹿到了豆秸垛跟前，正在把细瘦的手伸进垛底下摸索并收拢那些散在的豆粒。孩子全神贯注地盯着全神贯注编笼子的哑巴，担心他突然警惕，并突然跳跟起来不是奔向豆秸垛而是奔向他，他的心悄悄地跳向高处，从胸口那儿升高到了喉咙接着跳进了咽腔深处。他咽了一口唾沫。现在芋头正抓起一把把豆粒装进口袋里，装得满满腾腾。一想到他在这儿装模作样求哑巴编笼子，而芋头就在旁边收哑巴看管的满地豆粒，他马上心里一沉，一种愧疚溢满心中。他觉得对不起哑巴的信任，他觉得他在施行一种卑鄙的欺骗行为。害怕是没有了，但这种歉意与愧疚让他有点抬不起头来，他不敢去看慈祥的哑巴。哑巴一脸微笑，心没二用地在用牙齿撕掉秸皮。哑巴的牙齿只有稀不楞登几颗，又黑又黄，笑起来难看，龇着牙咬住秸皮时更难看。他替哑巴难过。他为啥长了这么一口难看的牙齿啊。孩子禁不住舔了舔自己的牙齿，他知道他的牙齿很齐整漂亮。他为自己生了一嘴齐整漂亮的牙齿而不好意思，而难为情。哑巴在忙碌。秸皮闪耀着一溜溜金黄，已经齐齐整整地在地上躺成一排。哑巴没有停止牙齿和手的动作，仍然在哧哧地撕秸皮。他们是蹲坐在打麦场旁边的一株泡桐树下，叶荫稀疏，并不能完全遮挡阳光，哑巴额头上的汗珠闪闪发亮，谷米突然萌生要去给哑巴擦汗的冲动，但他止住了，并不敢上前。他与他保持着安全的距离。要是哑巴想一把抓住他，他仍能哧溜一下逃脱。他算是警惕地等待着哑巴。

劈好了秸篾儿，蝈蝈笼的工作算是完成了大半，因为编扎笼子并不费事。哑巴三下五除二，让那些秸篾儿在手指间左扭右斜，算着芋头早回到路上，和两只羊在一起了，蝈蝈笼也宣告完工了。哑巴还从腰里顺手一摸摸出一截细麻绳，拴在可以伸缩的笼口上。他将崭新的篾笼递给谷米，看着谷

10

米拿着左端详右端详爱不释手，哑巴不出声地笑了。哑巴笑得灿烂，为了孩子喜欢他的手艺而有点不好意思，有点受宠若惊。孩子不知该如何感谢哑巴，话语无法传递他的感谢，但他又一时找不到合适的感谢方式。他只是那么对着哑巴笑，一想芋头兜子里深藏的黄豆，他的掺和着愧疚的谢意让他有点脸红心跳。他呼哨一声跑开，用他的炮蹶子兴奋来表达他的感激，像牲口院里那头油光水亮的小马驹。

芋头已经将两只羊牵离打麦场五丈开外，正让羊吃着他随手从白杨树上够下的树枝上的肥硕叶片，不时也掏一把口袋里的黄豆捂到羊嘴上。羊光顾着吃那些新鲜树叶和香喷喷的平素难得一见的黄豆，一时也没理被手里金黄的蝈蝈笼吸引兴奋的谷米，好像它们对谷米的离开与回来并不关心。芋头对他会心一笑，为他们的小小成功而得意。

俩人把羊牵进护路沟，让两只羊尽情享用黄豆。芋头平时性情随和，咋商量咋中，没有商量不成的事儿，但他的脑子只有一根筋，一旦犟到哪一点上，八头老牛也拉不动。当饱满的口袋瘪了一半时，芋头一边掏豆子喂着羊，一边张望不远处的池塘："咱去塘里吧，塘坡里草好，又嫩又密。"他喂光手里的豆子，拍净两只手，心思仍然悬系在塘坡里的青草上。谷米知道他必须和芋头一起去塘坡里牧羊了，这决定已经不可更改。芋头刚才说了塘坡里草好，现在又开始说那儿草好。当芋头把一件事情说出第二遍时，这件事情基本上已经板上钉钉，就像他们说好去钓鱼，但芋头一时心血来潮改成了牧羊，他说了第二遍牧羊，他们就牵着羊这时候站在村外土路上了。在这些无谓的事情上，谷米从不跟芋头争，他总是顺从芋头的意愿，满足他的要求。这是两个人友谊能从前一年持续到今天的原因。村子里的孩子们鲜有友谊延续一年以上的，因为一些微不足道的小事，发生争执乃至火并，原先形影不离的伙伴某一天就怒目而视分道扬镳。两个成为敌人的伙伴若干天后也许又会化干戈为玉帛，又会形影不离，但那是另一场友谊，仿佛与之前的伙伴关系并无瓜葛，甚至之前的敌意也一同被忘得一干二净。世界重新开始，恩怨冰消雪融。但芋头和谷米却不是这样，两个人甚至没有发生过口角，总能在不一致中达成一致。芋头说要去塘坡里牧羊，谷米并不想去，但他不会坚持，仍是掂着他那只刚刚出生的蝈蝈笼子与芋头一前一后向池塘走去。

从紧贴着打麦场西侧的那条纵路北行一百多米，就是芋头提议要去的那口池塘。因为位于村子的西北角，那池塘就被称作西北塘，用方位做了自己的名字。西北塘和打麦场，两者在许多事体上都做了连襟：打场的时候，人们挑来塘水泼湿碾平场面；而挥汗如雨地干完场里的活计歇息时，人们又是用这塘水抹抹洗洗镇除疲累的。西北塘靠近村子，不是只会灌溉的野塘，它在太多事情上都能助村人们一臂之力。不仅是打麦场上的活计，即使平时，在池塘里淘粮食、洗澡也是常事，所以一提西北塘，村里人都觉得熟悉亲近。两个孩子牵着羊，一前一后下了那条纵路一拐向西，走在了塘堰上。此时风和日丽，一派安谧景象，要说将有祸事降临，打死也没人相信的。天蓝得出奇，偌大的碧蓝的天际只飘着一朵云，像是一团正在融化的雪，丝丝缕缕透出蓝底的身体马上就要融化消失。阳光像是从天上朝下撒的一捆捆钢针，闪闪发亮，站在太阳地里，没有村荫遮蔽，仍能感到吱吱啦啦的灼热，而且不一会儿额头上就会沁出汗粒。好在小风在田野里转悠，不时会和你打个照面，而只要一见风，那些汗粒会马上藏匿，马上没了影踪。汗水是怕风的，尤其怕秋天的风。

　　站到塘堰上，谷米用一根指头拎着他的蝈蝈笼，心里禁不住一阵阵畅快。他听见了一只蝈蝈在扯着翅子唱歌，而且他一眼就看出了那只蝈蝈藏身的地方，他拎着指头上的蝈蝈笼，知道这笼子马上就有事情干了，不再这么独守空闺了。这蝈蝈叫得真及时，仿佛知道盛它的笼子刚刚编好，它有点等不及，要赶紧跳上红芋叶顶上召唤谷米。说不定是只紫蝈蝈呢！谷米暗暗想，要是紫蝈蝈，他一定要试试养一冬天，越过冬天到了明年春天里麦苗返青时节仍让它放声歌唱。在迎面春风里，掏出老蝈蝈让它看看来年茂盛葱绿的麦田，它不击翅高歌还能去做啥，做啥也替代不了它再见满地浓绿时的高兴心情。尽管知道没人在这会儿去惊扰这只歌唱的蝈蝈，他的紫蝈蝈（谷米已经在心里号定这蝈蝈属于他，而且号定它是紫蝈蝈），但他仍有些心急，他的心呼通呼通跳，他无心其他，只支棱着耳朵倾听那只蝈蝈，甚至忘了盈鼻的豆腥味。

　　芋头的羊大快朵颐，它对黄豆无比喜爱，看它将嘴伸进芋头捧着豆粒的手掌中头也不抬，咕吱咕吱不停地咀嚼，谷米才知道羊对黄豆的热爱胜过嫩树叶，也胜过青草。但谷米的羊对黄豆的兴趣并不浓烈，它仅仅小口小口嚼噬了半捧就抬起头来咩咩地叫唤，有点左顾右盼心不在焉。它刚刚在家里填饱了红芋叶，这时候它对美味提不起太多兴致，它的眼睛盯在周围田野的景色里，当然也不时张望一眼沉醉在黄豆的香味里的母羊。谷米的羊曾经是一只威武的公羊，但它现在早已成了一只羯羊，也就是太监羊。为了更快地育肥长个头，除了留作种羊的公羊（称作"苗子羊"）外，几乎所有公羊都有着共同的命运，一旦它们开始发育，会马上被主人请来劁匠骟掉去势，只有这样它们才能不张狂，不去春心荡驰，也只有这样它们才能把精力倾注在长膘上头。羯羊睁着略显空洞的眼睛，无奈地看着母羊，它没有更多的能耐，只有"咩咩"地轻唤几声，温和地提醒母羊慢慢享用黄豆。羯羊一定是觉察到了什么苗头，它不住地观看饕餮的母羊，有点不放心，又有些无能为力，只那么匆急摇晃着短尾巴，低低地疾唤：咩，咩，咩……

谷米闻不惯这种生黄豆的豆腥味，当母羊将芋头捧着的豆粒嗑碎，细细咀嚼时，那股生豆腥味就冲荡而起，扑鼻而至，熏得谷米差点呕吐。自从有次牲口院里炒黄豆，谷米钻过去抓了一把接着就不分青红皂白地喃着大嚼，不慎将混在其中的一粒生黄豆嚼碎，此后那种生黄豆的腥味就熏透了他的小小脑门子，让他刻骨铭心地厌恶。他一闻生黄豆的豆腥味就有点脑子疼，但为了他的羯羊肥壮他宁愿忍受这不快。谁养的物件仿谁，谷米也没想到他的羊对黄豆兴趣不大，和芋头的羊相比像是不属于同一物种，有着天壤之别。刚才芋头从豆秸垛底下收集了满满两口袋黄豆，他站起来走动时像是他也变成了一头母羊，正在哺乳，肚子两边鼓鼓囊囊着两只大奶子。芋头想赶紧弄瘪两只招眼的奶子，他怕哑巴扫见，那样哑巴就会咿咿呀呀破命地追赶他俩。芋头担心吓坏了他的羊，母羊肚子里有羔，惊吓会让它流产。一看见谷米从场里跑脱出来，芋头两只手插在两侧的褂兜里，就催促谷米："快，掏你一兜！"谷米也穿着和芋头一样的黑粗布褂子，样式一模一样，两个人的褂子的黑布出自同一块棉田同一家染坊，只是芋头的褂子旧一些，肩膀上和肘尖处有几处补丁，而谷米的要簇新一些，因而颜色也黑暗得深些。但谷米的一只褂兜漏了一个洞，不能装小件东西，当然也装不了黄豆。谷米撑开一侧的口袋，接纳芋头左一把右一把的豆粒。后来他们还把羊牵进护路沟，耐着性子掏黄豆喂羊，这样可以让羊放心地品尝美味，而不用担心会被哑巴发现。护路沟差不多漫住他们的头顶，离得稍远很难发现沟里的人和羊。这时候大路上也很少走人，人们都在田里干活呢，谁没事也不会在路上乱逛。两只羊嚼噬一阵，谷米的羊很快对这种藏在护路沟里的勾当厌腻，它一次次挣着系绳往路上爬，后来对递到嘴边的黄豆连瞅也不瞅一眼。谷米说："咱们走吧。"他看着芋头。芋头喂光一掬黄豆，看着仰着头仍然在等待着新一捧黄豆接踵而至的母羊，他抹拉抹拉手，扭头朝西北角望望就第一次说了那个提议："咱们去西北塘那儿，那儿草好。"

　　芋头牵着他的羊根本没好好走路，一路上一把接一把喂羊吃豆子。母羊咕吱咕吱咀嚼着，嘴角溢出两道黄沫，豆腥仿佛不是气味，而是固体，是一块一块砖，凉风也吹不透，垒在路上的每一处，看不见，但严严实实。谷米只想走快点，想逃开这豆腥的钳制，钻出这总是圈住他的墙壁。走到塘堰上时，芋头两只口袋都空了，所有的豆粒都被母羊嚼进了肚子里，成为它膨胀腹部的一部分。母羊的肚子即使没有豆子掺和也已经胀大，像里边装着两只打饱了气的大皮球。"真能吃。"谷米抚摩着母羊的脊梁，把口袋里的豆子都倒腾给芋头。

"饿死鬼托生的！"谷米拍拍羊的脊梁。

谷米的羯羊有点不高兴，走上前来用脸颊蹭了下谷米的腿肚子，又嗅了嗅他的手，试图亲吻一下他的手背。

"一怀孕都是这个样儿，"芋头说，"不信你怀个孕试试。"

"我不会怀孕，我又不是女人。"

"谁都会怀孕！"芋头突然无理起来，他盯着谷米，但明显他自己也没细想说出的这句话的意思。他的脸窄窄的，只有一小溜，黄巴巴的，因为过于瘦削，嘴角向上有两道弧状的深纹。芋头说："你看银生家娘，多能吃，一顿能吃四只饼子，外加三碗糊粥，晌午饭能呼呼噜噜扒拉四碗面条。"

"银生娘怀孕了？"谷米有点不解地看着芋头，这才想起确实看见银生家娘走路有点笨，而且像穿了厚衣裳，腰身变粗壮了一些。谷米和银生不是一阀人，他比谷米芋头都小上好几岁，所以并不经常一起玩。银生和芋头倒是邻居。

"俺娘说，她是一个人吃饭，但吃的是俩人的饭，肚子里那个没有露面，但张着嘴在等食儿吃呢，就像盘在窠里的小鸟崽儿！这羊也一样，指不定大肚子里有几只羔呢，它一个吃的是几个的饭量！"芋头又掏出一把豆子喂羊，他对他的羊领着一群羊羔充满憧憬。

正是晌午顶，好风好太阳的，天又这么湛蓝，让蟋蟀高兴得不行，蝈蝈也高兴得不行。那只蝈蝈琴弹得格外起劲，风送过琴声，就像蝈蝈就趴在你耳朵上一样。而蟋蟀的歌唱是一种低低的回旋的背景乐，从这里那里冒出，潮水一般，仿佛大地的每一处都是泉眼，比雨水还稠密的细泉争先恐后永不停歇地朝上头喷涌着明亮的泉水。蟋蟀的叫声太密集太广大，比天上的繁星都多，以致大多数时候你会忽略这声响，觉得从没有过这群起的碎声，而只是使田野里的静寂愈深愈茂。而蝈蝈的筝琴却是那么悦耳，异峰突起，让你不由自主警惕，把心提起来。谷米的心一直提着，没有放下来一刻。他仄棱着耳朵，倾听着红芋田里蝈蝈的动静。他对人或羊怀孕的话题一点儿也不关心，甚至也不再关心四处漫溢的豆腥味。他想赶紧安顿好羊去一心一意吃草，或者歇卧，反正别再捣乱，最好连咩咩叫一声也没有，好让他悄悄接近藏在那丛浓绿的红芋叶中的蝈蝈，好让他的新蝈蝈笼这一刻还空荡荡的，而下一刻已经充实热闹起来。

池塘的西南角，也就是靠近大路的那个角，陡深的塘坡被人刨出了一阶一阶梯蹬，一直延伸到水边；而那一片水域也清澈透明，水底没生苲草，半指长的游鱼窜来窜去，细鳞映着阳光一闪一闪亮。塘心里发黑发暗，堆积着苲草，夏天的时候，苲草上会卧着许多青蛙，蛙鼓声蓬勃而起，即使西南角有人洗澡，也扰乱不了塘心里此起彼伏的乐曲声。但现在蛙鼓早已停歇，青蛙们有点冷清，半天才咕哝一声，而且那声音一半藏掖在喉咙里，一小半荡响在塘心茫草的上空。天气渐凉，青蛙们都在准备冬眠，无心再弹唱。青蛙和蝈蝈不一样，和蟋蟀也明显有别。

谷米将羊牵到池塘西北角，那里鲜有人到过，不但草好，最重要的是塘坡平缓，像是稍稍仄歪的田地的延伸。那里生了一层锅巴草，紧贴着地面攀织茎芽，一层枯败一层又冒出来，这会儿仍然葱绿一片，万芽攒动，镰刀对嫩芽束手无策，但羊嘴却能如鱼得水游刃有余。谷米的羯羊对这层草芽馋涎欲滴，一牵到那儿就不再抬头，一直孜孜不倦地在舔嚼密密麻麻的细草芽头；而芋头的母羊有点叛逆，不服指挥，总是急切地叫唤着要到水边去。咩咩咩……我要喝水喝水！母羊不停地申诉。但芋头不太想让它马上喝水，"去，"芋头装配出一脸严厉，"再叫我一脚踢死你！先吃点草再喝！"他硬把母羊牵向那层浅草，想让它学着羯羊的模样迷恋草芽。但母羊拒绝了，母羊说它压根儿不喜欢这浅草，不够一嘴吃的，它那鼓胀胀的肚子光靠吃这零零碎碎的草芽可是大不起来。芋头有点无奈，他想揍几下母羊，但终于还是忍耐住了。他让谷米替他牵着羊，自己去塘堰上折了一根杨树枝，一断两截，递给谷米一截，楔坡里当羊橛。

把树枝楔进坡土里并不是一件容易事，两个人颇费了一番周折。锅巴草密密匝匝，交背叠股地垒摞厚厚一层，比新套的棉被都厚实，踩上去一软和一软和，根本穿透不了它们当然也固定不到土里去。靠近水面的塘坡草是稀少了一些，

18

但泥土潮湿松软，根本嚙不住树枝。有一刻谷米差点想拴羊在塘堰上的白杨树上算了，因为蝈蝈的琴声越弹越起劲，鏊鼓声声催人急，他想立刻捉到这只蝈蝈。塘堰上站有几棵白杨树，都才比胳膊粗一些，枝茂叶盛，树皮没有苍老韧实，把羊拴在那儿是不能放心，因为谁也不能保证羊会对泛青的树皮不感兴趣，要是它们想换换口味，就像芋头的羊喜欢黄豆一样，咯吱咯吱，胳膊粗细的白杨树的树皮不用一袋烟工夫就能被剥蚀，会露出白花花的木质。谷米明白破坏生产队的树木的严重后果，他们俩的脖颈太细，戴不动"挖社会主义墙脚"这顶沉重帽子。功夫不负有心人，芋头找到了一块没有草的硬实坡面，又找到了一块硬砂礓，三下两下就把树枝揳进土里，因为揳继了断端，正好挡住拴绳不至于滑脱。他不顾母羊的强烈反对，一意孤行地把羊绳系紧在现在已经是拴羊橛的树枝上。如法炮制，两双小手协作，谷米的羊也被锚在了塘坡里，不过是羯羊一副听天由命的模样，对于拴在坡里不以为然，它对母羊的反抗表示惊奇，表示不理解。草丛里藏满蚱蜢，那些蚱蜢随着人的走动不停地蹦起来，惊慌逃开。一只有手指那么长的碧绿蚱蜢落在了羯羊面前，羯羊以为是一枝青草，马上凑上前嗅了嗅，蚱蜢立即蹦走。羯羊见怪不怪，没有多看一眼蚱蜢，又去寻找嘴边的草芽了。

安顿好两只羊，谷米一跃而起，以冲刺的速度冲向红芋地。池塘离红芋地和离打麦场差不多远近，仅只是方向相反，谷米冲过一块垡子田才能抵达红芋地。垡子田曾经是一块玉米地，玉米早已进了场，玉米秸也进了垛，田地被犁起耙平，但等接下来节气一到，马上耩上小麦。仅仅几天之前，谷米和芋头还在这块田里的犁沟里打过滚。刚刚犁起的土地暄虚松软，抓起一握能够成团，但扔开马上又松散如沙。谷米喜欢这软和湿润像是一床新被褥的田地，他一见就想躺上去打个滚，要是脱光衣裳赤身裸体最好。泥土散溢着久蕴不露的清香，湿气有点沁凉又有些温暖，仿佛是大地带着体温的肌肤，与两个孩子赤裸的身体拥抱摩挲，只有这时候，他们才明白为啥驴马见了空地，要马上躺倒打个滚，并长嘶几声。那种通透全身的舒坦让人止不住唏嘘，想从嗓子眼爆发尽可能高的声音。他们朗朗大笑，大叫，在犁起的松散的泥土上摸打滚爬，让全身热汗和泥土混合，在皮肤上粘上厚厚一层。芋头平时很少笑色，这时候也被谷米招惹得笑声不断。芋头的笑是"嘿嘿"的，像是一个人在角落里窃笑，不敢放高声，而谷米则不管不顾，笑得放肆大胆，不怕天不怕地，连地头拴着的两只羊都被惊起，都扬头朝他们张望，发出咩咩的问询。

但现在这田地已变成平坦的垡子地，上头有一层细碎的干坷垃，下头才是松软的土壤。谷米跑过有点陷脚的垡子地，停在了红芋地边上。芋头不声不响，一直跟在他的身后。在这些需要手段与耐心的细事上，芋头甘拜下风。他逮不住蝈蝈，谷米能在地里逮一竿蝈蝈，芋头却逮不着一只。平时他们逮的蝈蝈并不会马上装进笼子，也没有那么多笼子，而是拿一支秫秸，劈出秸篾儿，再用秸篾圈着蝈蝈的脖颈固定在高粱秸心上。他们一逮就是一竿，高粱秸上疏朗有致地趴满碧绿的蝈蝈非常有趣，那些蝈蝈像是自己趴在那儿的，不是被秸篾固定。当然，这一竿蝈蝈不会此后都能弹琴不止，充当农家琴师伴奏的角色，大多数蝈蝈要钻进灶膛里，与火焰一阵徒劳的拼搏扎挣，最后变成香喷喷的金黄的烧蝈蝈，让他们一饱口福。

一年到头，他们很少能吃到肉，谷米家境好些，过年那几天能够尝到肉的滋味，但也不可能让谁放开肚子吃肉解馋。芋头家孩子多，过年连饺子都吃不上，更别奢望舌头能够品尝到肉的美味。只有到了秋天，他们天天才能吃到肉，蟋蟀、蝈蝈、蚱蜢、蚂蚱，甚至蝉，甚至犁起的土地里才能找到的肥硕的飞蛾的虫蛹（颜色紫红，外形酷似钢笔帽，所以就叫它"钢笔"）……这些取之不尽的活物与火焰纠缠，马上就能变成美味佳肴让人解馋。芋头和谷米如今面色都布了红润，之前的菜色渐渐淡薄，秋天里红芋出土了，让他们每顿饭都能填满肚子，又有这遍地的小虫子丰富营养，他们不但面色红润起来，连一根一根暴露的肋条也开始藏进肉里了，隆起的鸡胸也不那么招眼了。

谷米站在红芋地里一动不动，等待一阵风来临。风马上就要吹到红芋地，池塘边的白杨树已经哗哗啦啦响起，翻起白色的叶背，像是树冠荡起了波浪，水光闪烁。这是几株年轻的白杨树，只有下部的叶片金黄，树冠上头仍是碧绿一片，树底下的落叶也没有几片。红芋叶多半已经萎黄，有些已经枯干变黑，蜷缩成一疙瘩一疙瘩摊布垄间。但凡事总有例外，有一小片红芋叶却葱翠一片，像是仍在夏天里，像是忘了秋天来临，马上就要下霜。周边的庄稼全被收割了，没有黄豆叶，甚至其他红芋地也早已变成了垡子地单等播种小麦，所以对于蝈蝈们来说，这一片硕果仅存的红芋地堪可宝贵，它们只有逃遁到这儿才有蔽身，这是最后的栖息地。而在晌午顶仍有夏天余威的暖阳下坐在一处葱翠的叶片上弹琴歌唱，是苦中作乐，能让它们青春的记忆恍惚间复活。在秋末，只要一块红芋田里尚存一堆碧绿，那其中必有蝈蝈栖身。这是谷米的经验，百发百中。但此时歌唱的蝈蝈一点儿也不昏庸迟钝，反而对一应动静更加敏锐。它们被围剿追撵，早已变成惊弓之鸟。谷米只有借助风响跑动，才能避免打草惊蛇。红芋地里有各种细碎的声响，有奔跑的田鼠，有畏葸出行的蟋蟀，甚至会有蛇，但这一应活物的声响是柔和流畅的，就像风刮响红芋叶一样，但人走动的声音却是生硬的，异军突起，总是带来惊惶与灾难，不能不让蝈蝈警惕。风声停了，谷米再度凝立不动。蝈蝈仍在弹奏，它没有发现危险来临。在稀朗的叶片下头，垄上的红芋爆出发青的头顶，像是在偷觑谷米。土垄被一苑苑红芋撑出一道道裂纹，成为蟋蟀们的安乐窝。收割红芋秧子的时候，蟋蟀会如黑水一般在垄间流淌。一阵风又平地生起，红芋叶全在摇头晃脑。谷米说时迟那时快，尽量放轻脚步但一点儿也没放慢速度伸头弓腰靠近了那丛绿叶——他一眼就看见了那只蝈蝈，它正在鼓翅歌唱，背上的鸣翅呼扇出一小团虚影，但它一点儿也没放松警惕，它的头微微低着，双眼凝望着前方，不，还有两侧，身前身后。蝈蝈的眼睛是复眼，即使你从前方走来，它也不一定能够看得清楚。倒是头顶上那两根不停摆的长长的褐色触须比眼睛好使，能够及时发现敌情。但这只蝈蝈的两条触须也没有发挥作用，可能是它过于沉醉这不可多得的阳光下歌唱，忘了危险，反正谷米悄悄伸展两只手掌靠近时它才停止歌唱，在它惊慌失措要跳下叶顶逃窜时，谷米的两只手掌已经合拢，把它严严实实连带叶片捂在了手中。谷米总是这样赤手捂蝈蝈，数层叶片能有效地保护蝈蝈不被击打的手掌伤残，而且手也不会被狗急跳墙的愤怒的蝈蝈咬伤。蝈蝈有两只锯齿状的红色板牙，能够咬得你的手指出血，疼痛难忍。谷米捂住的蝈蝈甚至毫发无损，连两根比蝈蝈的身体要长出许多的触须都没有折断。"逮着了？"芋头只到此时才敢放开问话。"嗯，"谷米高喊，"快过来！快！"芋头的双脚和谷米的话音配合紧密，甚至谷米的话音未响起之前芋头的脚已经意会到了话意，已经开始飞奔。芋头冲到跟前，谷米趔着身子示意芋头掏出装在有漏洞口袋里的蝈蝈笼，在这些事情上芋头倒也灵巧，不但一伸手攥出了蝈蝈笼，而且麻利地伸进笼里两个指头撑大笼口，让这时已经捏住了蝈蝈颈项的谷米顺利装蝈蝈进笼，然后他又一捏能够伸缩的笼身让笼口恢复原状。接下来他们应该详尽端详一番笼里的蝈蝈，兴冲冲评头论足一通，然后再去扒开浓密的红芋叶寻找等待的母蝈蝈——十有九准，公蝈蝈在叶顶歌唱，母蝈蝈在叶下倾听，它们形影不离。此时的母蝈蝈大肚子饱鼓鼓的，里面盛满了成熟得黄澄澄的籽儿，那些成疙瘩的籽儿一见火就又变成一粒粒紫红，嚼起来叭叭溅油，满嘴

喷香。和所有的孕妇一样，大腹便便的母蝈蝈行动迟缓，扒
开茂密的红芋叶不要太费事儿，就能捂住徒劳挣扎的它们。

　　但这只母蝈蝈却幸免于难，他们刚装笼公蝈蝈，池塘
里就陡然铣起惨叫——羊像是被蝎子蜇了，像是被驴踢了，
扯着嗓子长一声短一声嗷嚎，叫得瘆人。芋头吃怔了一瞬，
马上向池塘飞跑。芋头听出叫唤的是他的母羊，他因为紧张
脸色愈加苍白。芋头用尽了所有力气奔跑，他伸头弓腰，两
只拳头攥得紧紧地前后快速舞动。他咬着牙努劲，嘴难看地
向两侧咧开。他以前所未有的速度飞奔。谷米一手掂着蝈蝈
笼，像一只受惊的野兔，哧溜一下蹿过去。谷米灵巧，没有
像芋头那样努劲，但跑得并不慢，芋头跳到塘半坡里时，谷
米也已经站到了羊身边。他们张着嘴仰着头喘气，趁点头的
空隙去寻找让羊惨叫的原委。是那只母羊，它倒在了水边，
后蹄子一蹬一蹬激起水花。它仍在瘆人地叫，两只黄澄澄的
眼圆睁着，似乎在看芋头或者谷米，又似乎是什么也没看。
它已经站不起来，有几次它一直在挣扎扑腾，试图站起来，
但没有成功。两个人根本帮不了忙，只是拽着它的前腿不让
它掉水里去，没有目的乱蹬腿的母羊踢了芋头一蹄子，接着
又狠狠地踹谷米胳膊上一脚。羊蹄子很坚硬，这时候又蕴足
了平生力气，踢人当然是疼，但两个人都没觉出疼痛，只是
事后才发现胳膊上有几处踢弹的青紫。芋头想抱着羊头，但
母羊不想让他抱，一扭头甩开了他。芋头大哭起来，芋头一
边哭一边抚摩母羊的脖颈，"咩咩，咩咩……"他平时总是
用"咩咩"称呼母羊，相连的两个短声，此时他就哭着不住

24

声地唤，仿佛这样一唤母羊就能完好无损地站起来。母羊踢踏越来越弱，叫得声音也低下来慢下来，不像刚才那样声势浩大。谷米这时候才想起来找原因，"是不是中毒了?"谷米看着芋头。芋头摇了摇头，盯了谷米一眼，仍忙不迭去流泪。"是不是犯了羊角风?"谷米的眼睛忽灵灵转动着，念头也转得飞快。但母羊从没生过疯病，牵来池塘的一路还活蹦乱跳的，犯羊角风的猜想不能成立。"肯定撞见水鬼了!"谷米大声告诉芋头，而且对这个结论很肯定，因为芋头望望池塘幽黑的水面，认同地点了点头。一只被惊飞的绿蚱蜢落在了水里，蚱蜢的翅膀展开在水面，露出内翅的漂亮红衣，一群小白鲢不失时机地蹿上来，群起而攻，三下两下，那只艰难反抗不停的蚱蜢就被肢解，分崩离析地葬身鱼腹。

"别哭别哭。"这时候一个大人走近，弯下腰端详一番羊。他听见了谷米刚才的推论，他问仍在呜呜痛哭的芋头，"你喂它豆子了吗? 我看见它嘴里淌出来有豆瓣。"芋头揉得双眼发红没有回答。谷米把蝈蝈笼装进口袋，仰脸看着大人说："是我去豆秸垛底下收的豆子，他没去!"大人说："喂豆子撑的，吃饱了豆子一喝水，豆子胖了涨了，啥肚子能搁得住这撑!"

"那咋办?"芋头也不哭了，哀求地望着那人。

那人挠挠头，东瞅瞅西瞅瞅也没有好办法。"去找王四货吧。"他说，但他没有底气说囫囵这句话，话尾儿已经模糊得低下去几近消遁，因为他说的"王四货"是大队的兽医，猪啦羊啦鸡啦的瘟病几个村的人都会请他，他会用乌亮乌亮的铁针管子往畜生们身上打针，但没见他治好过谁家的活物。再说这时候也找不着他，等到叫他来，这只羊早咽了气，说不定都招苍蝇了。这会儿母羊已经不扑腾，已经濒死，只有最后一口气滞留在身体里，不时回还一下。现在没有谁能救得了这母羊了。

　　那人叫根生，是生产队里赶牲口犁地的好把式，他收工回来，就看见扑腾在地上的羊和哭着的芋头，于是他吆喝住拉拖车的两头牛（拖车上驮着犁具），把牛和拖车停在路边，走下了池塘。"马六，马六！"他朝路上扛箩头走路的一个年轻人大喊，又不停地招手。马六正患中耳炎，耳朵不好使，初开始叫着根本不买账，等到看见向他招手才忙不迭跑来。根生叫马六去喊芋头爹，他家的羊出事了，只有小孩子在算个什么事！马六领了旨立即跑开，芋头却竭力大喊别叫他爹来。根生说你爹不来你一个小孩子家，你打算咋弄哩？芋头一听就茶了，一脸茫然，他也不知道该如何收场，但他怕爹来了要揍他。他爹还指望生一窝羊羔养大，明年过年不但有饺子，家里还能添辆架子车呢。但现在羊被黄豆撑死，不但过年的饺子吃不成，架子车也不会有踪影了。他爹会怒气冲冲，会一脚踢他进池塘。

　　"别怕，有我呢！"根生说，"又不怨你，怨这羊肯吃，谁叫它嘴馋吃这么多豆子呢！"

　　"它不嘴馋！"芋头的下眼睑上还挂着滴泪珠，但新的泪水没有再泛滥不止。他坚决地说："不是！"

　　母羊吐出最后一口气，就大睁着眼睛不再动弹。它在央求芋头。央求芋头，让它站起来站起来。但两个人只有眼睁睁看着生命从它的身上一点点湮灭，束手无策。谷米的羊知道发生了什么事儿，知道经常在一起的同伴如今颓躺在了塘坡里，再也不会叫唤，不会吃草也不会吃黄豆，更不会和它摩耳蹭脸亲热。羝羊无法表示它的哀伤，它只是站在那儿咩咩个不停，尽管谷米一直没理它，它不厌其烦地低声说话，似乎是想说清母羊挣开系绳去塘边喝水的情景——它认为这才是母羊罹祸的原因——但它永远也说不清这原委了。

根生大包大揽，认为一定能说服芋头家爹不大打出手，但他的话只兑现了一半，因为芋头爹一看母羊躺在了塘坡里头发梢子全站了起来，任谁也拦不住，就像一条疯狗。他冲破几条胳膊的阻拦，一伸脚踢了芋头屁股一脚，踢得芋头嗷号一叫。芋头一看他爹来就想开溜，但他爹有条规矩，跑了和尚跑不了庙，这一顿你能脱过，但无论下一刻啥时见你，仍要先还欠揍的这一顿再说。所以芋头哧溜跑出一箭之地，还是悻悻地又兜回塘坡里。好在他爹的怒气不大，一会儿也就消解了，只跺了他一脚，也算是揍了一顿，没有再打的打算。芋头一边无声地哭泣，一边走到母羊身边准备听候指令帮着收拾残局。

没有让芋头爹大打出手的还是根生。根生在芋头爹怒发冲冠摩拳擦掌时说了这么一句话："你的火还不小啊！你知不知道羊是吃豆子撑死的！"芋头爹当然知道是豆子让羊送了命，但他有点没咂怔过来根生这话的含义，他瞪着根生。根生接着说："子债父偿，豆子哪里来的？豆子是场里豆秸垛底下收来的——要不你问问哑巴。"这时哑巴也偎了过来，站在人堆外。芋头爹也不傻，一下悟出了根生话里的意思，也就车胎撒气，马上瘪了，不得不去草草收场这死亡事件。

就像一只泄了气的皮球，芋头爹不再活蹦乱跳，不再说话恶狠狠粗着嗓门，如今虽仍在气咻咻，但噘着嘴一声不吭。母羊躺在塘坡里，微微扬头，怒睁双眼，四条腿还保持着刚才叉开的姿势，仿佛在向天堂奔跑。母羊的嘴角仍在滴滴沥沥流出涎液与豆瓣，好像它的生命只有在嘴角这里还残留着，只有这儿还在动弹。芋头爹闷闷地走近母羊，伸手抓住它的两条腿，没太费事儿就拉它躺在了塘堰上。

"三哥（芋头爹兄弟中排行老三），"根生扑嗒扑嗒嘴，欲言又止，但最后还是这样说了，"依我说你还是挖个土凹子埋了算了，五马六羊，可别死了死了再惹事！"

根生说的也对，"五马六羊"是村子里的俗语，是说五月里不能吃马，六月里不能食羊，延伸到整个热天里都不能吃牛马羊的肉（猪肉性凉，可随意品尝）。马和羊的肉都是热物，天气热了人本来火气就大，一吃指不定就熊熊燃烧起来，又是发热又是呼呼啦啦泻肚子，"好汉顶不住三泡稀屎"，出了事都不是小事，说不准会牵涉人命。根生的提醒没有错，但芋头爹生性是憋种，哪能听进去旁人的劝告。"你是说埋了壮地？"芋头爹剜了根生一眼，又踢了羊一脚，"那我喂了好几个月，权当是供养了一泡屎！"他蹲下身子，盯着羊雪白的毛皮看，终于看出了门道。他站起来，说，"我不要它的肉，要它的皮！冬天里垫鞋窝里，脚上少生冻疮。"于是他试着把羊背起来，他一只手抓住羊的前腿，往肩上一耸，想扛走死羊，但羊浑身软塌塌的，他歪着脖子勉强扛起羊，不想羊嘴里溢出更多的涎液与豆瓣，淌了他一身。他骂了一句，重新重重地把羊撂在了地上。

根生说："你要是真想弄回家剥皮，那搁我拖车上好了，走一步近一步，我给你拉到牲口院去。"

芋头爹不再说什么，听凭根生帮着他抬起羊，抬向拖车。戴着笼嘴的两头牛站在那儿倒沫（反刍），看他们抬着羊走近而那羊竟然一动不动，特别不理解，其中一头盯着羊看了一会儿，但嘴里倒上来的食物太香，吸引它又慌忙咀嚼去了。

芋头挂心着他的羊，尽管母羊现在已经没有一口气，睁着眼任人宰割，只有嘴角不时流出来的黏稠黄色涎液说明它不久之前还在活着，但芋头还把它当成活羊，他的羊。芋头担心他们会虐待它。他爹真的虐待这只一动不动的羊，像虐打他一样，他也没有一丝办法。芋头不远不近看护着母羊，直到母羊被几个人抬到拖车上，放在两柄牛犁上头——牛犁就棚在拖车的掌子上，一走乱晃荡。芋头爹朝着芋头怒冲冲吼："回去！"但芋头一跳跑开了，他当成他爹又要冷不防来一脚，让他疼得弯着腰抱着肚子吸气。芋头朝谷米蹿去。他不想马上回家，他怕他爹拾掇着羊一不顺心，又要新仇旧恨地朝他来一脚。根生吆喝着牛："吁——"牛们听话地纷纷站好位置，准备听着口令拉套。根生扭过脸说："三哥，走吧，小孩子正是玩的时候，你叫他耍呗！你现在叫他回家做啥，他又帮不上忙剥羊皮。"根生的话起了作用，芋头爹歪别着脸，斜瞪着眼，一声不吭地跟着根生使唤的牛拖车走了。那只羊重返旧路，但已今非昔比，头耷拉在闪亮的铁犁铧上，四只蹄子没有一只挨着路面。

谷米蹲在他的羊旁边，看着母羊驮走，一直没有动，直到芋头跑到他身边蹲下，他才吆怔过来。他的羊早已安静下来，卧在他身边眯缝着眼咀嚼，沉醉在品尝美味的享受里。芋头惊起的蚱蜢飞起来，红色的内翅在阳光下格外绚丽。有一只落在了羊身上，雪白的羊毛丛里点缀一片草叶般碧绿的蚱蜢，煞是好看。塘坡里土黄色的小蚂蚱比蚱蜢稠密，惊飞起的一片土蚂蚱有几只落在了近岸的水里，拼命乱游，但鲜有上岸者，很快都成了成群小鱼的美餐。蝈蝈在笼子里窸窣爬动，但一直不愿意弹琴。它和谷米不熟，他们还是敌人，当然它会一语不发。

葱翠的草坡上散落着一粒粒漆黑的羊粪蛋蛋，看上去像是开放的黑花朵。两个孩子默然无语，静静地蹲在塘坡里。塘心里的蛤蟆探察着动静，终于又滚动出鸣响，于是远处的蝈蝈开始弹琴，田野恢复了平静，像是什么也没有发生过。羊一激灵站起来，四处张望着低声咩叫。它还记挂着走了的母羊。两个孩子一声不吭，但心里都被母羊填满。

芋头爹把羊运回家，绝不仅仅为了剥一张羊皮冬天里当鞋垫，他更多的心思是那一锅香喷喷的羊肉。什么"五马六羊"，见鬼去吧！领着全家人解一回馋，得病就得病吧，死就死吧，人能活几回呢！他歪别着头，把母羊倒脚吊在家里的门头上，一刀一刀剥了羊皮。剥光了皮的羊红红鲜鲜竖在屋门口，让人有点骇怕，因为羊的眼珠比马泡还圆，暴突出来，有点凶巴巴的。芋头爹将羊一劈两半，一块一块分割好羊肉，末后洗巴洗巴装填了满满一锅。他家平日积攒的劈柴向来烧不着，都是烧秸秆、树叶之类的穰柴火，哪像这样又是骨头又是肉需要吃大火。熊熊烈焰催生出咕嘟咕嘟翻动大水花的一锅羊肉，热气腾腾，肉香马上溢满一灶屋，又溢满一院子。

母羊肚里杀出三只小羊羔，毛都长出来半寸长，嘴角红红的，没睁开的眼睑也红红的。看着胎死腹中的小羊，芋头又悄悄地流泪，吩哧吩哧嘴咧着哭了一场，差点又招来他爹的一顿拳脚。还好，芋头的娘在帮着收拾羊杂碎，甩着两手血水一下子拦住了芋头爹。芋头爹有点怵劲芋头娘，不到万不得已他轻易不去收拾她，因为芋头娘虽然个头不高，但外号叫小钢炮，一旦招惹就会惹不清。要是芋头爹敢当着她的面揍芋头一顿，没准她能拎起那把半尺长的宰猪刀朝他脖颈窝里捅一刀。惹恼了芋头娘，她是啥事都能干出来的。她敢点房子，不怕当纵火犯。芋头爹憋鼓憋鼓眼，只能继续沉醉入剐肉的活计中，对流泪的芋头束手无策。

他们没有中午煮肉，甚至晚饭时刻也没有煮，而是晚饭之后，人脚定了，村街都沉入深沉的睡眠里时才开始动手。芋头爹怕有人告到生产队，队长是个爱管闲事又爱说笑话的人，很谑，满脑子是点子。队长只要听说有人不按规矩来，敢不入冬就吃羊肉，铁定会来他家走一趟。队长在村子里权力无限，管天管地还捎带管你屙屎放屁！而且队长会在口袋里藏一包六六六粉，朗朗说着笑话往你羊肉锅里散开药包一倒，看你还敢违反"五马六羊"的规矩，看你还吃不吃羊肉解馋！

所以芋头爹把一块一块羊肉用凉水先镇在大瓦盆里，只等黑夜来临才开火焐肉。下午太阳一翻边儿，天气就猛地凉了，"交了七月节，夜寒白天热"，这阵儿都农历八月底了，所以他们不用担心肉会变味。羊肉确实保存得很新鲜，劈柴火噼噼叭叭一旺，水花翻滚，肉香扑鼻。全家人被肉香激动着，没有一丝睡意，放开肚量尽便吃，饱饱过了一顿肉瘾。

芋头爹脾气憨，走路脖子一梗一梗，平时极少说话，但好面子讲排场，在村子里人缘不错。焐这么一锅肉，按照他家以往的做派，一碗汤一碗肉的，街坊四邻都要挨家送遍。芋头爹看人家吃自家送的肉，比自己吃肉更香。但这回芋头爹是抱着壮士赴死的决心焐羊肉的，所以除了属于他的一家人外，不可能有任何一个外人尝到羊肉。既然五马六羊不能吃，被看成砒霜，他怎么能去毒害人家呢！

凡事都有例外，还是有人吃到了他家的焐羊肉。第二天一大早，芋头照例站在村街上喊谷米一起去上学。谷米家是芋头去上学的必经之路，上学放学，两个人从来是形影不离的。谷米要是起床得早，就在家等着，要是还在睡梦里，随着芋头喊他的第一腔叫响，他无论睡得多沉，都会一屈挛从床上爬起来，胡乱套上衣裳，抓起书包睡眼惺忪就朝外冲。大多数时间，谷米刚刚起床收拾好，芋头也已经站在村街上高声喊他。

他们起床后既不洗脸也不刷牙，程序简单。洗脸要等到放学回来吃早饭之前，而刷牙的习惯尚未传到村子里，似乎大人们也没谁大清早一起床不去干活而是去刷牙洗脸。太阳还没出来，天呈灰蓝色，但不停飘落的树叶的金黄能清晰地分辨出来。不远处的水塘里传来鹅和鸭子的高声号叫——它们总是每天清早大叫，好证明它们在村子里的存在。两个人只穿着粗布单衣，风一吹竟有些冷。太阳只要一露脸马上就暖和，而到了晌午头，即使只穿一层单衣站到太阳地里还是要热得出汗。两个人并排走，但并没说话，到了离打麦场不远的那条路上，芋头顿住脚步，拉谷米跳进护路沟。芋头从书包里掏出一团桐树叶包裹的物件递给谷米。谷米嗅到了一阵熟悉又陌生的香味，但他不能肯定桐叶里头包裹的确实是熟肉，肉的香味。他打开有点油湿泛亮的桐叶，马上看到了灰红色静静发散着浓烈香气的焐羊肉。芋头说："吃吧，专给你拿的。"这时谷米已经意识到这是羊肉，昨天尚在这条路上奔跑的母羊的肉。谷米愣了一刻，但熟肉的香气过于诱人，让他的鼻翼翕动，鼻孔张大。肉香让谷米忘记了一切，更不可能去想"五马六羊"的遗训，他只是说："你吃！"有好吃的食品，总应该先紧别人吃，这是谷米的习惯。"我夜儿个已经过了瘾，现在还饱着呢。"芋头掀开衣襟，拍拍他瘦骨嶙嶙的肋排饱鼓鼓的肚子。谷米双手托了桐叶上的羊肉，盯了一会儿，像是在寻找下嘴的部位。他又抬眼看看微微笑着的芋头，接着就张开嘴，结结实实咬下一口熟烂的羊肉，腮帮子鼓起又凹陷，咕通一声，第一口半嚼不碎的肉糜已经吞下肚去。

夜里吃肉的时候，芋头趁家里人不在意，把一大块肋排藏进了堂屋里的馍筐子底下。为了防止老鼠偷馍，芋头娘把馍放在堂屋当门的方桌上，用秫秸莛子纳制的馍筐翻转扣住，筐底上压一块半截砖。老鼠顺着桌腿蹿上桌面，围着倒盖着的馍筐转来转去，但没有太多办法。它们也知道要咬碎这圆囫囵吞的筐子工程太大，危险太多，徒劳一番是铁定的，根本吃不到近在嘴边的馍馍。它们常常望洋兴叹一番，呼呼通通，又接二连三跳下桌子。清知道老鼠对馍筐子束手无策，听着桌子上繁密的动静，芋头娘也不从床上醒来去桌边撵老鼠。

　　芋头一清早就去院子捡桐叶，又在厨房里舀一瓢水冲净。院子里有一株泡桐树，才种上三两年，还没长太粗，所以叶片格外阔大结实，而且落叶也晚。芋头娘本来候着要出什么事儿，比如谁顶不住这羊肉，要发烧拉肚子或者呕吐，但长等短等，只有一屋子鼾声，没有丝毫异象，于是她自己也睡熟。大清早芋头跳起来，芋头娘马上吵醒，大声问："芋头，你肚子疼吗？"芋头站在桌子旁安静一刻，马上答："不疼，一点儿不疼。"芋头家三间堂屋，中间被秫秸编扎的薄篱子隔开，他爹他娘住在东屋，芋头和弟弟冬至住当门一间，他两个姐姐住西屋。芋头告诉娘说要上学去，芋头娘一听没有嘛事，只是去上学，也懒得再管，咕哝一声"上学去这么早啊"，接着再度滑落梦乡。

　　羊肉真香，焐得真烂，三下五除二，谷米已经啃光了骨头，连骨头上的筋膜带脆骨全嚼嚼吞咽进肚去。谷米的肚里像是伸出一只手，一把攥住香烂的筋肉一拽全进去了。谷米举着光光的骨头，想起一种"打羊拐"的游戏，但打羊拐似乎不是这样细条条的肋排骨。

芋头拿过那根骨头，盯着看了一阵儿，突然"哇"地长哭起来。泪水像断线珠子，扑簌簌往下掉。芋头闭着眼哭着说："我的咩咩啊——"

谷米捡几片白杨树落叶擦去手上的油迹，但他仍然不能用手替芋头擦泪，只能攥住袖口用袖头往芋头脸上抹拭，被哭着的芋头拨开。芋头不想让人打断他的哭，这是他对他喂养了一年多的母羊的最后的哀悼，母羊的骨头就攥在他手里，他把骨头捂在胸口上，任泪水恣意流淌。谷米看芋头一哭，又想起昨天还欢欢势势跑动的母羊，马上心里一酸，也吩哧吩哧跟着流起泪来。

落叶上沾满露水，但露水是凉的，泪水是烫热的。

第二章

一

出了村口一看见满地麦苗，看见了久违的绿色，羊一下子高兴起来，咩咩叫着，一个劲儿想往路两旁的麦田里去。但谷米吆喝着它，让它只能看着麦苗馋涎滴沥，而终究没有朝近在咫尺的麦田走一步。这只羊识号，只要谷米一叫它，它听话得很，既不会乱跑进麦田里惹是生非也不会耍赖一步不走——这两种情形都是让人发愁的，这也是谷米爹耐着性子和谷米商量一块儿赶集去卖羊的症结所在。谷米爹没那个本事，羊根本不买他的账，他让羊朝西走，羊说不定会朝东；他让羊站着，羊偏偏卧那儿一动不动……反正羊根本不把他的话当回事儿，也不把谷米娘的话当回事儿，好像它是为谷米而生，为谷米而长，眼里只有谷米一个人，其他人算不了它的主人，甚至可以说算不了人！谷米爹一想就来气，想踢羊一脚，之所以打定主意卖掉这只羊，和它眼里没有他这个一家之主也有点关联。不管咋说，离过年还有一个多月，这羊是不能喂了，非卖掉不可了，无论他小谷米如何狡辩，卖羊的决定从没有改变过。不仅仅是他不喜欢这羊，也不是光想和儿子作对，这两样儿都不是根本原因，根本原因是大冬天里土地里寸草不生的，他家没有草喂羊，眼见着羊一天天塌了膘，不卖颠过年能瘦成一把干柴火，到那时想卖说不准只能卖个柴火的价钱了。谷米爹精明得头发梢子都是空的，透风就过，不可能让他家的羊日渐瘦削，像一小堆钞票被日子点燃，一天一天烧下去，变成灰烬……他不会让这火燃下去，或者说他根本就不让这火点着，这火还没冒烟，他已经把钞票藏起来，任谁也找不着，别说是火啦。哼！他要卖掉羊，换成一沓子票子，足够全家过一个丰裕的大年。

为此他和谷米商量，想让谷米配合，一块儿把羊弄到集上去。也有羊贩子骑着自行车来村子里收羊，但那是少数，只是偶尔碰上，要是等他们来村上，还不知驴年马月呢；关键是羊贩子都是图便宜才遍村子跑的，无利不起早，不剥你几个利他怎么可能让你省事儿，不再往集上跑，来村上直接上秤一称，一手牵羊一手钞票——想得实在是太美了，天上不会掉馅饼，只要你想省事，肯定要少卖钱，至于少卖多少钱，只有天知道。所以谷米爹挠着头，没有去听村街上有可能响起的羊贩子的吆唤，他打定主意要去集上了。但去集上并不是容易事儿，你得把羊囫囵囵圇圇地弄去，为了能卖个好价钱最好喂饱草，吃饱的羊压秤，能多称几斤呢。羊不能捆起来用架子车拉，他又没本事牵它老老实实走。羊不可能听他的话，它只听谷米一个人的，那只有找谷米。这是谷米爹找谷米商量卖羊的原因。

但谷米哪有那么好商量事儿的，一听说卖他的羊，他马上跳起来，一副决一死战的模样，要誓死保卫他的羊，好像要卖的不是他的羊，而是他自己。看着谷米又跳又闹，鼻涕一把泪一把的，谷米爹干瞪眼，一时束手无策。谷米爹是个优柔寡断的人，他没有打过人，当然也不会对儿子动拳脚，但儿子不买他的账，而羊是一定要卖的，他只有求助谷米娘。谷米娘在这方面还是有得天独厚的优势，就像羊只听谷米一个人，谷米也只听娘一个人的，遇见了不好对付的事儿，谷米一杵硬气，谷米爹就不再吭声，使个眼色就让谷米娘冲上第一线。于是谷米娘好说歹说，把非卖羊不可的道理说了一筐箩，磨破了嘴皮子，终于说动了谷米。说实话谷米使憋劲儿也不是没有道理，这羊刚从学校抱回来的时候，谁看它也成不了景，连谷米娘看着也替羊发愁，怕它卧在那儿抬不起来头，脖颈软塌塌的，第二天说不定就得掂出去埋了。但谷米娘没说什么，因为谷米从前一年夏天就跟她闹着要牧羊，她是答应了谷米的。现在没等她闲下来赶集去牵回一只羊，谷米已经自己提前抱了回来，让她能说什么呢。要是抱回来一只会走的羊，好草好水喂几天，精神精神，也算是买了羊，而这样的一只羊算什么！谷米娘初始也没有把它当羊看待，看着更像一小堆破棉花，或者是被铲到院角的一坨脏雪。不但是谷米爹娘，就是街坊四邻，也没谁看这羊能活成一只羊。大家都等着看谷米的笑话，看他怎么样抱回的羊再怎么样抱出去。一只病成这个模样的羊能养活，说给鬼鬼也不信。

谷米没有顾及周围疑惑的眼光，他只是全心全意扑在他的羊身上。抱回羊的当天，他从树柯杈里够下一堆红薯秧，摘下一疙瘩一疙瘩干叶片，喂到羊嘴边，让羊一伸舌头就够得着。红薯秧是秋天从田里收割回来就搭在树上的，但等晒干成一窠团一窠团的，冬天里可以摘下一小朵一小朵拘挛着的干叶片用水泡泡下面条，但更大的用途就是喂羊。冬天里青草藏匿得没了影儿，只有拿这些干秧子替代，让羊能够挨过漫长的无草的冬季。有时也叶了梗了的碾碎了喂猪，但猪有更广泛的食谱，不像羊只钟情于草，所以猪对干红薯秧碎碎兴趣不是太浓，不到万不得已不会嚼这些黑褐的枯燥的琐屑食品。

起初羊伸出舌头卷进嘴里几疙瘩干叶片，似乎不太想嚼

38

碎，终究还是嚼了嚼，聊胜于无吧。但一嚼这羊马上品出了干草的滋味，马上有了兴致，上下颌交错磨嚼，竟然有了正常的羊吃草时的架势，像模像样是一只羊了。谷米信心倍增，马上去厨屋里趁人不在意舀了半碗糊粥，又兑了一些水，端到羊嘴边。这只羊很矜持，虽然渴得要命也饿得要命，但吃喝时仍然斯斯文文的，并不急躁，谷米很喜欢这只羊的斯文脾味，都饿成这样了，还能如此从容，你不佩服都不中。羊就那样跪着叽扭叽扭一小口一小口地喝了一大碗汤水——喂它汤水时谷米才知道这羊已经渴坏，不知道多少天没喝到水了，不然不会这样头也不抬，不停地往喉咙里汲水，直到把一碗汤水喝完。接下去羊吃红薯叶就有了劲头儿，不像之前那样垂头丧气的，病恹恹的。当谷米吃过饭挎着书包去上学时，这羊已经不是卧着，而是从地上站了起来。它站在那儿，仍然有点落落寡合，但已经能看出它恋恋不舍谷米的挂念目光了。

那只羊没有像预想的那样喘尽最后几口气后一命呜呼，而是第二天开始，再没有趴卧地上站不起来过。它依然那样难看，看上去只显毛脏毛长，肚子瘪陷，骨头杵出，浑身拆拆估计也没有四两肉。它身上难闻的臊味也没有减低，离老远仍然臭得冲鼻子，让人得捂着鼻孔屏住呼吸一阵儿。谷米从没有嫌弃它身上的气味，他和羊那样亲热不够，摸过来蹭过去。他娘问他臭不臭？谷米摇摇头，说一点儿也没有闻到臭。真是黄鼠狼衔油馃子——看对色了！谷米娘就不再管他，任他天天想着他的羊。自从有了这羊，谷米可找着事儿干了，放学了头一件事儿就是他的羊，睡觉也要把羊拴在他的床头上。而一开了春，路边冒了草芽，树上吐了叶片，谷米更是忙乎，只要有空就牵着羊遍处转，名曰牧羊。草芽太小，还不够羊填牙缝的，谷米和芋头其实是去大人看不见的地方够树叶。是的，每次牧羊都少不了也牵了一只羊的芋头，芋头与羊与谷米形影不离，是村子里的一道风景。够树叶不能让大人看见，就像钓鱼不能让大人们发现一样。树叶归属生产队所有，够树叶也够得上戴上一顶"挖社会主义墙脚"的小帽子。好在谷米总有办法让人发现不了，他们可以去离村子远远的地方，等漫野里再没人瞅见时才动手爬树。两个人都是爬树高手，噌噌蹿上树柯杈，咔咔叭叭折掉一大堆，在树底下摊成一片。这时候的羊最听话，一声不吭，只顾咕吱咕吱嚼嫩叶。田野里一路两旁大多种的是杨树，因为杨树是速生树种，长得快，好成材，种上三五年就能卖出价钱。两只羊从杨树叶硬币大小时吃起，软软的黄黄的，味道鲜美，一直到叶片扩展成手掌大，厚墩墩地吃着壮嘴。吃着吃着，两只羊都长大了，谷米的羊到了春末夏初，已经换了模样，老毛褪净，臊味散尽，虽然还没有像后来那样戆实，但已经是一只光光净净的白羊，瘦是瘦些，无论从哪儿都挑不出毛病了。

许多事情都像这只羊一样，是始料未及的。当初谁能把它当只羊看待，谁能想它也会有未来。可它却长大了，长肥了，能够噔噔噔跑路，往太阳底下一站影子都黑囮囮的，而且还能卖钱。谷米爹幻想着卖个好价钱。谷米爹想不到这羊还真能活成个样儿，大大出乎意料，所以一看到羊初开始不是个滋味，不一会儿又心里乐开花，就像天上掉下个东西，以为是坷垃要砸着脑袋呢，不想竟是个香喷喷的肉馅饼。一切都太让他意外，让他大喜过望。谁也不知道老天爷打啥主意，谁也不能一竿子捣到底。你看谁不中，说不定谁最中——这是颠扑不破的真理。谷米爹为他发现了真理而沾沾自喜。

这只羊是大队学校"勤工俭学"结出的硕果，一入了冬天，草料告急，这些圈在教室后头的"硕果"发生了饥荒，每天几乎都要饿死一只羊，于是才促使学校当局请示公社教育小组后处理掉这批灾羊。抱回这只羊，首先要感谢的是芊头。是芊头强烈怂恿谷米买下的这羊，要是让谷米自己拿主意当家，可能这只羊就不属于他了。但芊头说："我保证你能养得活，你好草好水喂上仨月，就能长得能驮着你乱跑！"谷米并不指望它驮着他乱跑，它是一只羊不是一匹马，驮着他乱跑不是它的职责。确实之前班里规定每个学生必须牵羊回家喂一天时，村西头的石头在牵羊回学校的路上就骑着羊跑了好远好远，让学生们兴奋得前呼后拥，但谷米不想骑羊乱跑，他觉得各人应该管好各人的事儿，驮人的事儿不应该是羊的职责。尽管谷米不太认同芊头的话儿，但他还是对这只羊动了心——它太瘦弱了，要是他不牵回家，他断定它会被饿死。在买羊前一天，谷米听人说羊饿得能吃纸，他有点不相信，就哧啦撕了一张数学演草纸，捏拿着一角递给这只羊，不想它竟然真的衔着了。那是一张有着绿色方格并且

41

写满了洋码号的破纸，拿它当擦包纸谷米都嫌弃，但这只羊竟然衔住了它，而且只犹豫了一刻，然后就咯吱咯吱开始嘴嚼，很香甜似的，咕咚一声竟咽了下去。在昏暗的当羊圈用的教室后头，在污浊的打鼻子的尿臊味里，谷米看得有点惊呆。他第一次看见羊能吃纸，竟然吃演草纸。他有点可怜这只羊了：它是一只不大的小羊羔，要是它能站起来的话，它的脊梁比谷米的膝盖略低。它这个年龄要是人的话，应该和他差不多吧，听说羊的寿命不长。至于羊能活多大岁数，相信没有人能说得清，因为没有一只羊能够活够天命，它们刚刚长大成羊就被宰掉了。它们之所以出生之所以成长其实还不是为了挨那一刀。从这个意义上说，这只羊饿死了并不一定是坏事。但谷米还是有点可怜它，尤其是其他羊纷纷被人牵走过好日子去了而让它独守教室后头的空巢确实有失公平，它该多难受啊！于是他走近了它，不是因为芋头的恐吓，而是因为它吃了他试验羊是否能吃纸的纸，与他也就有了瓜葛与因缘。它的模样确实不敢恭维，你要是看一眼就明白为啥把它一个最后剩在了教室后头。它一脸忧郁，肚子瘪瘪堪可忍受，关键是名曰白羊，但它全身并不白，灰不溜秋的长毛打着鬏儿，后裆更是壮观：那儿不但不白，而且不是灰，是黄歪歪一片，臭气熏天，褐黄的毛上还沾着黑暗的屎痂——别说去看，一想就得皱眉头。但它卧在那儿伸出头品尝了谷米递给它的纸，要是谁都不要他也不要它他觉得有点忘恩负义。不知为什么，他想到了"忘恩负义"这个词儿。它卧在那儿，当然早已站不起来，前两天就站不起来了，吃谷米递给它的纸就是卧那儿吃的。班主任抬眼看看谷米，伸脚踢了踢羊，然后又赶紧蜷回脚，在旁边的桌子腿儿上蹭蹭晦气。"你要着了？"他问谷米。谷米点点头。班主任说："挟走吧。"又说："好好喂，秋后一头大肥羊。"他不怀好意地笑笑。谷米问："你称称，看得多少钱啊！"谷米不喜欢这个班主任，但他是他的班主任，他有权左右他，左右班里的一切。班主任不想称羊，因为羊身上太肮脏，称羊他怕弄一手污物，再说最后一只羊了，他已经准备让它死在教室后头，明早（应该能够熬过白天）一上课就差两个学生掂出去埋了，哪还有让它上秤的心思。其实他手里就掂着一杆秤，但他不想去动手称。他说："嗳，五毛钱算了，最后一只，贱卖！不上秤了。"他转身走上讲台，那儿搁着一个有薄薄的尿黄色封皮但内瓤绝对是白色且带有规整绿方格的作业本，班主任佝头弯腰在作业本上写上什么，"谷米，小羊，五毛！"他说，"我给你记上了啊，先说好，你能确定吗？"他抬起脸来。谷米想他还是能当这个家的，不需要和父亲商量，因为假使父亲不同意，让他再把羊抱回来，他可以大闹一场，撒泼，打滚，要是父亲还不同意他也不至于束手无策，过年的时候他可以拥有至少八毛钱的压岁钱（根据往年的经验，这个把握他还是有的），他拿出五毛钱来偿还班主任的账不就得了，反正他要试一试救下这只羊。也许谷米的努力没有任何效果，抱不到家羊已经死了，但他还是想试一试，就像想试一试它是不是真的吃纸一样。谷米说确定，你记吧。班主任很严肃庄重地捏着自来水笔在本子上乱写一通。谷米知道他必须还这笔钱了，就是羊死在他的怀抱死在半路他也要还这笔钱了。谷米有点忐忑不安，毕竟他还没单独当过五毛钱的家，对他来说这是桩大买卖，是件大事。

　　羊是买好了，让谷米心里猛一欢喜，但如何把羊弄回家，使他犯了大愁。等到他买好羊，班主任一走，校园里空空荡荡，只剩了他和芋头和羊，两个人一只羊站在教室门口，大眼瞪小眼，有点束手无策。羊不能走路，得抱它才能回家，而抱它怎么抱怎么不对劲儿，一是因为它臭气熏天，往怀里一抱鼻子自己先枯皱起来，出气回气都有点发噎；再者羊后裆里黏歪歪的，摸到手上，一想到摸的是一手稀羊屎，滑腻腻的让人胃直往上翻。谷米爱干净，受不了这秽物，别看已经买好，他有点不想要这羊了。谷米心里这样一想的时候，羊"咩咩"叫了两声，声音微弱，好像在小声说："你不把我带回家我只有等死了。"羊没有强迫他带它回家，只是这样说说而已，这样一说谷米心里更不是个滋味。救人救到底，他不能丢开它。这时候芋头自告奋勇，要试试他能不能抱羊走。芋头不怕脏，干脏活累活干惯了，虽然身子骨瘦弱，但有韧性；芋头会干活，知道活计从哪儿入手。芋头让谷米替他拿着书包，顺势一籀抱起羊走前头，没打趔趄儿。宁抱千斤，不抱肉墩，虽然这羊瘦得皮包骨头，算不了肉墩，但它是个活物，你抱不舒服了它依然能够挣扎动弹。芋头抱着羊走了一半路，累了一身黏汗，不得不放下歇歇。羊趴在地上，连头都抬不起来，只有眼还睁着，真是可怜！芋头喘着气说，谷米，喂它点草试试。谷米看着他：

"到哪儿弄草啊？"芋头的目光扯着谷米的目光朝两旁的麦田里瞅，麦苗长得茂盛，虽是冬天，但并没有冻趴下，仍然显出绿油油的老绿色。麦苗在寒风里招摇，麦叶上的薄霜正在融化，显出湿漉漉的，在初阳下泛出发黯的幽亮。谷米把羊抱进路旁的沟渎底，朝沟坡的干土上擦擦手上沾的羊屎，然后爬上沟坡，蹲下来掭了几把麦苗。芋头也已经跟上来，哧哧啦啦地掭田里的麦苗。芋头说，你不掭白不掭，现在掭麦苗不会耽误麦生长。谷米也知道这个理，知道冬天的麦叶只要一开春就会脱落不算数，会被新叶替代，现在的麦苗只是做个样子，说明麦在冬天里也没死而已。但毕竟是公家的，要是都这样掭麦苗，说不影响麦子生长是不可能的，收麦时肯定要减产。两个人跳进沟渎底，握着麦苗送到羊嘴边。起初羊有点害羞，有点客气吧，似乎不好意思品尝两个人为它偷来的东西，但终究抵不过肚子空空，涎水长流，羊抬起耷拉着的头，轻轻地舔了一下麦苗，并把一根麦叶拽进嘴里。羊的嘴开始慢慢错合嚼动，那根麦叶很快没了影儿，接着羊开始自己寻找麦叶，一伸舌头竟然一下子拽着了三四根……真是人是铁饭是钢，一顿不吃饿得慌。羊更是这样，吃了麦苗马上就不一样，虽然还是垂头丧气的，但明显动弹多了些，似乎脖子也硬挺了，抱着它的时候，一次次试图昂起头来。谷米不能一直让芋头抱羊，他也抱了一程，还好，虽然又弄了两手稀屎，毕竟没有再恶心想哕，可能是麦苗的青徐徐的气息压住了秽气，让谷米清爽，反正他抱到村口，累了一身汗，胃里没再往上翻。两个人一站在村口，站在那溜长长的麦秸垛旁边，马上长出一口气，觉得自己大功告成，完成了一件了不起的壮举。

胳膊终究拗不过大腿，无论谷米多么不情愿，卖羊的事儿已经铁定，不可改变。谷米给芋头说他的羊要被卖掉的事儿，谷米想着芋头会替他说话，会一块儿想办法对付爹——也许能想出什么办法来的，尽管谷米不抱有任何希望，他仍然想和芋头道道。芋头一脸忧戚，扑嗒扑嗒嘴，望着远处。谷米有点失望，觉得芋头好像不跟他一势儿，有点向着他爹。谷米生气了，芋头听说他们天天在一起的羊要被卖掉再也见不着不但不帮忙而且不说一句话，这让他意料不到也想不开。他像通常生气时一样不再吭声。他们两个闹别扭时都是以冷场作为标志的。但芋头还是打破了沉默局面，芋头用泪水消融了误解。芋头哭了，吩吩哧哧抹眼泪。谷米不能听见人哭，不能看见泪水，人家一哭，他自己先掉眼泪了，何况是芋头，是他最好的"老伙计"，跟他天天在一起的人。"你别哭啊，"谷米声音里已经蕴满泪水，"你哭个啥！"他想安慰他，但找不到合适的话、管用的词儿。

芋头望着的是村头那口池塘，是他的羊吃豆子撑死的地方。他们此时站在打麦场旁边的路口上，如今过了收获季节，打麦场已经被翻犁起来作为麦田，只给麦秸垛和羸瘦的秫秸垛豆秸垛留出来不大的容身空地。打麦场上的麦苗播种得迟，显得瘦弱而浅薄，麦叶都掩盖不严土垄。还是芋头先哭完，擦拭干泪水，仍茫然望着远处说："早晚都一样，反正咋样都得死。"

"死?"谷米睁大泪眼,有点吃惊,"你说羊啊?"

"不是羊能是谁。羊吃草长膘,喂一夏天,还不都是为冬天里去挨一刀。"

谷米不是装不知道,是真的没有多想细想这个事儿。可不是,芋头说的句句在理,哪只羊能不死,哪只羊不是为了让人吃它的肉才活。一想到他的羊会死,会被人毫不爱惜地一刀宰了,谷米的心一阵一阵紧,一阵一阵疼,泪水又溢满眼睛。不是谁照养大的谁不心疼,谷米一把草一碗水地将羊喂大,将一只病恹恹卧地不起的羊羔硬是养成壮壮实实一只大白羊,而现在要让他牵到集上去卖了,送给人杀了,谷米一想心里就一下子空了。

谷米听娘的话,谷米娘就翻来覆去讲卖羊的必要,"养羊就是为了杀吃,天经地义。"谷米娘说。她说得没错,谷米想一想也无话可辩。谷米娘还给谷米算细账:一只羊能卖二十块钱呢,而小麦三毛五一斤,一只羊能换回五十多斤麦子呢。五十多斤麦子是个啥概念?生产队里每年每口人才能分到三十斤麦子,谷米家五口人才能分一百多斤。谁都知道好面馍好吃,但谁也吃不起天天的好面馍。村子里考量谁家富裕,是以正月里好面馍能吃到初几来度量的。一到过年,腊月二十五前后无论贫富,家家都要和面蒸白馍,算是有了年味,也是过年的首要大事。不过了正月十五是不能蒸馍的,这是老规矩,所以年前家家都要蒸够半个多月吃的馍,然后放在泥囤子里、大缸里,从大年初一开始,天天吃馍就要去囤里缸里取。大多数人家好面馍能吃到初五也就不错了，像芋头家人口众多，一年有半年缺粮，大年初一过五更吃顿好面馍，算是过了年，到初一白天，就得吃杂面馍，而到了初二以后，红薯面饼子又官复原位。谷米娘已经与谷米爹商量好，许愿给谷米——集上卖了羊，要给谷米一块钱让他随便花！

一块钱是个啥概念？蛤蜊油五分钱一盒，皲裂膏一毛二一盒，就是香喷喷的精制的香脂，也才两毛钱一盒……谷米倒吸一口冷气，他不知道爹说话算不算数。但谷米娘说话向来是算数的，一是一二是二，不会随便许愿的。谷米对赶集充满了向往，尽管一想到他的羊仍会泪光点点，但一想到他要拥有一块钱，可以买一堆他向往已久的物件，他心里还是有一点暗暗高兴的。

谷米想送给芋头一盒蛤蜊油，但一直未能如愿。大队的供销社代销点是一个叫刘保山的矮个子男人经管的，他总是趁人们早饭时辰来村街上，那时辰人齐，都在家里，需要个小东小西能够马上来他的货车上买。他是拉一辆架子车进村的，架车上摆放着各样货品：前头的箱子里码着各色小物件，针头线脑的，箱顶打开来，内壁上也是一个一个货品格档，蛤蜊油也就装在其中的一个格档里；车把上悬挂的是煤油桶，白塑料的，洋溢着冲鼻子的煤油味，端着饭碗往那儿一站就没有了胃口。但人们还是端着饭碗围过来，家家户户需要最多的还是盐，盛放在车厢中间的木箱里，疙疙瘩瘩泛青。通常刘保山并不先卖货，总有人端来糊粥拿来饼子，敬他吃完早饭再当货郎。每天早饭时刘保山吆喝称盐灌油的声音，通过他手里举着的一头粗一头细的洋铁喇叭，高一声低一声地传遍全村。

但已经连着三趟了，货车上没有了蛤蜊油。刘保山并不是天天来，隔一天来村子一趟。谷米心急，跑了二里地，去了刘保山的老窝——代销点，那间黑暗的没有窗户的屋子靠后墙用土坯垒起一面货格子，但每个格子谷米伸着脖子看遍，也没有找见一盒蛤蜊油。"小鸡巴孩儿，我能哄你吗？有了我还能不卖给你！"刘保山是个好脾气，妇孺皆知，也许这就是让他当代销员的原因。谷米天天在等蛤蜊油，等得心急，一听见村街上铁喇叭送来的吆喝声他就心焦，但他的蛤蜊油迟迟没有到来，总是没货。"你咋弄的总没有蛤蜊油啊，"谷米问，"我的手冻得冒水，再冒水就怨你！"谷米有点生气了。刘保山好生赔不是，堆着笑脸："我也没办法啊，不是没货，是一到货马上就卖光了。不光你冻手，天一冷哪只手不冻啊！"

谷米急着买蛤蜊油并不是自己用，是送给芋头的。谷米的手背确实已经冻了，手指与手背的交壤处先是肿硬成一团，接着就开始溃烂冒水，像是一只坏红薯。也不是太疼，只是到了夜晚被窝里一暖和痒得难忍。痒痒是草，一暖和就胡乱生长。其实痒也过去了，仅只是麻辣辣地疼，这种疼算不了什么，几乎可以忽略不计的。谷米担心的是芋头的手，两只手冻得肿成了气蛤蟆，连手指都冻硬了。芋头急需要抹蛤蜊油，只要有了蛤蜊油，小心地涂布，轻轻揉擦进肉里去，冻疮识哄，要不了几天就会卷旗收兵，肿硬软化溃烂撮口。芋头没有棉袖筒，不知道他娘为啥不给他做一只，也不是太费事儿，但他娘就是不给做。村里的孩子们戴不起手套，只能缝棉袖筒。早起上学，路上的寒风刮得呼呼叫，有了棉袖筒手插在里头，冻疮轻易不找你。谷米的棉袖筒都是和芋头轮番戴，两个人一替一会儿暖和。谷米的手背平整得多，但芋头的手背却像烧瘤的砖，没有一小块好地方。芋头拿东西时，手指头从疮痂满布的手背下伸出来，真像乌龟从壳底下探颈伸出了头。

不光是手，耳朵也冻了，脚也冻了。耳朵和脚冻得轻一些，晚上就痒得更厉害，还不如冻得更重一些让疼代替痒呢，因为被窝里痒得猫爪抓心太难忍。每天夜晚，谷米总是在抓挠耳朵和脚底中步履蹒跚走向梦乡。

谷米想送给芋头蛤蜊油，有着深远的原因。他们的最初交往是芋头送了谷米一副杏核磨制的拾子儿，八枚，当时他们还在玩拾子儿的游戏（很快他们都不玩了，因为大人们说那是女孩玩的游戏，半大小子玩拾子儿会让人笑话），拥有一副杏核子儿是孩子们的理想，就像想拥有一枚大铜钱制作的鸡毛毽子一样。但村子里统共也没几棵杏树，要找到杏核并非易事。芋头这样慷慨，让谷米心底里感激，但也心底里记挂着这份情谊。刚刮起冷风的时候，芋头从他姐那儿挖来了一疙瘩雪白的香脂，芋头将香脂分一半到另一只香脂盒里，一并送给谷米。这是份厚礼，让谷米消受不起，因为香脂是贵重物品，只有稍大的女孩家才能用，小孩子哪能有资格用香脂擦脸抹手的。还有香脂盒，精制的烫着鲜艳红梅花骨朵的小圆铁盒，芋头毫不犹豫就送给了谷米。他抹着喷香的香脂，每一次都想起芋头，抹一回感叹一回。这是谷米要送给芋头蛤蜊油的原委。

羊不知道是去死，哼哼哼地跑一阵，就站在前头等谷米和芋头，一边朝后得意地瞧一边叫他们："快点儿啊，你俩总是这么肉！"言下之意是就它一个麻利。羊也不是真老实，它已经长大成羊，已经身强力壮，不是年前的瘦弱羊羔。羊老想尝一口近在咫尺的田里的麦苗，哪怕是尝一绺也可以，祛祛舌头上漾起的馋意。因为当初头一回吃到青草就是麦苗，所以羊对麦苗刻骨铭心地神往。无论是谁，一生中最爱吃的食物总是和童年连在一起的，童年喜欢吃的东西总是延续终生喜欢。这只羊也不例外，它渴念灌满眼睛的浓绿的麦苗，它一次次申请，想征得谷米的同意，让它一蹿跳进路边的田里，埋头尝几口麦苗。羊和麦田就隔着一道护路沟，对于它来说，这道浅沟又算得了什么，它也就是纵身一跃，已经四蹄被麦苗埋没，一低头满嘴填满绿翠的仙物……但羊不会越雷池半步，谷米是它的救命恩人，谷米不让它做的事情无论它多么想做它都不会做的，现在也一样。它只是咩咩申请，看谷米的脸色行事。谷米一直不允许，它也就一直赶路。它的系绳被谷米一圈圈绕在脖颈上，它是一只优秀的听话的羊，根本不需要系绳约束。它在前头欢快地跑着，跑一阵停下来等等两个人。羊哪能想此去无回路，会再也见不到天天见的谷米和芋头了。

谷米爹优哉游哉，因为天还早，不是太着急。谷米爹担心羊不听话，牵着羊赶集有各种意外，说不定走到集上已经半后晌，集已经散了。为了防止这种拖延，他前一天就决定早早吃饭，冷清明时分起床，即使羊一路捣蛋，也不至于赶一趟集卖不掉羊。宽备窄用是他的准则。谷米想让芋头来他家一块儿吃早饭，因为太早吃饭赶路，芋头不可能在家里吃到早饭。芋头虽然与谷米日日厮混，但并没在谷米家吃过一次饭。他不习惯也不愿意。饿一回肚子没啥了不起，又不是没饿过，所以芋头根本不容商量就否决了谷米的提议。当谷米牵着羊要走时，芋头已经站在他天天上学召唤谷米时站的地方，在谷米家后的屋角上倚着那株楝树站着，站在冷清明时分灰蓝的晨光里，一动不动，像是已经和树长成一体。

两个孩子跑前头，把谷米爹一下子落开半里地那么远。羊的表现大大出乎谷米爹的意料，他想不到它这样听话，既不朝麦田走一步也不赖着不走，几乎比他们三个跑得都快。以这个速度，不愁逢集正红火时赶到，也不愁没人买这只羊。这样他的心就装回肚里了，他斯斯文文走路，走着走着还哼起了小调。只要在冬天的上午走上一棵烟工夫，身上就热了，一点儿也不冷了。在这个时候走路是一种享受，他没有理由不哼唱几支小曲。他甩着手，嘴里拉长调子哼哼着，像是胃疼，又像在低低哽噎。他被七扭八歪的小曲缠绕，顾不上管前头的仨了。

谷米撇开他爹另有打算：他从袄布袋里掏出一只饼子塞给芋头，他知道芋头肚子空荡荡，不可能不饿。走这么远的路，不吃点东西，芋头会头晕。芋头有一回放学路上就晕倒过，谷米在旁边守着，大呼小叫，好久好久才算叫醒过来。谷米以为芋头得了大病，但芋头说不要紧，是饿的，他一饿总是晕倒，待一会儿就好了。晕倒就像睡了一觉，还能做梦呢！芋头兴致勃勃给谷米讲晕倒的经验，有点炫耀的成分。芋头值得炫耀的地方实在是太少了。不过谷米确实没有晕倒过，不知道晕倒究竟是啥滋味。"那还不容易，"芋头教谷米，"只要你一顿不吃饭然后大清早上学路上跑一阵，准能晕倒一会儿。晕倒时路面一仄歪一仄歪围着你绕圈跑，不信你试试。"

谷米没有试过这种新鲜滋味。谷米似乎也不太想试。他看到芋头晕倒时脸像白菜叶子一样苍白，他不想让自己的脸那样子白，他觉得那种白不是真白，不好看，也有点吓人呢。谷米已经开始关心自己的脸蛋，他有只小圆镜子，边箍是银色的，背面玻璃下嵌着印制有点粗糙的画片，是一个戴红领巾的女孩儿，傻乎乎地自以为是笑着站在葵花丛中。谷米喜欢小镜子，但不喜欢那个满面笑容的女孩儿，他嫌她笑得太假；那葵花也不招人喜欢，长得太大太密，和谷米认识的葵花一点儿也不像。

按照惯例芋头是要推让一番的，但现在他实在是太饿了，顾不上再客气，好像做了错事理亏似的，悄悄接过谷米塞来的饼子，甚至都没有拭掉饼子上沾着的袋底子里的屑末，马上狼吞虎咽起来。要是不赶集，这会儿正是吃饭的时辰，又加上紧跑慢跑跑了好几里地路，芋头肚子里早已经车轮滚滚。饼子是馏过的，但已经凉透发硬。虽然饼子是红薯干面和玉米面混成，但毕竟是面粉，吃起来舌头上有一股甜滋滋的味道。芋头三口并作两口，咕吱咕吱，一只饼子已经没了影儿。芋头家人口多，粮食不够吃，平时早饭都是烀红薯，好久没有吃到面粉做的饼子了。尽管红薯面也是来源于红薯，但一旦磨成面粉做成饼子，立竿见影，吃肚里马上就来力气。现在芋头觉得有劲了，吃完一只饼子后他菜色的小脸上竟然泛起了红润。他跑得有点热，不自觉地解开了棉袄靠近脖颈的布纽扣。

谁家里家底殷实，一看穿戴就一目了然了。谷米的棉袄也是黑粗布，而且布纽扣的扣鼻岔了两个，前襟没有扣严实过，只能央求外头套的一件绿平布褂子帮忙才算没有半敞开怀；谷米不但有绿褂子，棉袄里头还有一层当内衣的粗布衬衫，里外算是三层，风叫得呜呜响也不会刮透。芋头只穿一件寡筒子粗布棉袄，扣子照例掉了两处，露出一溜光光的皮肤。两个孩子下身都只穿一条光板棉裤，都赤着脚没穿袜子，谷米穿的是一双露了脚指头的解放鞋，芋头穿的是撇撇歪歪的棉靴。说不冷是瞎话，两个人的脚都生了冻疮，不但夜里痒满一被窝，走路稍远一出脚汗马上也痒得抓心。但只要接着跑快些，痒痒就有点撵不上，就被抛开了。

芋头吃饼子的时候，太阳出来了。太阳从东边三里开外的村庄树枝间缓慢地浮起来，树枝乱纷纷的，梢顶形成参差的一条线，又红又大的太阳先是上缘切住了那条平行而弯曲着的线，接着就在那线之上了，而芋头吃完了饼子，拍打拍打手，整个太阳已经全在了那线之上了，切住线的竟是太阳的下轮边缘，就仿佛应和着芋头拍手，它一跃而起。于是遍野的麦叶上染上了亮晶晶的红光，点点薄霜全熠熠生辉，一闪一闪，像是撒了一地的碎金玉。芋头的脸泛起红晕，一半是因为太阳的红辉。

羊看见两个人停住了，不知道发生了什么事儿，有点不放心，又拐头往回走，边走边问怎么了。谷米只顾与芋头说话，没有搭理它。羊有点着急，顶着扑面的柔和红光，疾步小跑过来了。

旷野里静谧安详，不见人影。赶集的人都还没有上路，寒冬的田里也没有农活，人们都窝在家里吃早饭。谷米爹仍然沉醉在小曲里，不太关心前头发生的事情。只要羊在，两个孩子在，对他来说就一切安安生生的，不需要操心。他既没有赶上来，也没停下哼曲，仍然那样殿在后头不紧不慢地走，有点故意与他的属下们拉开距离。

二

他们终于走进了秋镇。一走进镇街里，景象是不一般，人影幢幢的，比村子里召开大会时人都多，都更热闹。谷米喜欢这热闹，芋头只是睁大眼睛东瞅西瞧，似乎更多的是惊奇，也有点胆怯。平时清净惯了的，一见人群是有点发怯，连羊也不能幸免。羊不知道还有这样的地方，到处都是人，到处都是声音，与它习惯了的生活完全不同。羊似乎记起极幼小的时候在学校里时曾经热闹过，但那是学生们，是小孩子，都喜欢叽叽喳喳，童音未褪，并不让它十分害怕；可现在这地方到处都是大人的声音，一种陌生的、带点庄重因而有些阴谋气息的声音让它不自主地感到害怕。羊的身子在打战，"羊是不是冷啊？"谷米问芋头，也是问他爹。但他爹顾不上谁冷谁热的事儿，他有太多的待办的事儿要操心，也不可能把谷米的事儿当回事儿。芋头不一样，马上摸摸羊，说："不是冷，是怯劲。"它能会不怯劲吗？它生来见过这么多的人听过这么噪乱的声响吗？

不但不时身上漾过颤抖的涟漪，羊的方向性也变得差了，根本无心走路，东一头西一头的，不时咩咩地叫，询问谷米这是个什么地方，怎么这么多的人？唉，谷米也不想多安慰它，也不想多解释，因为谷米本人也被无数的新鲜事儿吸引，也有点六神无主了。谷米看见一街两旁全摆满了摊拉，摊位后头或蹲或站着摊主，心事重重地静待愿者上钩。上钩的人大都还没赶来，集还没红火起来。摊位各有不同，这一段是菜市，摆着萝卜、白菜、大葱、山药什么的，稀奇点的还有晒干的沾满盐霜的海带，臭味离老远就熏人的鱼坯（晒干的海鱼）；下一段则是肉市，不多的几架猪肉红红白白地悬挂着，新鲜猪肉的腥味离老远就能让人想入非非，设想只要见见火就能够香飘十里，就能解解馋；再下一段是粮坊，高高低低的一抱粗的布袋里装着金灿灿的麦子、黄豆、玉米……反正也算是应有尽有吧。市场管理员手里握着一杆大秤，大摇大摆地在粮食布袋间串来串去，不时拿秤杆的末端捅捅布袋，似乎秤杆能试出成色。再往下是鸡鸭市和鱼市，有人竹篮子里挎着一只东张西望的鸡在睁大眼睛等人瞧，有人慢腾腾不慌不忙守着排好的几条死鱼，当然大洋铁皮盆里也有活鱼，有胳膊那么长，还扑腾起水花呢，真是死到临头还不自知还在耍玩闹腾……

不同的气息在飘荡，羊吩哧吩哧鼻子，见了啥都吃惊，老想往外挣系绳，有时又总是往谷米身上蹭。羊有点不知如何是好，想逃开又想贴紧，哪儿都不再安全，左右不是，它单等着谷米替它拿主意，偏偏谷米不理它还老是折磨它，让它有点扫兴。刚走进镇上，走到卫生院前头时，这羊就差点挣脱系绳，差一点跑掉。尽管跑掉它也不可能跑远，谷米一叫它马上会止住蹄子，但谷米还是担心，它要是惊了把儿，根本不知道辨识他叫它的声音了那该怎么办，只有听任它跑走但它认得家吗……谷米一这样想倒吸一口冷气，马上和芋头商量收拾办法。还好，他们马上就把系绳拴在了谷米胳膊的袄袖子上，这样羊想跑也跑不掉，因为它不能挣开谷米。谷米还紧抓住靠近羊脖颈处的系绳，这样更容易控制羊的行动。

羊对气味的识别可能超过一般人的想象，因为刚走近卫生院门口，那股刺鼻的来苏尔味儿一冲过来，羊马上跳将起来，一个劲地往后退，不再往前走，想赶紧逃回村子里，逃回它过惯了生活的家里。它可不喜欢这集市，它最喜欢安静的家。那来苏尔确实不是个味儿，一闻就知道有事，打鼻子不说，好像总有一股新鲜的血腥味，好像院子里天天都在开刀，刀口里总在流出血来。谷米每次走过卫生院门口，都不自觉有点胆怯，总想趔着走。卫生院总共也没几排房子，都是红砖红瓦的平房，但谷米觉得那些红房子里头藏满了秘密，每个秘密都令他无法测知因而更加害怕。

一走近十字街口，所有的鼻孔都要抽动，但空气中的气息是诱人的，是能让人涎水长流的。秋镇只有一条主街逢集，也只有这一处与另一条窄些的街道交叉的十字街口最热闹，一应重要设施全在这街口：供销社属下的百货店、日杂店、饭馆……饭馆里总是热气腾腾，似乎炉火总在熊熊燃烧，白白的好面卷子总在出笼。只要一闻到烧过的煤渣洋溢的浓浓的呛人味道，谷米马上就想起好面卷子，想起烧饼——对了，还有烧饼，金黄金黄的，上头撒有密密麻麻一层焦芝麻，是用废弃的汽油桶当烤炉，上头架着一扇把柄一摇就能转动的铁板，而焦黄的烧饼就是贴在铁板上均匀烤透。烧饼摊子不属于饭馆，饭馆是供销社的，是公家的，而烧饼摊子都是街上的人家开的，是私人的。紧挨着烧饼摊子，总会有炸油条摊儿，翻滚的油锅里不时有油条扎个猛子一扑棱膨大身体然后漂浮起来浑身冒着滋滋的金黄细油沫儿，马上油条也变得金黄金黄。要是买只烧饼夹一根油条，热腾腾一吃，又脆又香，嗳，那滋味，叫当皇帝也不会再去。烧饼夹油条，是这集镇上最著名的美味佳肴，让人别说走到摊点前去看就是一想也忍不住要咽口水。

他们走到烧饼摊前，脚步自己放慢了，眼睛总在瞅那转动的铁烤板。脚都不想再朝前走了。谷米爹叫了几声，看两个孩子和羊都不买他的账，于是又拐回来，拉起谷米又拉起他的羊，直到这时谷米才吆怔过来，才一下子想起来他们此行的目的。

牛羊市也不太远，从十字街往南走上十来间房子远，就看见不但人影稠密而且牛啊羊啊猪啊也开始纷纷亮相。一头牛仰天长嚎，几只猪娃四只蹄子捆着侧躺在地上，还吭吭叽叽装模作样地叫唤，不知是高兴还是悲伤。谷米的羊个子矮，起初没有看见这景象，但它觉出了不对劲，于是停了下来，仰头四望，疑惑地咩咩警唤。谷米抚摸着它的脖子让它安静，它也安静下来了。谷米爹没了影儿，谷米有点着急，怕这儿叽哇吵叫的太乱，羊仍在不时地咩咩叫，随时都要失控。

怕啥有啥，谷米的羊还是噌地挣脱开系绳，系在谷米袄袖上的绳扣抹脱掉了。羊这次是只有行动没有声响，谷米还不知道怎么一回事儿，他的羊已经一跃而起，已经蹿了出去。谷米爹正在领着一个人朝这儿走，估计是羊已经嗅到了危险气息。那个人是屠户，穿着说绿不绿说黑不黑的油渍麻花的半截大衣，理着板寸头，尖嘴猴腮的，一副满不在乎的模样。"羊呢？"他问，"哪儿呢？"谷米爹四处寻找着，也没忘一个劲赔笑脸，"在啊，"他说，"我就是一扭脸——谷米！谷米！"他开始扯开喉咙喊谷米。人群摩肩接踵的，谷米爹有点六神无主，他没有看见谷米也没有看见望眼欲穿的羊。

好在很快谷米就逮住了羊，牵着羊站在了他们面前，让谷米爹只顾惊喜，也没责怪谷米。羊开始扯着喉咙一声接一声不停地恐怖大叫，声嘶力竭，一边叫一边死命挣系绳。羊不止一次哀求谷米："咱们走吧，"羊说，"我们不在这儿……我不喜欢这儿……我害怕那人……那人不是好人……咩咩——"羊反复央求谷米，高一声低一声，就是因为没有任何效果羊才开始拼命挣羊绳。谷米今天有点反常，对它的呼唤置之不理，这是以前从来也没有过的事情，让羊万分警惕。今天的一切都反常，地方陌生，人陌生，一切都陌生，地裂缝里都埋伏着敌意。羊隐约感觉到了末日的来临，明白大限将至，但求生的本能在左右它，它仍在想方设法改变处境。它过于自信，这种自信是它平日里从谷米那儿获得的，它的要求谷米总是设法满足，好像还没有过完全拒绝。今天是怎么了？羊百思不得其解。它是一只乖羊，它不能不听它的主人谷米的话，但不知为什么它总是在违背指令，更糟的是它内心并不想违背谷米的指令但具体行动时总是背道而驰。羊有点不当自己的家了。

怕羊再挣脱，谷米爹也不再袖手旁观，马上跳上前，两只手死死抓住了系绳。谷米爹一来谷米也就放心了，他知道羊是挣不断绳子的，而爹的手又不可能再让系绳溜走，一切都上了保险，不再让他担心。但谷米看见了爹领来的那个屠户，一看屠户谷米就明白羊为啥死命乱叫乱挣了——屠户浑身往外冒膻气，不知道有多少羊丧命他手下，羊是嗅到了他身上浓浓的死亡气息。

屠户走上前，用粗大的手指捏了捏羊脖子，又朝羊肚子上摸了一把，还趁势抓了一把羊前腿。羊又是撅拱又是跳跃，想躲开屠户，但没有成功。羊跳起来，踩痛了谷米爹的脚指头，让谷米爹疼得吸溜嘴，抬起脚想跺羊一脚，但没有跺下去，因为屠户还没过秤，羊还是他的羊，要是跺伤了，说不定会抹价钱。屠户看了羊也摸了羊，两个人开始讨价还价。

"三毛二一斤吧。"屠户漫不经心地说，扎一个随时要走的架势。这个人神气活现，表情丰富，一双眼睛东瞅西瞅滴溜溜乱转，一看就不是实在人。

"三毛二？不中。人家到村里家门口收羊还给四毛呢，你给三毛二算个啥事儿！"谷米爹跷着一只脚咧着嘴，但没有妥协的打算。

"这样吧，要是四毛钱一斤我给你送一群咋样？"屠户一脸坏笑。

"我不要……我又不是羊贩子，"谷米爹有点让步，说话的声音明显低了，"我又不杀羊，不跟你一样是屠户。"

"不耽搁事儿了——三毛四，你卖不卖？给个痛快话，再不吐口我就走。还有一大堆事儿呢。"屠户闪动着狡黠的眼睛，扭身要走。

"走你走，"谷米爹说，"有羊不愁卖。"谷米爹的底气越来越不足，已经显出沮丧的苗头。只要事情没有他想的顺利，他马上会垂头丧气；而一旦成事，他又会眉飞色舞，功劳归己，见人就炫耀。屠户抽身走开，更让他六神无主，"你别走，好生意不怕磨。"谷米爹招呼已经挤过人群走开的屠户。

屠户当然不会走，撵他他也不会走，他只是做做走的样子。这只羊太肥了，他一眼就看中了，而且身上的膘好，两

61

只前腿肥嘟嘟都是肉，杀了往架子上一挂，是张招牌，能招财进宝。屠户打着算盘，精心算计着这只羊他有多少赚头。他知道羊已经是他的，跑都跑不掉，一看谷米爹那个样儿，他就明白还可以往下讲价钱。

羊吓得拉了一地屎蛋，那些屎蛋扑扑嗒嗒摔落地上，散成一片，像是一片庄稼的籽实。谷米爹说："你看，一路上拉了不知多少屎，还是昨儿晚上喂的草，再拉几泡屎，不知轻了多少斤……要是在村上卖，多卖好几斤哩。这样吧，你买就买，不买也就算了，我还牵回家，就三毛五一斤了，不改了。"谷米爹松了口气，为自己拿定价格而自豪，仿佛刚干了一场累活，现在终于干完了。定下来了。

再也没有退步的余地了，屠户也就默认了这价钱。屠户从腰里掏出一根麻绳，走到谷米前，连看也没看谷米一眼，漫不经心地摸着羊，突然下手，还没看清是怎么一回事，羊已经摔倒地上，他手里的麻绳哧哧嚓嚓，羊的四只腿已经拴成了死结，再大声哀唤也不可能站起来抵抗。

捆倒的羊就在谷米的脚前，谷米蹲下身去抚摸羊的脸，羊在慌急之中也没忘伸嘴去吻他的手，还张开嘴舔了一下他的手指。一舔谷米的手指，羊一下子安静下来，不再拼命挣扎。

屠户用秤钩子钩着捆绳称了羊，梯形体的黑铁秤砣在秤杆上滑动，终于悬停在秤杆的末端，"你看，五十二斤半。"屠户拿眼斜乜谷米爹，示意他过目。谷米爹伸着头仔细看了秤星，又从秤头开始数了一遍秤星，才算罢休。屠户叫："你赶紧啊，五十多斤呢，你掂掂试试，可不是玩儿的！"屠户掂秤的手有点抖，即使羊一动不动任人宰割屠户的手还是抖。羊确实太重了，这么肥的羊见的还不是太多呢。

两个人确认斤数后，屠户马上抓着捆羊绳一提溜，趔着身子提起羊就走。肚子朝天的羊悸动挣扎磨着脖子乱望，直到看见了谷米它才停住寻找，死死盯着谷米。羊不再大叫，它明白大叫也没用了。

然后屠户一使劲儿把羊撂进了一只驮筐。驮筐很深，稳稳地摞在一辆自行车的后衣架上，筐底差点挨着了地面。羊几乎是坐在筐底上，两只前腿搭放在筐沿上，头竖扬在筐口，但后腿拴着，身子无论如何也不可能挪开驮筐半步了。羊趴在筐口仍在寻找，它在找谷米。只要看见谷米它逆来顺受的驯服眼睛马上闪射光彩，充满希望。但这次谷米已经救不了它，这儿是牛羊市，是羊的行刑所，不是它即将脱离苦海的教室后头。

谷米本想跑去再摸摸羊看看羊，但屠户已经付完钱，与谷米爹结清。他没有停留，握紧车把蹬开支脚架推着自行车马上离开了。屠户走得匆忙，甚至没有留时间让谷米与羊道别。当谷米再磨着身子仰着脸寻找时，没有见他的羊的影子，也没有听见那熟悉的咩咩声，眼前除了人群还是人群。

谷米爹没有食言，数了一遍又数了一遍钞票，总共是十八块五角钱。尽管已经提前一个月或者两个月说好卖了羊要给谷米一块钱，但真正钱到了手，他又不想给了。他试了试，想和谷米商量一下，看五毛钱中不中，但终究没有张开嘴。他是他爹不错，但毕竟说过多次，要是再不兑现，确有哄人之嫌。给就给吧，谷米爹咬了咬牙，从那沓钞票中抽出了一张，他捏着票子对着阳光看了一遍，确认没错后才递给谷米，"给，"他说，"该买啥买啥去吧。"谷米爹是担心自己一激动，会把五块一张的票当成一块的抽出来。十八块多钱确实不是个小数，几乎算是一个壮劳力大半年的劳动，可以籴五十多斤小麦，而当年是丰收大年，每口人才分四十斤小麦啊。谷米爹把钱装进贴胸的口袋里，心思一直在这沓钱上。他要去粮坊上籴麦，淘麦磨面，要蒸过年的蒸馍。他让两个孩子去自由逛街，反正拿着钱呢，再者也不至于摸不着回家的路，都十来岁了，又是俩人结伴，鼻子下头就是路，走错了就问呗。谷米爹安排好，自己也就顾自去了粮坊，不再管两个孩子的事儿。

街上这会儿人多起来，集市上来了，正是热火时辰。谷米仍在想着他的羊，想着那个凶巴巴的人驮走没驮走他的羊，要是还没走，他还是想着去看一眼。芋头说那你就别想了，人家还等你啊，早收够羊打道回府了。一想羊被那人驮走虐待，说不定今后晌就可能一命归西，被一刀宰了，谷米还是想哭。不过他已经接受现实，他心里早有准备，知道羊无论如何是活不成的，养它就为了让它死。养羊吃肉，天经地义啊。谷米想不通其中的道理，但他得接受这理儿，这个世上的太多想不通的事情都得接受。谷米抹了一把泪，揉揉眼，明白自己是站在热闹的街头，而且怀揣着一块钱呢。

谷米的注意力开始聚焦在了这一块钱上。他有好些个计划，他想买的东西实在是太多了，不唯是蛤蜊油、皲裂膏，还有一本叫《捕象记》的彩色画书、一盒有十二种颜色的蜡笔；各种吃物更不必说，都是平时馋涎欲滴而极少品尝的，比如沾满白糖粒的小金馃、带体育项目人影的他们称之为体育饼干、炒花生、油炸小鱼（摆在茶摊的桌子上）……数也数不清。没有这一块钱，也许就不想这些诱人的食品了，但现在这一块钱就揣在他的怀里，他觉得胸脯那儿硌得难受，觉得一块钱的褐红色钞票实在是太重太硬了。一块钱可办的事儿确实太多了，让他有点无从着手。最要紧的是赶紧去茶摊上喝杯热茶，他们很少走这么远的路，都热了一身黏汗，早该渴了，估计芋头已经渴坏，因为他早饭只啃了那块干饼子，连水都没打牙，不渴才怪呢。但芋头有忍性，就是再渴，他也决不说喝水的话。他们找了街边随便一个茶摊，要了两碗热茶。他们把热开水通通叫茶，而凉水则叫水，那两碗热茶冒着热气，水面上浮着一层若隐若现的水锈。热茶二分钱一杯，谷米没零钱，只能掏出那一块整钱，让卖茶的大爷有点为难，但最后还是生意重要，老大爷从屋里找出一沓子毛票，一张一张将要找的钱数给了谷米。不等开水晾凉，两个人吹着热气已经一小口一小口地吸溜着喝开，很快喝光，喝光了水猛一精神，口也不干了，眼也湿润了，身上凭空泉出了力气。

现在钱似乎一下子多起来了，胀了一口袋，让谷米又多了分底气。他本来打算先去供销社买蛤蜊油，但两条腿却不争气，径自去了那处食堂（饭馆）。刚才谷米已经看见食堂的蒸笼在蒸白馍，笼顶上冒着缕缕热气，而下头炉膛里烧的是煤炭，火苗有绿有红，仍在一个劲地跳蹿，比夏天的草丛都茂盛，算着这会儿该出笼了。要是白馍一出笼就吃，香气扑鼻不说，那是个啥美妙滋味啊。就是冲着这滋味，谷米站在了食堂前面的案板前。那个忙碌的男人有四五十岁，剃个光头，圆脸盘，腰粗体胖，一看就是能蒸出好馍的模样。食堂里的人都胖，他们天天改善生活，不胖都不中。村子里称吃面白油大的食物叫改善生活。

　　谷米猜对了，一锅白馍刚刚出笼，热气四溢，屉布刚刚抽掉扔在水盆里，光溜溜的白馍就那样躺在案板上，闪着磁磁的光，发着白白的香。那个蒸馍的师傅忙得眯缝着眼睛，大声问："你们买馍啊？不买趔远点！"师傅也有点凶，这个集市上的人都有点凶呢。谷米说："嗯，买馍。"他不敢使大声，怕人家一生气不卖给他了。谷米闻到了浓厚的白面馍的香味，喉咙里伸出了一只手，想马上一把抓只白馍到肚里。白馍都是四方卷子，外皮略微发青，似乎半透明，两边刀切的侧面上有一眼一眼麻麻答答的细小孔隙，更是诱人。谷米咽了口涎水，眼睛不够使，一会儿看师傅，一会儿看白馍。师傅终于忙完，过来开始卖馍。谷米开口就买两只，让师傅有点不相信，一边用竹夹子夹着馍，一边斜着眼睛看，仍有点不相信这小孩子能开口要两只馍。当时白馍是当点心卖的，不是随便就能吃。但谷米已经掏出了四毛钱，两张绿色的细窄长方形钞票，师傅也没再多说多问。谷米举着票子，小声提要求："能不能一切两半啊？"师傅没吭声，走到案板前拿起刀才问："两只都切啊？"谷米点点头。两只馍被调斜切开，里头的热气更重，把闪亮的刀体都烫得模糊了。谷米要了两张草纸包馍，自己拿一份，递给芋头一份。

芋头有点不好意思，早晨吃了谷米的饼子，刚才喝了谷米的茶，现在又要吃谷米的白馍……他觉得这样不合适。但谷米确实是给他买的，他要是推托就伤了谷米的一片苦心，再说他也太想尝尝白馍了，他已经整整一年没吃到过这么白的馍了。于是芋头也就接了馍，按照谷米的吩咐吃了一半留一半装兜里带回家。

白馍一到嘴里就化了，舌头上溢散着甜滋滋的香味，越品越甜越香……芋头舍不得一下子咽完，想让嚼碎的白馍在嘴里多停留一会儿，在颊齿间飘香，但舌头和喉咙都不听话，咕吞一声又一声，半只馍就这样还没品好味就全都钻进肚里。芋头有点后悔没有管住喉咙，但一想到兜里还有半块，心里一下子踏实了。

谷米几乎和芋头一起咽完了馍。谷米又咽了一口涎水，算着现在兜里还有一多半钱呢，还够花一会儿呢。按说这会儿应该朝供销社商店走了，可他的脚没动，他看见了不远处的油条锅里冒出了轻烟，而且油条更香，白馍的香是无法比拟的。谷米决定再吃一根油条，有油条当然要用烧饼夹着吃，那才是美味佳肴。谷米就拉着芋头走，芋头肚子里有了货，一下有了劲儿，任谷米扯着来去。

往油条锅前一站，谷米根本顾不上再算他的钱，他揣摩一人一只油条烧饼还是足够的。谷米的算术学得好，这个数他算对还是不出岔股的。油条在油锅里翻滚，一小截软面，一见热油就不是它了，马上扶身一摇胀大，滋滋浑身冒着细沫漂浮起来眼见着长成焦黄颜色。炸好的油条码摞在一张简陋木桌上，垛成一小垛，一位慈眉善目的大婶手脚不使闲用高粱秸莛子串油条，五根一串，用细麻绳拴着莛子的两端挂起来。木桌被油沁透浸渍，发出幽黑的暗亮。大部分人买油条并不是现吃，而是要拿着当走亲戚的礼品，像谷米和芋头这样烧饼夹油条当场大快朵颐者鲜有，让摊子前围着买油条的人也直咽口水。油条是酥脆的，而烧饼则是香在里头，焦芝麻的香能沁透肺腑。两个孩子不像刚才吃白馍时那样匆急了，他们慢慢品尝，要让舌头牙齿腮帮子一起记住这香这滋味。

美味佳肴坠进肚里，就像碎了的青草或鲜花，会发散芳香，丝丝缕缕冲透全身。谷米觉得浑身越来越暖和，阳光也灿烂，风也少寒冷。走在镇街上，谷米想要是日子天天都是这样多好啊！能随便吃白馍吃油条吃烧饼，脚手都不生冻疮，耳朵也不疼，想买画书就一抬腿去新华书店买一本看——这时谷米猛然记起了画书的事儿，才开始计算他的钱。买馍花了四毛，买油条烧饼花掉四毛，加上喝茶的四分钱——我的天，我还剩一毛六分钱啊？这怎么行！还有画书和蛤蜊油、皲裂膏呢！谷米站在商店门口，心里不停地在打小算盘：画书就不用想了，一本《捕象记》要一毛八分钱呢，那是彩色连环画，定价贵——谷米早看过这画书，让他恋恋不舍的是那里头的几个人才能抱得过来的大树，还有漫天飞翔的成群的鸟儿，还有浑身黏着红泥从森林里蹀躞而出洗澡的大象，当然还有在其中活动的孩子们……谷米一想那画面就瞪大眼睛，就透不过气来，就想一头扎进去。他想拥有一本《捕象记》，天天上学装书包里，睡觉放床头，想看就看。谷米知道做不成想看就看《捕象记》的梦了，只能退而求其次，到商店柜台买蛤蜊油。

买蛤蜊油也不顺利，那个一脸雀斑眼睛又小的女售货员不爱搭理他们，根本就不屑与他们说话。谷米说要皲裂膏，她就从柜台下取出一个大蓝盒，咯噔放在玻璃柜台上，连看也不看他们一眼。谷米说："我要小盒的。"她摇了摇头，仍没有看谷米，"没有。"她说。也不说为什么没有，任谷米再问她也不再搭理。谷米又问蛤蜊油，女子这时候开始不耐烦："你究竟要啥！"听腔调像要吃小孩。芋头抢过话头说："要一盒皲裂膏，一盒蛤蜊油。"售货员声荏色厉："要啥也不说清楚，小鸡巴娃捣乱，大人去哪儿了！"她真像一只瘦老虎。芋头问："大盒皲裂膏多少钱啊？""一毛二！"女人不再看他们，收起了柜台上的皲裂膏。

形势急转直下，没有给谷米留思考余地。他的脑子转得飞快，他得抓住女售货员尚未离去的时机算计好要买的物品。她要是转身离开，再叫她来这边卖零碎日用物品的柜台就难了。是的，蛤蜊油又买不成了，只能买一大盒皲裂膏，回家再挖给芋头一半，反正芋头送给他的香脂盒还在呢，掀开皲裂膏蓝盒里的一层锡纸，就是深黄的膏体，据说效用好得不得了，冻裂的口子抹上第二天就能撮口，三天过后就平整如初，像秋天时一样，像压根儿没有冻伤过一样。谷米昼思夜想要试试这膏，他也想让芋头一起试用。

谷米要跟芋头商量，但只要谷米说啥，芋头都举双手赞同，连听都不听他说的是啥。商店里的屋顶上亮着日光灯，村子里没使电，谷米对日光灯还是有点稀罕的，但他觉得这电灯亮得有点假，像是没有亮似的。"别拿走啊，"谷米匆急地说，"我要一盒！"说着已经伸着胳膊递钱过去。女售货员斜乜了他一眼，没再说一句话，伸手接过钱，将拿起的皲裂膏咯嘣一声又放回到柜台上。

现在谷米只剩四分钱了。两颗钢镚儿，装在他的祆兜里。听娘说有钱不能花得一干二净，得留个尾巴，不然以后你就得受穷。鸡媤蛋还要只引蛋呢，逮鸟也要圈子。谷米想好要留下这四分钱看家了。但谷米的计划总要被改变，他们心满意足出了集市，沿老路返回。一路上谷米还是若有所失，有点郁郁寡欢。谷米一不说话芋头也就知道他心里又有事儿了。芋头当然知道是什么事儿，谷米不说一个字他也知道。羊没有了，来时欢欢实实跑一路，也没多捣秧子，可现在却天各一方，还不知道这会儿是活是死呢。唉，又有什么办法。"你别心里不是味儿谷米，颠过年开了春，咱们都再买一只羊，养上两月还是一头大肥羊。"芋头想让谷米高兴一点儿，让他想开点。

芋头不提谷米也就在心里闷着，不发作出来，经这么一提，谷米的泪漉漉流淌。他站在漫路上，大声哭起来。"人家会杀了它啊，"谷米泣不成声，"再也回不了家了。"谷米哽哽噎噎地说不成一句话。

芋头抱着谷米的肩膀不住地小声哄他安慰他，但谷米得哭一会儿，得把他的悲痛发散出来。他想他的羊，他觉得他们骗着羊来赶集，羊也听话地一路跑，到头来却是送死。要是羊知道半路上捣捣蛋挣脱一番，谷米心里会好受一点儿，可惜羊一无所知，糊糊涂涂就被他最相信的人送到了屠夫手里，去见能要了它的命的白刃了。一想到这儿谷米就心咕咚落下去，好一会儿好一会儿浮不起来。他是个骗子！他骗了他的羊。

从早晨开始，天一直晴好，太阳明亮又温暖，但自他们出了集镇，太阳一下子就找不见影儿了，天阴了。冬天里只要一不见太阳，马上会寒冷，走着路还觉不出冷，要是你停在漫野里，寒冷会一下子像水一样浸透你。谷米打了个冷战，寒风从袖头、脖颈各个敞口处往身上乱钻。谷米不哭了，芋头扯着他的手，他揉着眼睛朝前走去。他现在和芋头是同病相怜了，只是芋头的羊走得比他的羊早些而已。他的羊是被他骗去死的，芋头的羊是被芋头喂死的。诸途同归。

芋头不失时机给他说起了手上的冻疮，说起了皲裂膏的诸般妙处，一说抹手油的事儿，谷米悲痛得缩成疙瘩的心思算是理到了解散的线头，马上也就转绕在冻手上了。谷米又掏出大蓝盒皲裂膏，两个人轮番拿在手里抚摩，看了又看。尽管两个人竭力把手缩在袖筒里，可是手背还是麻疼，耳朵也跟着吱啦啦疼麻起来。谷米想掀开盒子里的锡纸抹手上试试，芋头却不愿半路上就打开新盒，觉得开盒使用就该庄重一点，这样太随便。谷米忍着手上的疼麻，听话地收起大蓝盒。他想找个地方歇歇，他们此时已经走了一半路，离家不是太远了。没吃过这么油大盐大的食物，刚才又在风里吩哧吩哧哭了一场，谷米口干舌也燥，开始感到渴了。他摸摸袄兜里的两枚分镙儿，想找个茶摊喝碗茶。

赶集的路要途经一个叫药王庙的村庄，那是个大村庄，路旁支有一个茶棚，简陋到极点，麦糠泥草草糊成一间小屋，屋顶是薄薄的沤得发黑的麦草，屋前四根木柱子撑起两张苇席名曰遮风挡雨实则风雨无阻，棚下是土坯垒的方桌大小的台面，当成茶桌用。台桌上摞着几只陶碗，站着两个暖水壶，一筛子炒花生。谷米吃不起花生了，只能喝茶。守摊的老人驼背，头低得下巴能碰到桌面，掂暖水壶都有点掂不动，看着费劲。谷米想帮着倒水，但老人拒绝了，他对粗手粗脚的小孩子不放心，怕跌碎了他的宝贝暖水壶。但老人唠叨着，很是和蔼，让这处避风的草棚子平添了暖和气象。两个人倒了两碗茶，花掉了最后的四分钱。

这一次不急慌了，慢慢品咂热茶滋润进胃里的感觉。像是干得冒烟的旱地，渠沟里的水突然流了进来，满地漫淌，响起痛快的滋滋的呻吟。谷米似乎听见了肚里的呻吟声，听见了解渴的欢叫，一种轻松欢愉平地而起，浸润他身上的每一处。茶摊避风而暖和，又喝了热茶，觉得身上开始冒火，冻伤了的手和耳朵不再干疼，有点发痒了。

喝了茶歇了脚，蓄足了力气与劲头，两个人就又动身朝家走。他们在药王庙西头下了柏油路，一拐向南走上了早晨来时走过的土路。阳光是早找不见了，天上的灰云越堆越厚实，寒风有灰云撑腰，也就四野肆虐。要下雪了，云在捂雪，就像鸡要捂蛋抱小鸡。刚出了药王庙西头，走过那一片泡桐树林，谷米突然听到了羊的叫唤。

那声音是被一阵寒风送过来的，异常清晰，谷米似乎都听清了尾音的劈叉，听见羊的喘气声了。绝不会听错的，他的羊他熟悉，一群羊一起叫唤，他能分清哪声呼唤是发自他的羊。谷米的心一下子提起来，"你听，"他让芋头听，他们的耳朵都支棱起来。"你听见了吗？"谷米瞪大眼睛问芋头，他觉得他马上就喘不过气来了，他竟然在这处漫拉子野地听见了他的羊，他真有一种别后重逢的感觉，有点他乡遇故知的感觉。他一下子不知该怎么办才好。芋头说他听见了，确实就是谷米的羊！"我听着没多远，就在那边的沟渎里。"芋头顶着风扭过脸，没戴帽子的头发吹得竖了起来。他眯缝着眼朝东北指着："听着就在那儿！"

谷米没发吃怔，抽身就朝那儿跑。芋头叫住他，"你别急慌——你从这儿朝北，我朝东，沿着沟渎找，说不定藏在沟渎里呢！"谷米喘着气，紧张得不行，觉得芋头的话有理。他们只有这样才能绕树林子一圈，才能不漏过他的羊。冬天的泡桐树都落光了叶子，林子里也没有杂树，一眼能撂老远，顺着树行差不多从这头能望见那头，别说一只羊，就是一只鸡也藏不住；但是包围着树林的护林沟里却是藏身的好去处，战争年代都能当战壕用，就是一头牛走里头，你不走近也发现不了。谷米断定他的羊就藏在沟里，他了解他的羊，最会找藏身的地方，夏天里有一回从锚橛上挣脱了系绳，它钻到玉米地里一声不响，谷米和芋头找了几个来回都没有扫见，最后还是它自己耐不住寂寞从玉米棵里钻出来的。两个孩子被羊叫声激动着，没有细想屠夫怎么可能让拴得死死的一只羊随便跑掉，要是那样容易放跑一只羊，屠夫还杀什么羊，连杀鸡都得赔本。

两个孩子在沟堰上奔跑，他们的脚步比北风更疾乱，仿佛他们跑得越快，那只曾经属于谷米的羊归来的可能性就越大。希望的火炉在熊熊燃烧，他们的心脏嗵嗵狂跳，他们的身上热汗涔涔，他们的眼睛上下左右不住逡巡，他们没有看见羊，连一小团白色也没有看见。其间芋头从沟堰上摔下沟底一回，那是拐弯处，东侧的沟靠近村庄，一下子加深加宽变了模样，成了一条护村河，河底有几注浅水，现在结的是一层薄冰。芋头跑得正疾，猛然刹不住朝前飞翔的身体，一脚没踩稳滑落了身体——他重重地摔在了沟底，身上没沾水，没有掉进冰窟窿，但是他觉得摔岔了气，好一会儿好一会儿呼吸被扼断，换不过气来。他觉得天旋地转，要是再有一秒钟吸不进身体里气，他可能就憋死了，见不上已经绕圈从对面边跑边叫他的谷米了。谷米也是跑得满身热汗，从沟坡里跌跌撞撞跑过来，边跑边喊他："芋头，芋头……"他听见了谷米喊他，于是他又喘过来那口气了。他摔忘了的呼吸又接续上了，天地重新回复了原来的位置。不等谷米跑到跟前，芋头已经从沟底爬起来，"看见羊了吗?"他看见谷米摇摇晃晃朝他跑来，他听见了关于羊的问讯，但是他和谷米一样没有扫见羊的踪迹。芋头仰着脸喘气，他觉得气有点不够使，他的说话被频繁的呼吸打乱，"没有，啊，没有，看见，羊！"他看见谷米一脸失望，呆站在他面前，茫然四顾。他们的脚旁就是薄冰，冰下藏了许多大小不一的白气泡，但那不是羊身上的白，那儿也不可能藏着他们要找的羊。

我真的听清了是我的羊你听见了吗芋头肯定是我的羊在叫我但是为啥找不着它呢……芋头，你说呢？谷米自言自语，有点拿不定主意。"也可能听岔了音，风太紧了……"芋头仍然仰着脸，仍然在努力呼气吸气，有点顾不上心思全挂在羊身上的谷米。芋头觉得呼吸在变得越来越顺畅，和先前已经差不多没有两样了。但是他又觉得肚子有点痛，沉沉的胀胀的，像是肚脐那儿猛然塞进去了一块生铁。摔一大跤身上总会疼痛的，疼一会儿也就好了。芋头有经验，他连爬树都摔下来过呢，当时也是疼得龇牙咧嘴，但后来疼疼也就好了。疼痛是草，年年生长年年亡。芋头咬牙挺了挺，他的肚子里好像被谁猛拽了几下，他强忍着没呻吟，其实他多需要呻吟一声，那样就会疼得轻许多。呻吟能够镇疼。

他们是和疼痛相伴长大，早已对各种疼痛习以为常，发烧时的头痛、饥饿时的胃疼、冻疮的疼、各种流血伤口疼……但最经常的仍然是肚子疼。他们喝生水，因为有一句俗语叫"不干不净，吃了没病"；他们温暖季节雨天很少穿雨鞋，因为没有雨鞋所以只有打赤脚，好在泥土较少杂物，连碎玻璃都被当成孩子们的玩具经过世代耕作的泥土当然是纯粹如磨面……于是蛔虫不可避免地侵扰了他们，在他们的肚子里合族居住。大队卫生所一年里要发好几回打虫药，一种山道年和糖混成的塔状药疙瘩，他们称之为"宝塔糖"。谷米和芋头都吃过宝塔糖，而且吃后的第二天就能便出成团的死虫。他们的脸黄魃魃的，与蛔虫居住在他们的肚子里有关。但蛔虫引发的肚子疼通常疼一阵儿也就过去了，再说毕竟吃住在人身体里，虫子还是略有感恩之心，极少罪大恶极者，总是疼痛适可而止。但芋头这次疼得不寻常，似乎越来越厉害。两个孩子失望地从那片树园子里走出来，走在了北风肆虐的土路上，但芋头腰一直弯着，他说他直不起来。现在谷米已经不再耿耿于怀他的羊，他知道不但是树园子里沟渎里或是漫野麦田里都不可能有他的羊了，他的羊只有一条路了。他一想到这儿就想哭，但芋头抱着肚子的疼痛让他又不哭了，他挂心着芋头的肚子。"好些没有？"他们又走了一程，其实并没有走多远，那片树园子没有离开也没有消失，最多有一地畛子那么远。芋头的脸仍然枯皱着，没有舒展开。他的肚子仍在疼，而且疼得不轻。谷米说："咱们歇歇再走吧。"他扶着芋头走下路旁的护路沟里，那里避风些。北风在旷野里无处不至，即使在沟里，也不断地有风扑过来骚扰。芋头下不了沟，谷米扯着他的手最后几乎算是抱着他才下到沟底。芋头躺在沟底，咬紧嘴唇，脸像白菜叶子那样苍白。谷米认识这种苍白，芋头晕过去的时候就是这么个白法。谷米搓热双手，要给芋头揉肚子，只揉了一下，芋头就吸溜着嘴制止了他，因为疼得已经不能用手碰。谷米爬上土路，朝上下左右张望，企望有一辆架子车能够正巧走过，可以驮着芋头回家。赶集的人大都早回了家，没有谁在灰暗的阴云下在料峭的北风里在外面逗留。谷米失望地跳下沟底，多盼望芋头突然说疼痛轻了，好了，又可以站起来可以和他比赛谁走得快，不一刻就能走进村庄了。只有站在旷野里，才能知道村庄的安详与温暖。他渴望马上回到村子里，回到家里去。芋头现在开始呻吟，紧一声慢一声，谷米被呻吟声催促，急得手足无措。对了，是不是中邪了，在这么个漫拉子野地，不知道哪儿有坟，不知道死过什么人有过什么鬼，肯定是撞见鬼了。谷米这样想着的时候，就伸手到兜里摸火柴。他确实摸到了一盒火柴，他们每个人几乎都有一盒火柴，他们喜欢玩火，他们可玩的东西实在太少，火焰能让他们欢快新异，是他们总是百玩不厌的对象。谷米还在兜里摸到了一团纸，有火不可能没有纸，只有纸才能引着火。谷米说："我点张纸祈愿祈愿吧。"说着就趷蹴在芋头跟前，嚓地擦着火柴，小心地避开乱风点燃了带绿方格的白纸，那是一张作业纸。谷米说："不管你是谁，你赶紧走吧，不走我可要烧你了！"谷米也学着大人的模样声色俱厉，几乎是在呵斥。村子里遇到小病小灾，总是去找马驹爷禳灾，马驹爷一律要让病人站在太阳地里，点燃黄表纸，嘴里嗫嗫嚅嚅祈愿着，纸烧成黑灰，马驹爷也说完了，于是病人也就好了。现在谷米是在学着马驹爷的样子在点纸，但没有太阳地，他不知道他的祈愿与纸灰有没有效果。

还是有些效果的，芋头的嘴仍然咧着，但皱着眉头说轻点了，可以走路了。北风太紧了，谷米拉芋头爬出护路沟时，看见路旁刚种的还没手腕粗的白杨树光秃秃的竟然被吹弯了腰，天也明显暗了，冬天的白昼太短，不久黑夜就要来临。他们得抓紧，不然天黑了待在半路怎么能行。芋头弯着腰走，几乎是一步一步往前挪。他们这样走了不知有多久，芋头又不能走了，又颓在了路上。芋头疼得哭了起来，泪水在脸上流淌。谷米看芋头哭了，泪水也在眼眶里打转。但他不能哭，他必须得想办法把芋头带回家。谷米说，我背着你吧，背你试试。除了有几次在田地里玩耍，谷米没有背过芋头，但他蹲下身子，让芋头趴在背上，一使劲儿还是站了起来，而且开始趔趔趄趄往前走。芋头只顾疼痛，没有注意他在如何前进，谷米艰难地前行，但没有走多远。尽管芋头瘦，他仍然吃力。芋头拘挛着身体，不知怎么一碰马上疼得直吸溜嘴，让谷米格外小心。谷米的力气弱，平时干活少，没有太多力气，他使满劲儿最后也朝前走不了了，而且自己先累趴下了。

满野里都是风，刮得遍地浅浅的麦苗泛起灰白的背，但谷米大口喘着气，仍觉得气不够用。等到呼吸不再摇撼他的身体，谷米又想出了新办法：他伸直手背，做出拿刀砍的手势，朝芋头的肚子上比试，边比试边大声叫："肚子疼，找皇灵，皇灵拿刀，割你的肚包！"他的声音被风吹得飘忽不定，听起来有点假，好像不是他的，是另外一个人在叫嚷。据说这样做很有效的，谷米真祈愿马上皇灵显灵，让芋头的疼痛被风刮走。谷米问芋头："好点没？"芋头苦笑了一下，说："好点……好点。"谷米从背后架起芋头，让他站起来，但芋头仍然弯着腰，站不起来。弯着腰又走了一会儿，但仍然走不太动，出力不出活儿。眼见天都快黑了，谷米像火燎眉毛般着急。他左审审右审审，突然说："芋头，你先在沟里歇着，我一蹦子跑回村，拉车来接你。"只有这一招了，要是这样走，两个人走到半夜也别想挪到家。

谷米紧跑慢跑，呼呼噎噎地跑进了村子。好几次他觉得劲儿使完了，跑不动了，但他咬紧牙，一缩身子劲儿又唧进了腿里，又能跑了。北风也没有吹去汗水，等到他进村，贴身的衣裳已被汗溻透。他仰头张嘴地走过一条胡同，看见芋头的弟弟冬至在和几个孩子玩弹子，他叫："冬至，冬至，赶紧拉车，去接你哥，你哥肚子疼，到半路，走不了啦！"谷米一顿一顿结结巴巴，好不容易才说囫囵一句话。北风是一群野兽，不敢撞进村子里来，只在树梢上头吼叫，偶尔掉下来一头在村街里乱冲乱撞慌不择路想赶紧逃走。北风害怕村子，但北风不害怕旷野，芋头一个人孤零零待在旷野里，得赶紧拉芋头回村。冬至和几个孩子在背风处，没有停止弯曲大拇指弹出圆圆的玻璃弹子。他们在地上挖出一只小坑，谁弹进坑里的次数多谁就是赢家。他们正玩得兴起，不想中断游戏。冬至说："你去找俺爹吧。"似乎这事儿与他无关，芋头好像不是他的亲哥哥，而是别人家的。谷米有点恼火，没停住喘气大声嚷："有你这样的吗！你哥病了你不买账！"冬至自知理输，只得停住了往坑里弹弹子，一脸沮丧地说："好好，我不玩了。"他走过来，"你说是我哥呀？他咋啦？"他眼皮子一扑嗒一扑嗒，一脸无辜。谷米真想上前揍他几巴掌。

清知道找他爹他爹也不会去，肚子疼又不是什么大病，还劳别人的大驾去接，摆啥谱啊！冬至说他家没有架子车。他家确实没有架子车，谷米没说二话，马上跑回家去拉架子车。他上气不接下气，回到家里掏出早已碎成一坨的裹着白馍的纸包递给娘，顾不上说清事由就自个儿搬架车底盘撤放车架，他娘问他也支支吾吾问不出个究竟，只知道他赶集卖羊出去逛了一天现在急得没命似的要推架子车。"你要去弄啥？"娘问。"拉芋头，芋头肚子疼走不动了搁半路了。"谷米没说完话人已经拉着车子咕咕咚咚跑出了门。

谷米和冬至叽里咕咚，一路小跑接芋头。天已灰暗，夜幕早早降临，北风是黑夜的宠儿，一见了黑夜的影子马上一阵紧于一阵，刮得人都有点睁不开眼睛。芋头像刺猬一样蜷缩着身子，头插在两只膝盖间，不走近根本看不出那是一个人，只当是一堆谁扔掉的破衣裳。冬至扶平车架，谷米抱扶着将呻吟的芋头挪进车厢。芋头的脸在灰暗的天光里显得更白，像是一片白纸，像是召唤大雪普降。他们拉起车子往家走时，北风里开始夹进打得脸生痛的雪霰。下雪了，雪霰砸在麦叶上树枝上路面上，沙沙作响，像是不怀好意的嘲弄。两个黑影在夜幕里潜行，默无声息，只有架车轮胎的碾轧声、零乱的脚步声，芋头蜷缩在车厢里连呻吟的力气都没有了。

走进芋头家院子，谷米更觉得抱歉，怕芋头多坏脾气发作，又要对肚子疼得死去活来的芋头动拳脚。芋头爹站在门口，冷着脸但并没有发作，借着昏暗的堂屋泄出的煤油灯光也看不清表情。芋头爹冷冷地对弯着腰勉强挪进屋子里的芋头说:"功劳真大,出门逛了一天,还得人接你!哼!"但芋头并不理会,就像根本没听见他爹冷嘲热讽一样。芋头娘拍掉芋头身上的雪,搀扶着芋头挪向屋里。芋头扭过头来对谷米说:"你先回吧谷米,架子车,别拉走了,等,明儿个,我给你,送去。"芋头一句话三停顿,疼得眉头蹙成一疙瘩。芋头这时候可能已经料到他的病不轻,夜里需要拉他去卫生院。谷米也有一种不祥的预感,他一万个不放心,但还是讪讪地一步三回头地回家了。

雪越下越大,已经不是雪霰,早已变成了大朵大朵的雪花。真正落了雪,天空反而没有刚才那样黑暗了,刚才的黑暗好像是故意吓人的,此时却变成了灰白的亮色。脚底下的雪已经积了薄薄一层,一踩就发出轻微的咯吱咯吱的疼痛声。谷米仰脸一望,能看见雪花有巴掌那么大,飘飘落下,初看才不几片,但只要盯着望一会儿,越望越深越远越多,稠密得无法想象,漫无边际……一想这么不尽的大雪花不停要落下来,谷米的心一下子没了底,就像早年夏天游水时两只脚突然失去了底儿支撑,而自己当时又没学会游泳。又想起芋头的肚子疼,没个结果,心就更往下坠落无底,止不住猛地打了个寒噤。

大雪趁着暮色,不大一会儿已经粉饰了世界,大大小小的物体清一色变得惨白,像是缟衣麻服的静默人群,像是一场经幡飘扬的盛大葬礼。

红草洼

翅膀依稀记得上一次月光这么明亮还是开镰割麦的时节，而如今早已场光地净了，连晾晒的麦子都入了苲子，打麦场空旷了起来，横着一长溜崔嵬的麦秸垛，单等下一季庄稼下来。月光银白一片，能看清土路两旁被雨水沤糟了的横七竖八的碎麦秸，能看清人的眉眼甚至睫毛。月光越亮泡桐园子里就愈显得黑暗，那里头好像深藏着千万个秘密，好像是所有的漆黑雨夜被月光撵得全钻进了林中。这是一大片泡桐树苗圃，去年春天还是一片荒地，埋下去一节节粗糙而蕴满水液的灰褐的泡桐树根，还没等到麦苗漫过脚踝，粗壮的泡桐芽已经拱破地皮，接着勾着的头昂起，芽头上顶着清晨碎珍珠般的亮晶晶的白屑末，不几天已经蹿起来。它们生长实在是太快了，挨着土皮的茎上拔出一截嫩黄，携带着土地深处藏而不露的谜语。但那截覆着一层针尖般毫毛的黄色极快地发青发绿，接着就布满许多白色的雀斑，像是从地底下带出来的胎衣。这些泡桐苗一年里已长得擀面杖粗细，现在都赛过手腕了，叶片比荷叶还阔，一层叠着一层，遮覆的黑暗就格外浓重（就像人的胆量，幼小时雄阔而成人后越缩越小。泡桐长成大树后的叶片只有巴掌那么大，而幼苗时的叶片竟赛似蒲扇）。这处泡桐树林足可以藏得住半个村庄的人，当然不把几个孩子放在眼里。这五个孩子走在土路上，逗头逗脑地在说事情。他们的声音压得很低，那正在变调中的声音处于少年与成人的中间，显出一种特别的味道，尤其是故意压低之后，在这样的深夜这样的月光下，仿佛不是真人说的话，而是来自另一个世界。他们的话语有点急促，高低不平，紧张而郑重。他们协商了一刻分工，马上就开始行动。他们瘦小的身影很快被泡桐林吞噬、溶解，空空的土路仍布满安静的月光，像是什么也没存在过，没有过这几个少年，也没有月光拉长过他们的影子。阒寂无声。这是一种真正的安静，没有虫鸣，甚至连随时听到的狗吠都没有，甚至掉根针都能听到。啊听不到的，因为泡桐林里地面潮湿，土路路面是干的，发白的，而林子里像是刚刚雨后，地面没有被太阳晒干，虽然坐下来不至于湿屁股，但那种有点发腻的潮湿仍让人不舒服。翅膀支棱着耳朵蹲在地上，攥紧手里的物件：四件粗布褂子、两只装了两本书的布书包、四双布鞋。他的心扑通扑通跳，他没想到心跳会这么响。他怕这心跳会惊动人家。即使不出任何声音，这心跳也确实够响的了。但他又想到人家不一定听得见他这心跳，他自己不能确信这一点，所以他仍有点担心。

　　他听到不远处有什么响动，离他最多有一丈多远。他的心提起来，提到锁骨下边拼命跳荡。他一动不动，盯着某一个方向。那个方向也是虚拟的，因为他不能确定那就是响动的方向。他做好了准备有个人或者其他什么东西猛扑过来他就抽身躲开。他真想叫一声。但他知道他不能叫，不能发出声音。他要像课文里的烈火灼身而岿然不动像是一块石头的邱少云那样，为了保全集体而甘愿焚身销骨。他把冲到嗓子眼儿里的声音狠狠压下去，压下去。但那个声响没有了，他侧耳细听也没有听到任何声响。也许是他的幻听，什么也没有；但也许是那个人或者什么藏了起来，在密不透风的叶片里像他一样一动不动地在侦察他。他的汗毛仍在竖着，胳膊和腿没有从固定的姿势里松开，像是一把张开了的弓，没有松弦，没有松开丝毫。他的耳朵里开始无端地嗡鸣，而且黑暗开始幻化，一会儿发白一会儿发蓝。他把一口气拉长，徐徐进出。他攥紧手里的衣物和书包，他觉得再多等一刻他就要爆炸了。

就是在这个时候，他听到了清晰的呼叫声："快，快，有人偷黄瓜！"那叫声像是一株小树在黑夜里在无边的平野一下子就蹿高，长起了青枝绿叶。他听出了和他一样的夹带点童音、说男生不是男生、说女生不是女生的是秋收的声音。他们和秋收都在一个班上，几乎天天能听到这个声音，但在深夜里猛然听见还是有点不习惯有点异样。他的心提起来，身上每个地方都在朝一起凑，好像要缩成一粒像弹丸一样把他弹起来。接着他就听见呼啦啦大响，他不知道是该跑开好还是原地不动好，他撅了起来，泡桐叶拂过他的脸，像是一只冰凉的手抚摸他。那股叶片特有的清苦气息一下子浓烈起来，弥漫升腾。他甚至听到了一声轻笑，泡桐叶在笑话他。他跳起来。四个身影携带着超过人的忍耐限度的巨响从黑暗里从纷披层叠的泡桐叶里猛然出现，一下子就簇集在他的面前，不是从别处冲过来而是从地底下冒出来的。"快，快！"有一双手夺过他手里的书包，另一双手又夺过剩下的衣服，但没有夺完。完全来不及了，他开始奔跑，身体碰撞泡桐林发出从没有过的震耳欲聋山崩地裂的响声。撞击不断地响起在他的腿和脚上，他的脸上一块一块巨大而冰凉的手掌扇过来但并不疼，他知道那是发育好了的年幼的泡桐叶片夏天里他们用苎麻瓣子拴成叶兜可以从井里打水喝但现在却在扇他的脸颊他低头眯起眼睛防止叶尖划进眼睑里……他的两只手里拿着什么东西当他冲出泡桐林到了刚才的土路上时才知道他仍然拿着衣服但不知道是谁的衣服。他们五个人全暴露在土路上了泡桐林遮覆不了他们了但林子里仍然在大响。那是追赶者，是秋收。他听到了秋收的声音，他的阔大的声音无论是谁一听就能听出来，连生产队的驴也能听出是秋收的叫声。"我看你往哪儿跑！哥！哥！在这儿！"他发现了五个奔跑者的方位，但五个小身体就像子弹一样射出苗圃，与他有着不近的距离。其实究竟有多远只有鬼知道因为没有一个奔跑的人会顾上回头看追赶者。翅膀一直没弄清是怎么一回事儿，只有跟着奔跑，只知道偷瓜被人发现了，但还没被捉住。他们一定不能被捉住，要是被捉那可是箭草捆草人子——丢人丢大发啦！（他们的年龄已超过村子里的摸瓜赦免门槛。）

他们的脚在最高频度地交替，脚板好像在没有挨着大地之前已经再次抬起再次向前做出踩或蹬的动作但动作没有完成又接着下一次惯性弹跳。地面在升高，竭力想够得着他们落不下去的脚板，地面之下像是有某种中空的木头支撑物发出嗵嗵嗵嗵的响声，随着慢慢升高而愈加响亮。翅膀伸着脖子，身体前倾，尽力让头和脸向前超过更想向前的脚。不，不是头和脚的赛跑而是和麦冬的赛跑，他跑在最前头，他好像只是无声无息在飞，大地之下的响声给他鼓劲儿，他始终跑在翅膀前头四五步那么远的地方，而理想和四清却在翅膀的身后有时甚至都和翅膀平行，金榜殿后。金榜生就的迟钝，永远跑不快，但也不会被落下。他只追赶翅膀，他仰着脸跑但双眼一直在颠簸中寻找翅膀。翅膀现在也得仰着脸了因为他的气不再够用，只有仰起头来喉咙那儿才能通畅但是出气回气还是太少他觉得胸脯里需要太多的气流但吸进去的仍然太少。他的心脏应和着大地的升高而开始升高，先是跳到锁骨那儿接着就跳进了喉咙接着又跳上了后脑勺，翅膀害怕它会接着往上跳，而且跳动的声响实在是太大了，估计追赶的手电筒都能听清秋收他们当然能听清，翅膀甚至害怕他们会循着心跳声而来，无论他们跑到哪里藏到哪个地方都能找得到因为这心跳声这实在是太响了像铁匠铺里打铁的声音。就在翅膀跑得就要一头栽地上再也起不来而且心脏要跳上头顶故意向后头追赶者招手时，麦冬突然拐弯了，蹍进了路旁的树荫里。月光照不见他了，接着月光全都照不见他们了，因为五个人像一群鸟一下子钻进了黑暗的树荫里。那是几棵洋槐树，刚长到手腕粗细，正是枝茂叶盛的青壮时期，浓荫总在妄想和月光抗衡，别说他们五个人就是全班学生都来也全能遮挡，不让月光照着一个人。洋槐树脚下就是不太深的护路沟，靠路的沟坡陡直，坠土将靠树的沟坡抹得平缓，几个人此时像一片麦捆倚躺在缓坡上。而麦冬呼呼哧哧喘着气仰面躺着眼睛仍没忘斜乜身后，"撵啊，"他说，"有种你还撵啊！"他们全都朝后张望，但没有再看见晃搅的手电光柱，也没有了吆喝，除了突然出现的蛤蟆的哇哇声外再无一丝声音，世界再度沉入月光浸泡的寂静。要是他们仍然奔跑那些不知趴在哪儿的蛤蟆绝不会叫得这样热闹。它们猛然间一齐叫响，像是某处冒出来的一大片明亮的闪着荧光的蒲苇或其他什么植物，但接着又一齐熄灭，就像冬天霎时莅临了一般。

　　月光渐渐浸润入树荫，出气回气越来越均匀，心脏也早已回到胸腔里。气流在鼻孔不再发出粗糙的摩擦声心跳的声音也低下去直到无声无息，和广大的月光覆盖的静寂融为一体，或者说被无边无际的月光寂静融化，像是树荫里的黑暗一样。如今能够看见彼此了，他们的动作比平时伶俐而急切，说话的声音仍然尽力压低，其他就没有什么区别了，甚至因为踩了四清的脚，金榜的腰窝挨了一拳，两个人差点儿争执打架。他们穿好衣裳，分头挟着战利品——那些黄瓜——如今才闻到黄瓜特有的清香，虽然不是头茬黄瓜，但那气味仍然浓郁得冲鼻子，只一闻就能觉出它们客串在牙齿和舌头间的感觉凉滋滋甜滋滋的，就仿佛它们此时已经在舌头上汁液四溅了。他们要找一个地方细嚼慢咽享用这黄瓜。他们累得一肚子秃蚱子（蟋蟀），还不是为了能尝到这刚才还与瓜秧连在一起的清香的瓜！理想的意思就待在这树荫里吃，没有人能看见，月光再明亮也没人看得见，离得越远这树荫就越显黑。但麦冬坚决反对："我们不偷不抢，为啥吃个瓜还要钻树荫！"（麦冬拒绝承认下地摸瓜为"偷"。）他歪别着头，他说话的时候也能看见雪白的牙齿一明一明，而左眼角外侧的面颊上有一寸横肉也能看得见。（翅膀想那也许不是横肉，仅仅是酒窝长错了地方，要是再往下长到与嘴角平齐再稍朝外一点儿，麦冬就不会这么蛮横了。）麦冬放了话就不能改动了，在这个小小群体中他的话几乎是最后的决定，即使错了也要按错的执行，如果谁有反对意见通常是要挨上一顿拳脚的。当然，麦冬不敢打理想，因为理想的拳脚不在他之下，要是他胆敢太岁头上动土，后果将像理想骚扰了他一样。他也不打翅膀，从来不打，至于不对翅膀动手的原因没人能说得清，也许是因为翅膀的学习成绩遥遥领先，也许是因为其他，反正麦冬不对翅膀动怒，即使动了怒也不会动手。在这些无关紧要的事情上理想是不和麦冬计较的，无论是在树荫下吃黄瓜还是到月亮地里还不都一个样，照样能在这个月光普照的亮堂堂的夜晚吃到黄瓜，他们意见可以相左，但殊途同归。于是他们离开了树荫，一下子暴露在了月光底下。不再有追赶者，也不可能在这样的月夜见到任何人，因为正是农闲时节，麦收刚过，玉米、豆子什么的秋庄稼也全下了地，而田里需要除掉的野草还没来得及长起来，不需要锄地也不需要守夜，大白天的人们还躺在树荫下的绳繃软床上要歇掉紧张的累死累活的麦收里积攒的困乏呢，要不就赶集上店随意溜达，没有人会没事找事深更半夜到漫拉子野地转悠。他们一直朝南走，这样离嘘水村远些，离坐落在拍梁村东头的学校也远些，只有离这些与他们紧密关联的事物远了他们才放心，才可以无所顾忌品尝他们费了九牛二虎之力跑得上气不接下气才摘到手的这些黄瓜。他们沉浸在胜利的得意中，有点兴冲冲的，忘却了一切。他们一直往南走，几个人边走边回忆刚刚发生的战斗景象，而且在推测这会儿正在发生的菜园里的景象，仿佛正看到秋收生气，在心疼地查看被盘得贴地的瓜秧。当时黄瓜种植还不兴搭架，瓜秧都是贴地乱爬，还不会爬上竹竿或树枝搭起的撑架上。那都是些老笨品种，想不起来爬高上低照样结出清香四溢的曼长的黄瓜，它们只是按着老辈们传下的规矩老老实实贴着地开花结果，不会逾雷池半步。"你说秋收会不会挨揍？"金榜问。金榜一直闷闷不乐，他觉得自己在干坏事儿，而且他趴在瓜地里相当小心，但他觉出他还是盘坏了秋收家的瓜秧。吃个黄瓜不要紧，而毁了人家的瓜园他心里一直嗝噎着，上不去也下不来，像是吃干馍没就水卡在半路了。"不会，"四清说，"你尽管放心好了，你以为瓜秧是'糖鸡膨膨'一碰就毁啊！你躺那儿打几个滚明天太阳一出来瓜叶马上支棱开该结多少瓜还是结多少瓜。"金榜对四清的话有所怀疑，但不像刚才那样忧心忡忡了。

他们说着说着就提高了声音，就忘了虽然没有明说但几个人一致遵守的隐蔽戒律。其实现在任他们扯着喉咙嗷号，也没有谁能听见，野地里还不仅仅没有人，而是大而无当的空旷巧妙地吸噬了他们还没有粗壮起来的嗓音。他们还没有长成真正的男子汉，麻雀刚扎全扁毛，但黄嘴叉子还没有完全变黑呢，尽管他们自己在某些场合比如教室里是把自己看成真正的男子汉的。翅膀觉得自己离男子汉还差那么一截，而麦冬应该就是男子汉了。麦冬也仅仅大他两岁，但无论从哪方面看他都属于男子汉范畴了，事实上他也不屑于再把自己当成和他们一样的小屁孩，他总骂他们"胎毛还没褪净"，不要逞脸龇牙！除了理想能给他寒脸外，谁又不看他的脸色行事呢。前些天他们去了北地的野塘里游了一次水，翅膀看见麦冬两腿之间的小鸡鸡旁边逗头逗脑探出了几根零星黑毛，他知道那是男人长大的标志，就更高看了麦冬一眼。（翅膀那儿还纹丝未动呢。）其实还没到下水季节，村子里不过立夏是不能游水的，说是节气不到，地底下的阳气还没升上来，尤其是小孩子下水会生病。麦冬不会管这一套，照游不误。他不在村子里的坑塘游，要跑到村外，跑到野地里的池塘，说那儿水清澈，也没大人能瞅见。翅膀骨子里是个守规矩的孩子，但游水的愿望也在他的身体里涌动，他觉得让那一池塘清凌凌的野水闲着实在太可惜，不让他跳进去打个寒战也说不过去，所以麦冬振臂一挥他首当其冲。他们游了半堂课那么久，要不是他们的嘴唇全都发紫变黑，浑身一直哆嗦，没有一个人会朝岸上多瞅一眼。最后麦冬怕真的有人冰病了会找他的事儿，也就一声令下呼呼啦啦几个人全从水里蹿出来。麦冬能够令动人，即使他不动拳脚也不大声恫吓，几个半大孩子还是对他的话照听不误。他是个项羽式的人物，搁到打仗的年代，他不是个将军也得当个杆首寨主什么的。

　　麦冬之所以拥有权威与他的身先士卒有关，也与一旦出事他从不当缩头老鳖有关。（这个随后再说。）在朝南快行的路上，麦冬提议要先品尝一下黄瓜，边走边吃，算是说书的先唱个书帽。当然没有人反对，因为经历了一场奇袭与突围，所有人的肚子似乎都瘪了，都等着加点油添点水。要是这些刚刚离开秧藤的黄瓜没有待在伸手可及的地方也就罢了，也就不做吃瓜的梦了，但此刻黄瓜们就在他们手里，只需递到嘴边就能咯吱咯吱四溅清爽的汁液，让他们只动腿不动嘴空咽唾沫确实不易。狗窝里放不住剩馍，于是麦冬一边走一边从怀抱着的褂子里抽出了一根黄瓜，先递给了翅膀。麦冬刚才是抱着黄瓜在奔跑，而且他拿出的黄瓜不是自己先咬一口，而是递给了翅膀。翅膀弄不清那堆黄瓜啥时腾挪到了麦冬手里，而且是用他自己的褂子将袖子绾结后做成瓜兜的。翅膀接过黄瓜一折两半，递给金榜一半，同时另外三个人手里也开始漾起清香，咯吱咯吱的嘴嚼伴杂着月光与脚步声，像是春蚕啮噬桑叶。胜利冲昏了他们的小小头脑，每个人都有点得意忘形。碎响就像清亮的小溪，闪着幽光一路向南流淌。

　　他们走过了一片麦茬田，套种在麦茬里的一垄垄玉米苗刚刚抬起头来，站直了也才到脚踝那么高，看上去稀落落的。再过十天半月这儿的景象可不是如此，玉米会得了风见了阳光呼啦膨大身体，叶片像一柄柄碧绿剑戟满地舞戳，那时候再想这样轻松穿越田地根本不可能。但现在他们几乎像走在平敞的打麦场里一般，顺着麦茬垄走，根本不需要考虑那些还没有被雨水沤糟的麦茬会扎脚。他们高高兴兴一路向南。他们觉得不是走在深夜月光里的漫野里，而是在学校那片并不宽敞的操场上玩耍。只要一下课，他们会飞奔到那片操场上，挤挤挨挨地玩叨鸡啊摔纸叠的面包啊弹玻璃弹子啊……反正花样应有尽有，不可能有让你玩腻的时候。

走过了玉米地跨过了一条横路，他们走进了一片红薯田里。红薯苗也是刚刚栽上，能看出来那些从春天栽种的已经长起来的红薯秧上剪下来的枝条一钻进土里，仅仅蔫巴了一两天，马上就抬起头来了。扦插的红薯苗刚刚活稳当，还没来得及萌发新芽，显出些寥落，给他们提供了大片敞朗的空地供他们坐下吃黄瓜。要是到了夏天，这满地的红薯秧疯长得让你替它担心，那真是万头攒动啊，厚厚地堆叠起来，像是田地一下子加厚高壮了，像是每分每秒都在升高。只要站到红薯地里，你总有一种被绿色的大水包围的恐惧，总害怕那水会看不见地不断涨高，马上就会淹没你。但翅膀知道好多担心都是多余的，比如这红薯田里的担心，根本不要紧，没见过那碧绿的水会真的涨起来。就像你玩"磨悠转儿"，让身体绕着一个轴心转动，逐渐加速最后再也站不住了于是你趴倒在大地上，而你觉出大地在旋转倾斜马上就要将你抖进万丈深渊而其实你根本没有动谁也不能从这地上将你清除出去，但你仍然会骇怕，不由自主骇怕。就像这月光如此盛大，你都无法想象有多少月光要充填多大多大的空间。

麦冬找到了一片地方，那是一处地势略高的冈子，比其他地方至少要高上半个身子。终于可以坐下来尽情吃黄瓜了，而且有这么高敞的地方仿佛有更多的月光照着，而月光的性情是和水反着的，它喜欢高冈，它并不向往低处。几个人对这处敞亮高傲的地方都颇满意，最满意的是可以坐在红薯垄子上，而双脚搁放在垄沟里实在是太惬意，好像这半夜里舒服的座位是专为他们准备的，专等他们来呢。麦冬解开了兜瓜的粗布褂子——直到此时翅膀才发现他一直光着脊梁，当他弯腰时月光贴着他的皮肤滑过泛起一片幽亮。理想的书包里也装着几根黄瓜，他们把所有的黄瓜堆拢一堆，然后开始大快朵颐。蛙鼓伴随着牙齿间的碎响猛然热闹起来，那些蛤蟆好像就在不远处大叫，好像有点羡慕黄瓜的滋味。四清说这是哪个塘里的蛤蟆啊，叫得这样急，是不是招呼我们去逮它们啊！麦冬咕吱咕吱嚼着黄瓜扭过头来，他咽下那口黄瓜马上又要咬下一口，但他停住了，因为四清这个问题引起了他的警惕，"这是哪个塘里的蛤蟆？"他们都停止了嘴嚼，都侧耳倾听。静寂是一下子来临的，因为那些蛤蟆好像知道有人在听它们叫唤于是一齐不吭声了，只有月光无边无际，好像突然变亮了，比大白天还要亮堂。"这是哪塘里的蛤蟆？"翅膀也开始当个事儿，因为他们得知道此时在哪儿。村子周围大田里有几口池塘，水草是否茂盛，是鱼多还是蛤蟆多……这些不可能瞒过他们。他们刚才没命奔跑，又东一榔头西一斧子在田野里逃窜谁也没顾上究竟跑到了哪里。

再说月光太耀眼，白花花黄花花的，任你浑身长满眼睛也会被照迷糊的。"你管他呢！"理想说，"吃了瓜再说！"他没有停止嘴嚼，他的心思全缠绕在品咂黄瓜的滋味上。月光朝着他喷射，将一小团黑黑的影子砸在地上遮蔽了一棵红薯苗。理想沉醉在黄瓜清香四溢的味道里甚至没有动一下，嘴嚼的吱吱声压过了月光灼烧他的嗞嗞的声音。翅膀没心再吃黄瓜了，他的心又在往上提，因为他弄不清这儿是哪儿。他每到一个地方必须知道是在哪儿才有心做其他事情，但他不知道这儿是哪儿他好像很熟识这地方又好像很陌生。在翅膀犹疑不定的时候他突然觉出手背上有几点轻痒，像是一只冰凉的小手在握着他的手并用手指轻触他的手背。他赶紧抬起手来，一片有点发暗的草叶从手背滑落。翅膀以为是红薯叶，是他不小心按着了红薯苗于是红薯叶就爬上他的手背了。但很快他知道自己错了，红薯叶无论有多大能耐也不能挣脱秧藤私自行动，爬上他手背的是蚱蜢，一只碧绿的有小指那么长的蚱蜢。"看，老扁！"（他们叫蚱蜢为老扁，可能是蚱蜢的尖头扁扁的，又披着碧绿的大氅，而大氅下头还有漂亮的绛红内衣），翅膀逮住了那只行动迟缓的老扁。翅膀不敢捏老扁草叶般软柔的身体过紧，担心捏伤了它的长腿。他把它放在手心里，想趁着月光看清楚它，但不等他看清楚，它已经展开漂亮的软翅在他的掌心起飞，不知所终。翅膀甚至看见了半空中隐藏在碧翠外衣下只有飞翔时才崭露的鲜艳绛红，他更加喜欢老扁了。他喜欢老扁，但不太喜欢满地皆是的土蚂蚱，尽管黄不拉叽的土蚂蚱蹦飞起来时也一样有漂亮的紫红内衣，他还是不想多看一眼。有一种叫鬼脸蚂蚱的，向下倾斜的脸呈三角形，两支不住扇动的长长的触须平行向前，茅草籽儿般的小眼睛不怀好意地端详你。翅膀不喜欢土蚂蚱可能与这种随处可见的鬼脸蚂蚱有关，他讨厌这种鬼气十足的有翅昆虫，他不喜欢所有怪异的看着别扭的东西。但他喜欢蝈蝈、蚱蜢这些有着绿叶质地的昆虫。到了秋天他一准要养一笼蝈蝈，而且要喂辣椒和冬瓜皮，让它们争相弹响琴弦。蚱蜢是不声不响的，既不会弹琴也不会像知了那样没完没了地唱歌，它是沉默的姑娘。翅膀总把蚱蜢当成小姑娘，因为它长着小姑娘的模样，或者它哪儿与小姑娘有着相通之处，他能感觉到但说不上来。

金榜在专注地吃黄瓜，翅膀掌心里的老扁也吸引不住他。金榜做啥事儿都最专注，心没二用，一心一意全放在那事情上，就像此刻他的全副精力都放在黄瓜上一样。金榜就挨着翅膀坐在垄子上，他手里黄瓜的白色断茬在月光下显得突兀。只要和翅膀在一起，金榜总是不离左右，仿佛只有贴近翅膀才让他心安。他像翅膀的影子，翅膀在哪儿他就在哪儿，他的眼睛只瞅着翅膀。他们两家是邻居，两个人光屁股就在一起玩，翅膀一直就是金榜的主心骨。金榜和翅膀的这种关系和其他三个人全不一样。

当蛤蟆再次群鼓嗷嘈时，麦冬也不再追究它们究竟在哪儿这样起劲演奏了，脆甜的黄瓜极富吸引力，可以让他们忘记其他。他们放开肚子大嚼大咽，开开心心地过了一回黄瓜瘾。风卷残云，很快每个人都肚儿圆了，再也咽不下去了，但黄瓜还剩下三四根。现在他们可以歇歇了，可以打着饱嗝商量如何处置剩下的那些此刻吸引不住他们的黄瓜了。他们否决了扔掉的打算，只有在半夜里摘过一回黄瓜的人才能知道这些黄瓜的来之不易。最后还是麦冬想出了主意：把黄瓜埋在红薯垄子里，等到明天早自习放学时他们再来取！一听就明白对他来说这绝不是头一次，他做这些事轻车熟路。

他们把黄瓜埋在土垄上红薯苗之间，翅膀动手挖土时，那只老扁又落在了他的手背上。翅膀一看就认出了它，它卧伏在他的手背上，好像要对他说话。翅膀一甩手让它飞走，他不想让这只老扁总是找他。正在这时理想也叫了起来："乖乖，这只老扁真大！"麦冬跑过去一看究竟。麦冬说："按说现在老扁不该长这么大啊，收麦时不是才麦粒那么小不点儿吗？"他的话让翅膀一惊，因为今年确实还没有见过这么大的老扁啊，现在秃蚱子才长到绿豆粒大小，哪儿能有一拃长的老扁！趴在理想袖子上的那只老扁少说也有半支钢笔那么长，绿大氅上粗壮的脉纹都清晰可见。

"噢，下头是一片绿草地，怨不得老扁能长这么大。"麦冬显然是在自我安慰，他指着冈子下边的一片洼地说。那洼地就在旁边，即使在月光下也能看清一派葱茏，那些草不像是野生的，而更像是播种的，齐刷刷地苗壮，绿得发黑——翅膀心里咯噔一响！他们莫非是在红草洼？但他也只是这样一想，并不深究，他不愿相信他们是待在那个危机四伏的地方，尽管他的心已经提起来。

但麦冬也是在给自己壮胆，这么个月亮贼明的深夜，碰上好几回莫名其妙的老扁，让他心里嘀嗒。还有哇哇大叫的这群蛤蟆，这些动物都是精灵，即使大白天碰上他也有点忌讳，还可怜这深更半夜。他总觉得这蛤蟆这老扁都有些来头，但一时又不能妄断。就是在他这样胡思乱想之际，那只布谷鸟开始弹响有节奏的四声乐曲。

他们称布谷鸟为"麦秸垛垛"，当麦野金黄等待收割时，这些叫声好听的鸟儿会准时飞来，好像催促人们赶紧割麦，"麦秸垛垛，麦秸垛垛……"它们日夜不停地这样叫嚷，好像比收麦的人更着急。但这些麦秸垛垛更是鬼精灵，即使像麦冬、理想这样惯于爬高上低的主儿，也是只闻其声不见其影。麦冬曾说他在一个傍晚看见过麦秸垛垛，是在村子里一棵大楝树上，后悔当时他没有拿弹弓，不然就能让他们每个人都能看看了。几个人对这话将信将疑，因为麦秸垛垛总是边飞边唱，它们好像并不愿停在村口的树上，更别提什么大楝树了。麦秸垛垛喜欢的是在云彩眼里做窝，那儿才是它们的家。

但现在它唱起来了，而且唱个不停，似乎把这遍地月光当成了滚滚麦浪。它的歌唱不远不近，让他们心里更是发紧。他们全都屏息静气，倾听这神奇的不可见的小鸟的单调诉说。理想说看，在刚才我们歇着的洋槐树上呢！他们朝那儿张望，但他们只望见那几棵洋槐树的尖顶，像是一座座微缩的小山，一道乳白的雾带拦腰截断了那群树，那些树顶悬停在半空，像是漂浮在白水之上。

他们拍拍攀附在屁股上不愿松手的土粒，要急急慌慌逃也似的走开。麦冬还想着那四五根黄瓜，他东瞅瞅西瞅瞅判断这是哪块地，这处冈子要记清——他猛一激灵，因为他也认出了这是红草洼！高高的平地上并不多见的冈子，低洼里长满了旺盛的茅草……这肯定是红草洼！这些茅草到了秋天一滩红艳，就像一汪鲜血，所以这儿就叫红草洼。（老年人都叫血洼，不知为啥后来弃用这名字了。）即使在三伏天，嘘水村的人们只要听到"红草洼"三个字立马会打一个寒噤，尽管这块地早已置换给了另一个大队的另一个叫大于庄的村子。这块叫红草洼的田地一度属于嘘水村，现在尽管换了主家但它的传说仍然原位没动，似乎它仅只是名义上归属了那个叫大于庄的村子而实际上它仍然活在嘘水村，是嘘水村的一个最重要组成部位，像是人身上的心肝脾胃肾之类的脏器一般。它像一片寒夜里的鬼火翔舞在嘘水村大人孩娃的话语里，发出绿幽幽的荧光，让人不寒而栗。麦冬、翅膀这群天不怕地不怕的少年可以平蹚旷野，但一提红草洼却望而却步。所有的人都趟着这片田地走，不到万不得已或者在懵然不知的情形下是不走进这片地块的。翅膀在刚刚过去的麦季里确实来过一回，那是跟着一群班里的同学捡拾收获后落下的麦穗，他走到了那片茅草中，对草丛中蹦跳的指甲盖那么大的小蛤蟆羔充满兴致。当然，那些让他兴奋的小蛤蟆羔很快就让他惊惧和骇怕了，因为当他从低洼的草丛中爬上高高的冈顶时，同行的金榜突然冒出了一句话："红草洼。"翅膀的心一惊，陡然色变，他一下子领会了金榜话语里的含义而且马上逃开。他们挎着条编箩筐，一歇子跑到地头上才敢停下来回望。其他的孩子也已四散奔逃，红草洼兀然耸立在白亮的阳光下，隔了一段距离越看越觉得瘆人。

据说到了秋天，红草洼的所有的经霜茅草如此红艳是根系够着了地下经年蕴积的血泉。如果在雾灰灰的清晨太阳还没有出来的时辰你去摸摸那草尖，准会弄得一手赤红而且还有浓重的腥味，像是那血刚刚从人的身体里流出，携带着温度甚或冒着热气，就仿佛那地底下至今还藏匿着成群的活人，而那些鲜活的生命通过这艳红的血滴试图向阳间的人们昭示什么，也许是诉说委屈。这块地从久远的时代就属于嘘水村，至于曾经归属于谁家没人能说得清，或者说得清的人都过早地消失了。有一种说法是这里曾经是一处寺庙，在某次来自朝廷的围剿中寺庙成了废墟，和尚或者道士们树倒猢狲散，空留下一堆砖头瓦块。那处低洼曾经是放生池。当然，这也仅仅是一种说法，起因可能与这块地曾经的名称有关：大寺。而另一种说法似乎更盛行也更有可信性：这块地离嘘水村较远但又属于这个村子，在不止一次的饥荒年间一度作为饿殍的堆垛地，就像柴火捆堆垛在打谷场里一样。

红草洼要仅是一处无名氏的大坟场也就罢了，平平和和地生长庄稼，说不定因为血肉肥沃了土地还要多收成三五斗呢，嘘水村的人没有谁会嫌弃这片多少世代来隶属的土地。问题是无名氏们总在兴风作浪，一到了秋冬季节大庄稼一撂倒，视野开阔，你看吧，到了深夜这洼里要多热闹有多热闹，点点鬼火比抓把土撒向半空更稠密，就像雀群一般，呼呼呼呼，一会儿在这儿招摇一会儿又蹿到另一个地方，比鞭打的陀螺都机灵。曾经有一群箍着袖章的年轻人都是无神论者他们纠集在一起追赶一群鬼火，他们跑得呼呼哧哧到底也没有追上，最后一群人全陷在红草洼里出不来。是的，这群人到了第二天太阳翻边才豁然醒悟，他们在那块田地里整整摸爬滚打了一夜，冈上冈下，东跑西颠，自以为有日天的本事，但还是没能找到回村的路径。因为这小山似的高冈下堆积着层叠的饿殍，饿死鬼们把整块红草洼摞上几层估计也挤不下，所以不在红草洼吃东西在嘘水村是人人皆知的戒律。到这块地里干活也不能携带任何食物，否则麻烦会接踵而至，你拎到田头的饭罐里撒上一层均匀的土粒或者踩在松土窝里咯噔崴了脚，也都是家常便饭，司空见惯。

五个人像刚才被追撵时一样开始顺着红薯垄奔跑，这一次没有黄瓜的羁绊牵扯了，但他们没法跑快，垄沟太窄，不比跑在光溜溜的土路上。他们都不说话，伴着零乱脚步声的是麦秸垛垛的嘲笑声。看呀看呀，跑不快啊……那只鸟在远远的树顶上看着他们笑个不停。月亮一步不落跟紧他们，就像是摔跤比赛的裁判，唯恐错过了什么，剜着根儿一定要看清。翅膀顾不上朝后头张望他也不敢张望，他只是想赶紧远离这红草洼尽早跑到地头上。他们跑完了南北朝向的垄沟，接着又跑东西朝向的垄沟。当年置换这块地时出现了技术性难题，就是大于庄位于嘘水村东南角的那块用于置换的地块不够大，一亩换一亩嘘水村都觉得吃了亏呢，要是拿一块大地换一块小地只有傻子才会同意。他们坚决不同意，尽管置换地块的事情惊动了两个公社的领导，更不提两个大队的支书大队长了。红草洼是莲花土，适合种植各种庄稼，是最好的土壤，小麦、大豆、红薯、高粱，连棉花、烟叶都能种呢。而大于庄那块地是黑土，除了膨胀傻大个的红薯有专长外其他一无是处，一见雨就板结，芝麻、绿豆在那儿都懒得生长。嘘水村之所以愿意置换是因为离村子近，耕作、收成都方便，而红草洼实在是太远了，拉庄稼运粪都是惆怅，下一回地像走了一趟亲戚。嘘水人从不提红草洼的鬼火，也不说瓦罐撒土的稀奇古怪仙事，说的都是冠冕堂皇的理由。许多传说从来不出村子，一个村子有一个村子的鬼神，所以大于庄人只是扫信红草洼有过鬼火，也是只知道个皮毛而已，没当个事儿。当年鬼火又不是啥稀罕物，哪块地能不飘几飘呢，连村子绕圈的宅基地都有鬼火光顾。（后来鬼火莫名其妙消失了，麦冬、翅膀这群人可以说得神乎其神，但全没有和鬼火谋过面，据说与机器有关，也与电灯有关，这么响亮这么明亮啥鬼能搁得住啊，早退避三舍了。）最后达成的协议是红草洼靠北的四分之一仍归属嘘水村，但最好每季都种一色的庄稼，大于庄纵耕、嘘水村横耕作为分别。就是这个纵耕和横耕，让这块田再次成为迷人的八卦图，深夜里的陷阱。

麦冬他们在红薯垄子间奔跑，跑得连呼噙带喘衣襟都朝后飘了起来。麦冬跑在最前头，他的双脚像割麦时惊出的野兔那样疾速交替合拢，你不承认麦冬赛跑冠军的资格不行，他不一会儿就把几个人落得远远的。麦冬停下来招呼他们："快，快点！"金榜仍然殿后，但他和前头的翅膀也只是差上一步的距离。他们身上的汗水再度露头然后汇集，急急忙忙平淌，粗布褂子开始溻得湿黑起来。月亮贼亮，但他们谁也顾不上看月亮一眼，倒是那只麦秸垛垛，隔上嚼碎一口黄瓜的时辰就连续催促一阵，现在变成了"快跑快跑，快跑快跑"，短促的四声一体，连贯重复五六次加强语气而更显得郑重，一连串的短声部就像一枚枚椭圆的乳白果实挂坠高空你只能听见却看不见就算看见了一样会消失得突兀一下子没有了但不是溶解或淹没而是一下子消失的，那声音好像还嫌他们跑得太慢了，后头有追赶者马上就一把攞住了。但一直没见着谁在追他们，只是麦冬觉得跑够一歇了早该到地头了只要到了那条横路上他们就放心了，只要站到那条不宽的土路上红草洼就被甩在身后了。据说鬼是过不了路的，对于另一个世界的鬼们来说每一条路都是一道高墙。麦冬觉得不对劲儿，明明该站到土路上了怎么还要局促地奔波在一道一道红薯垄子之间呢！他停下来，月光照亮他半边脸，像是落上了一层雪，像是刮着大风下了夜雪，清晨起来树干半边黑暗半边厚白。麦冬说那条横路呢？怎么找不见那路了？理想仰着脸磨悠一圈，甚至没有避讳刚才待过的那处冈子，但站在这儿已经瞧不见那处冈子了，冈子和横路一样消失在月光里。月亮像是一口圆洞，嵌凿在天空里，洞里那个舂药的老头儿清晰可见，他在一低头一抬头地杵药，而那株桂花树枝茂叶盛遮覆了他和敦实的石臼。翅膀看见了月亮里的一切，但他不敢说，唯恐一说那个制药的老头儿从月亮里走下来，那他们肯定吓得屁滚尿流。他不说金榜也不说，他们都不说话，但他们不自觉地朝一堆靠拢，仿佛只要他们聚在一堆害怕就会一蹦跳开看着他们也没有办法了。他们湿黏的身体紧紧地贴近，能听清彼此的粗重呼吸声，能感受到那喷出的携带着黄瓜味道的气息。他们都等着麦冬来指明方向。麦冬是天不怕地不怕的，麦冬在任何这种时候都是也应该是他们的主心骨。麦冬也胜任这个领袖角色，他伸手一挥，走！朝这儿。其实麦冬早已迷糊，他在寻找刚才的槐树顶，被白色的雾带拦腰砍没的那处飘浮着的树顶，但他没有找见。为啥找不见了呢？明明刚刚还清楚地显现在月夜里，而且就这么一片地方啊？他疑问深重，但他不想向他们透露他的疑问，他不能在这个紧要关头再散布紧张空气。但为啥找不见那个树顶了呢？只要找见，他就有方向了，就不会再这样瞎摸乱撞了。他们仍然顺着红薯垄子前行，似乎只要顺着垄子总能走到头吧到头了还不是那条横路吗！但所有人都忽略了他们早已走完了纵垄而且也早已走完了横垄现在再度走上纵垄了。他们正在向红草洼的地中间走去，向那处他们刚刚离开的冈子走去。当他们猛然感觉脚下的大地升高了，越升越高让他们以为是站在架子车的一端而另一端正在被人压低下去，他们在升高但他们无法遏止这种升高。当他们站到冈子顶上时他们全都屏声静气因为他们一下子全都意识到这是刚才的冈子顶，他们坐过的土垄在月光下展示被屁股磨平的略微泛白的印迹，而且四清在一处垄沟里找到了他们扔掉的瓜蒂，接着理想也找到了他们埋藏的那几根黄瓜。他们说话的声音开始压得很低，甚至一时间不知道该如何办才好。他们没有跑，因为知道逃跑没有任何用途不想让你跑你是跑不掉的跑掉了你还得自己回来。他们再次靠紧，再次让呼出的吩吩热气喷散到彼此的脸上肩膀上。理想说为啥找不见咱们庄了啊？他们的眼光四处乱瞭寻找，不但是嘘水村，连相对近些的白衣店连大于庄全找不见了，一层薄纱般的白雾掩藏了一切。雾气不知何时起来的，而且得体地将村庄树木所有人间的事物遮蔽起来，好像这样才能一切交于红草洼任其处置。月亮更明亮了，没有减低分毫光度，那个制药的老头儿仍在慢斤斯两地劳动，好像他在笑好像他在笑呢！翅膀说："那个老头儿在笑。"几个人的头发梢子全竖了起来，麦冬问："哪个老头儿？"翅膀伸手指了指月亮。麦冬鼻子里哼了一声，低声训斥他："别胡说！"麦冬说："谁也没有笑！"谁也没有笑，没有人笑得出来。月光像是白狐的长毛，那片碧草里有啥在动弹呢？那也许是野兔，也许是一只田鼠。你就别再吓人了好吗？！你没听麦秸垛垛又在催我们吗？我们要赶紧走！我们还要赶到学校呢，不然天明刘老师又要训人，说不定还不再让我们住在学校里了呢！

　　按说这阵儿是顾不上刘老师的，他们的心脏一直在瘦骨嶙嶙的胸腔里跳个不停跳个不停，这边的汗毛刚刚平伏那边的又全站了起来。他们一直大睁着眼睛。是刘老师让他们搬床（轻简的绳襻软床）住进学校的，正好学校曾经盛放干草的屋子空出来了几间又没有马上安排为教室，再说教室也足够用了，没有班级需要新教室，学校里牛羊全处理了，不再充斥着牲畜的尿臊味儿，当然也就不需要夏秋季节所有的学生都下地割草了，盛干草的屋子只能空着。停止勤工俭学的

105

上级文件是前一年秋天下来的，让麦冬、翅膀扫兴的是他们再也不能整天漫野乱逛了，只能老老实实天天窝在教室里听那些老师胡说八道了。（不包括刘老师，刘老师教数学，又兼班主任。）升学不再实行推荐制度，逢年过节家长们不去巴结大队干部孩子也照样能从这个大队学校去镇上的高中读书，听说还能去遥远的大城市读中专，更别提县城高中还招收重点高中生。替代推荐的是考试，真枪实刀无法掺假的考试，不照顾任何人的情面，你的拳头硬实、你脸上的酒窝长错了地方这些因素都不在考试照顾之列，考试只讲分数不讲人情。学校不再是一处养羊养牛还要割草的乱哄哄的大牲口院，而是真的响起了琅琅的读书声，堂堂课都有老师在讲台上，而且为了节省来回跑的时间，刘老师竟提议让他们住校，这样早晨就不需要浪费路上一个小时了，天知道他们在路上干什么，因为学校在西边的拍梁村东头离嘘水村还有三里地。这种安排正中下怀，麦冬这几个人巴不得有个新节目来替代昔日的漫野疯跑呢。他们天天坐在昏暗的教室里实在忍受不了了，生活需要改改样儿，需要趁着夜色从村子里去学校趁机干点偷梨摸瓜的美好勾当。他们五个人都住在村子南头，而能够成功组合一群的最重要原因则是翅膀的学习成绩是全班最好的，他们每天晚上集中在翅膀家，可以在那只被煤油烟炱熏得三分之一黢黑的玻璃罩子灯下做作业。刘老师给他们布置了一大片习题，尤其是数学，简直难于上刀山，而只有翅膀才能够对付那些二元一次方程还有平面几何……我的天，做数学题简直是让人去上吊，那些曲里拐弯的符号让人脑袋轰的一下就涨大如笆斗，但不完成又不中，第二天刘老师会虎视眈眈，你只能求助翅膀。一物降一物，翅膀就是精于解数学题，好像天底下的难题到他这儿都能迎刃而解，他瘦脖子上驮着的那个大脑袋好像总在嗡嗡作响，通吃所有数字、符号。于是他们天天集结在翅膀家中，做完习题后再朝学校开拔。至于这次去秋收家菜园里摸黄瓜，麦冬确实是始作俑者，原因是秋收在学校里不太买他的账，而因为秋收的堂哥是他们的政治老师（根本不懂什么叫政治，课堂上胡乱咧咧），他对他束手无策。麦冬提议去秋收家菜园里去摸瓜，但他从不说秋收不买他的账这话头儿。他的提议得到了另外三个人的响应但翅膀却明确反对，因为他们家与秋收家是亲戚（不是真正的亲戚，但是哪种亲戚翅膀说不清），走动频繁，八月十五的中秋节秋收爹还给翅膀奶奶送月饼呢。翅膀觉得他要是同意去偷秋收家的黄瓜明显有点不地道，但他又有点担心扫了几个人的兴头儿，好像他是仗着学习成绩出色故意在拿捏别人呢。所以翅膀并不坚定，最后达成的协议是不让翅膀进菜园，他只需待在泡桐树棵里看管零杂就好了。（就是没有这层瓜葛，他们一般也不会让翅膀冲锋陷阵，因为翅膀有点笨手笨脚，会读书的人难有做事利索的。）翅膀觉得这样也不地道，但没再争辩，其实算作妥协默认了，从而促成了这一次夜间突袭，也促成了他们在深夜的月亮下在红草洼里徘徊往复。

其实一站到冈子顶上几个人都明白发生了什么，都知道这也许就是"鬼打墙"，他们听人无数遍讲过但从没有亲身经历过的事情，现在正在切切实实经历，但每个人都祈愿这不是"鬼打墙"，他们只要不那么疯跑马上就能离开红草注。他们没再马上疯跑，麦冬低声让大家站成一圈，脸朝外解开裤带。"听我的，"麦冬说，"使劲儿朝外尿，能尿多远尿多远！"他们一声不吭，但全都解开了裤带。他们扎的都是带铁滑扣的裤带，能听见滑扣清脆的撞击声。他们没一个人多说一个字，因为语言是有魔力的，再说你能保证小鬼没趴在你嘴旁边支棱着耳朵听你讲话！他们不吱一声，不提一个"鬼"字，也不提他们碰见了什么。在这个月光浇顶的深夜，他们掏出小鸡鸡奋力尿尿，白亮的弧状尿线扯动了碎片状的月光，尿柱浇淋地上发出类似哭泣的哽噎。翅膀尽量不让热尿碰上红薯苗，刚刚成活的红薯苗耐不住热尿的劈顶倾注。不但所有植物害怕热尿，所有大鬼小鬼全怕热尿，碰上了鬼魂你不要逃跑，你要尿尿。尿柱滋出身体的声响能让小鬼们退避三舍。人的身上有三盏明灯，两盏在肩头，一盏在头顶，你只要胆怯浑身一颤抖，一盏灯已经灭掉。你汗毛一竖，另一盏灯倏地熄灭。你的头发不能全站起来，一旦头发站起来你最后一盏灯就灭掉了，小鬼们就可以肆无忌惮地收拾你了，因为你没有了让他们心惊胆寒的武器。翅膀觉得他的灯至少灭了两盏，他在颤抖，止不住地哆嗦，而且他的汗毛在刚才辨认出是冈子的时候半边身子一下子全麻了。他不能让头顶上的最后一盏灯熄灭，他摸了摸头顶，没有摸着灯，但揪到了一撮头发，在手指间像捻着一撮青麦芒。理想说："这样，都这样！"他举起右手握紧拳头，让大拇指从食指和中指之间探出，然后将拳头举到平齐耳朵，被群指埋没的大拇指端笔直地指向上天。这是手符，任何邪魔鬼道碰上了都胆战心惊。翅膀愣了一刻，不过马上知道了这手符的含义。理想不说透，只是那样举起右手，于是所有人都举起了右手。确实有用，翅膀身上的颤抖减少了许多，就像往池塘里扔土块，涟漪一波波矮小。翅膀要举起两只手，理想用没有举起的左手"叭"地打下他举起的手。他们全都举起一只手，这样好有最后的防御，如果没有起色再把仓库里的储备使出来，而初开始不能亮出全部本事家当。

　　他们辨认清楚去路，举着手互相靠紧缓缓挪下冈子。这一次肯定不会再走错，因为来路实在是太清楚了，他们又不可能这样健忘，再说不是一个人，所有人都看着呢。三个臭皮匠顶个诸葛亮，现在他们不那么害怕了，尽管身上仍在哆嗦，翅膀偶尔小声说句话话头还像风中的断线东摇西摆。他们顺着红薯垄子寻找那条横路，他们不会找不到。

　　就是因为紧盯着红薯垄子，才被这在月夜里比长蛇更可怕的红薯垄子误导，盯着盯着就硬是弄不清到底是田间的纵垄还是田头的横垄了。麦冬觉得是他们一个个靠得太近，老想偎作一团，混淆了他判断垄子走向的能力。你就是把麦冬一个人扔在无边无际的盛夏的高粱地中心，也挡不住他准确地毫不误事地冲到田头的路上。麦冬有这个本事，不止一次深夜里摸瓜，麦冬都毫厘不爽地验证过他这个本事儿。而现在明晃晃的大月亮地里，竟然会摸不出田，竟然找不到田头的横路，说出去还不让人笑掉大牙！"趔远点儿！"他一下就拨开了老想朝他靠紧的四清，他有点不耐烦。四清一个趔趄差点儿摔一轱辘，但他没有恼，伶俐地一转身子马上又贴紧了理想。他们几个人靠得实在是太紧了，像簇在一堆的水里的马鳖，像秋天码在红薯窖里的红薯。理想说，别挤了好不好！这样耽搁我们找方向。他们挤作一团腿脚老绊在一起，不时有人要跌倒，挨边的人全受连累。他们现在已经顾不上脚下的红薯垄，不知道踩倒了多少棵刚刚抬起头来的红薯幼苗。他们注意方向的时候为时已晚，方向再一次走失，你从麦冬惶惑的东瞅西溜的脸上能够看出来。他在吃力地辨别方位。麦冬并不害怕让目光随便放在深夜里的什么地方，无论远近，但其他几个人似乎没有他这个胆量。翅膀看见远处薄雾在升腾，他没有看过雾在深夜里怎样从地面升起，一团一团一涡一涡，像是茂盛的枝叶、雪白的庄稼或者是树丛，一个劲地朝上蹿。但近处并不明显，甚至月光仍如刚才那样皎洁，一点儿也没有变化，连那个忙碌的制药老头儿也没有停止一下他的劳作。一枝红薯苗悄悄拂弄了一下翅膀裸露的脚背，藤叶上沾满露水，瓦凉瓦凉。他们坐下吃黄瓜时还没下露水呢，现在露水已经像一场看不见的小雨，他们的衣裳已经洇湿，只是没有一个人这会儿会顾上身上的潮湿。他们已经感觉不出潮湿，除了害怕以外，他们高一脚低一脚走在红薯垄子间，还有腰背酸楚，还有身上的汗水没有干过。汗水就像他们微微的喘息一样须臾没有离过身儿。他们不止一次抬头瞭望，眼巴巴地想看见刚才还兀立雾带之上清晰可见的那株槐树，但白雾轻而易举粉碎了这种不切实际的想法。要是能望见那个树顶该有多好啊，他们只要奔树顶而去就好了，才不管是近路还是远路呢！多走几步路谁也不在乎，只要能走到他们能辨识的事物前，就又能回到熟悉的生活秩序中，不再有一丝急慌。当你迷茫在大地上，一切熟识的全变为陌生，就像是你莫名其妙一下子置身于遥远的远方（像是梦境），你知道前方埋伏有危险但不知道是何种危险，不知是死是活，这才是最可怕的。此刻光辉四射的明月比伸手不见五指的黑暗更可怕，因为所能看见的就是这明月，远处逶迤的树木包绕的村庄、硕大的麦秸垛、一路两旁排立的岗哨般的正值壮年的毛白杨……这一切都被不动声色的乳白的雾霭遮覆抹杀，或者它们已经不存在，而他们虽然存在却已不是存在于熟惯的地方，至于这儿是哪里只有鬼才知道。

怕鬼就有鬼，他们到底还是没找到横路。一堂课那么长的时间过后，他们又站到那处冈子上了……

纸棺材

　　那片地离村子很远，位于一大块玉米田的中央，有两三个足球场那么大。生产队里的事儿谁也说不透，至于大田地里空出这片小田地是干什么用的，也没有谁能说得清。大概这地的前身是麦田，收完麦子之后留作晒垡地（也就是休耕地），等着暮秋时节再种上下一年的麦子。但也不排除其他可能，比如最初是留作种芝麻的，因为芝麻田要隐蔽一些、离路远一些，以防人乱摘芝麻蒴儿，可后来什么人忘记了这码事，于是搁置了下来于是被所有人忘掉。反正是公家的空着也没人心痛，倒是那些野草得意极了高兴极了，从来没这么放纵过一个劲儿地疯长一个劲儿地疯长。比野草更疯狂的是那些得天独厚的昆虫，密密麻麻，有蟋蟀、蚱蜢、蚂蚱，还有蝈蝈，还有说不出名堂的什么藏有彩翅又能弹响动听琴弦的小虫子。重阳是在不久之前发现这片神奇的草地的，和他一起发现草地的还有他的小雀，当时它晃悠晃悠地站在他的肩膀上，不时唧啾轻轻叫一声；而这只小雀两个小时之前就已经不再晃悠，这会儿老老实实待在重阳手里端着的两张演草纸里，透过皱皱巴巴的演草纸，不再殷红有点发暗的血迹悄悄洇出来，靠近血迹的地方，演草纸上用蓝色自来水笔写出的乱字伸胳膊舞腿一下子变得又粗又壮。刚才没走到这片草地时，有两只麻蝇一直想趴到血迹上，但重阳一直不让这两只麻蝇的阴谋得逞。说阴谋有点太狠，因为这是两只麻蝇，而不是那种闪烁荧光的蓝苍蝇；重阳有点讨厌蓝苍蝇，觉得它们只爱在厕所出入，不像麻蝇那般爱在饭场里逛悠，尽管事实上麻蝇也常常光顾厕所，而蓝苍蝇也时不时光顾饭场，但重阳还是感觉麻蝇干净，不那么张牙舞爪。要是平时，重阳会对麻蝇网开一面，但一想到演草纸上的那团血迹是他的那只小雀身上的血，重阳就止不住泪水，而且坚决不让麻蝇在其上哪怕是稍做停留。

重阳腾出一只手，用手背抹拉了一下模糊的双眼，于是他能看清楚物件了。他不再哭泣，东瞅瞅西瞅瞅挑了一片最茂密青翠的青草，在青草的中心蹲了下来。那片草真好，没壮得发黑，也不显得衰老，像是还处于童年，像是永远处于童年。因为上次重阳来的时候就见这片草长得最旺没有结穗，现在仍没有结穗，即使有几株不慎抽出了穗子，也一点儿不老气横秋硬撅撅老想扎人，而是柔软湿润，像是谁的嘴唇，像是马上就会飞翔的小雀的羽翅，让人老想去摸一摸。重阳摸着这些草，想起了他曾经在这片草中逮着了好几只绿蚱蜢，揪掉蚱蜢的草梗似的扁刺头只留软软的肥嫩下半身，能逗小雀嘴张成小瓢，喂得嗉子饱鼓鼓的，可现在他的小雀的嗉子永远也不会惬意地饱鼓鼓了，于是他又哭了一场。

正是中午十二点多一点儿，太阳正毒，白得有点发黑，重阳抬起头来稍想朝远处张望一下，就得眯缝起眼来。他刚刚哭过，而且这会儿还在哭，有点不太能看清晰景物。重阳把演草纸裹着的小雀放在地上，想找根小树枝来挖墓穴，但寻觅了一圈没有找见。这时，他听见海滨喊："重阳，重阳……"他听出海滨不敢使大声，怕吓着他了，因为谁都知道晌午顶小鬼最好在漫野地里瞎逛，何况是这么一片孤孤寂寂的野地。重阳想不到海滨会跟着他过来。他有点不相信，就慌忙抹拉了一下眼睛磨着脖颈看了看，确实是海滨，伸着头正从包围着草地的玉米地一角朝这儿走呢。海滨也松松垮垮地挎着他那只不像话的软不拉叽的布书包，一看就是放了学没回家，从学校一路跑过来的。

这块草地可真没的说，草丛密密麻麻，像胳膊上的汗毛一样均匀。几乎就看不到衰老的草枯萎的草，一律厚绒绒的翠碧，踩上去一软和一软和的，让人都不忍心去踩。这么毒烫的太阳，没有一片草叶耷拉下脑袋，都在那儿水灵灵地葱茏，倒是被阳光薅出的草汁的气息，布满空中又浓又香。周围密实的玉米林遮挡着，一丝风也过不来，薅出草汁的阳光当然也能薅出更淋漓的人的汗水。海滨穿的那件黑粗布褂子已经溻透，许多地方都贴在了皮上，愈显得黑暗。海滨头发上点缀着几粒秕芝麻般的玉米穗、筛落的干萎花屑，径直走到蹲着的重阳跟前。海滨说："重阳，你别哭了，我再给你掏一只，保证比这只还好！"本来重阳听见人来心里一惊已经止住了泪水，如今海滨这样一说他就又止不住眼泪了。重阳像是在跟谁较劲儿，边哭边嚷："我就要这一只！"

海滨说："我一放学就听说了，但找你找不见，问几个人才知道你朝这儿走了，我就紧跟过来。"

"我就要这一只！"重阳哭得肩膀头子一耸一耸的，压根儿没听海滨说什么。

"重阳，你放心好了，停些时我非收拾孙富成这小子一顿不可，替你出气！"

"我就要这一只！"重阳一边不断地重复这句老话，一边用泪眼在草地里再试着找一根掘墓的小树枝，但仍没有达到目的。

海滨唉声叹气了一回，稍做停顿，问重阳要找什么："是找这只纸盒子吗？我给你拿来了，我去你班里就看见这只纸盒子待在地上，一问才知道出事了。"那是只盛手电筒电池的纸盒，尿黄色的纸壁很厚实，上头竖着一道一道沟壑。那盒子能装八节电池，让一只小雀在里头蹦来蹦去真是再合适不过了，就是冲着这一点，当初重阳才答应海滨带小雀去学校的。那盒子是海滨花了一分钱从大队代销点买来的，是专门为重阳的小雀买的。因为海滨听说重阳的小雀能绕着重阳的头顶飞，而且飞一圈后会落到重阳瘦削的肩膀上，于是海滨想看看这只小雀。这只小雀是海滨在麦假里送给重阳的。

海滨是早晨放学时提出这个要求的，他在早自习与人逗头拉呱时，知道了重阳的小雀能绕着人飞来飞去这件事，他想马上看见这只小雀。其实海滨早忘了他送给重阳的这只小雀，可一旦重阳把小雀养得能飞起一丈，不，两丈那么高，海滨立马就想起了这件事，而且想马上看到这只他曾经摸过的小雀，曾经亲手从巢里掏出来的小雀。

在放学的路上海滨等着了重阳，海滨说他太想看看小雀了，哪怕看一眼就行。重阳说，你跟我到家去一趟不就好了，还啰唆什么！但海滨不想去重阳家里，他说他有点怵重阳家那条大黄狗。重阳没有想海滨从来没有怕过什么狗，无论是大黄狗还是大黑狗，海滨哪会儿也没害怕过狗；重阳只是说，只要海滨进院，他立马就搂住狗，"它才不会咬你呢，我家的狗从不咬我的朋友。"但海滨又说不喜欢他家院子里那棵老楸树，"黑压压吓人，人家不是说上头住的有小鬼嘛！"重阳马上不屑地反驳道："你听他们胡说，有小鬼我怎么没见过一回？"尽管重阳对院子里的大楸树也有点怵劲，天一落黑就轻易不出堂屋，但他嘴上还是得硬一回。说过来说过去，海滨是不想去重阳家，因为海滨的父亲和重阳的父亲吵过大架，也就是说有仇隙。两家有隔阂孩子们也是不许来往说话的，何况海滨即使是平时走路上见重阳父亲也是头一勾过去，从来没搭过一句话。可重阳整天愣头愣脑，有点不关心现实，没有联想到这一层。重阳没好气地说："那就等到星期天，我拿到你家看得了。"

海滨等不到星期天，海滨说今天上午看不到小雀估计他就活不到下午。"那你说咋个办？"重阳急了。海滨说："能咋个办，你早饭后带学校来不就得了。"重阳说："我带学校来，我拿啥带学校来？难道连笼子掂来？难道要全班不听老师乱讲只听小雀唱歌！"海滨说："拿啥带来？——我有法儿我有法儿！"重阳说："你能有啥法儿？"于是海滨不再顺着路朝前走，而是二话没说掉头原路返回。重阳没想到海滨是去学校旁边的大队代销点讨要电池盒，以为他去去很快就会回来。重阳耐心等待。重阳眼看着同学们纷纷走远，估计都该到家了，都端起早饭碗了，都吃完早饭了，可他恨恨地还得原地不动地老老实实等海滨。夏末秋初八九点钟的太阳并不像当时有人赞许的那么可爱，而是火辣辣的，顷刻就把清晨的凉意撵得没了影儿，可学校通往村子的那条道路又不解重阳的苦衷，没有生出哪怕是一小片树木的阴凉。苦等海滨的时刻重阳真是恨死海滨了，他差点儿都打定主意不再跟海滨好了。重阳跟自己打赌，打算再数三十个数假如还不见海滨的踪影，那就怨不得他了，他真的不要海滨这个朋友了。他数完了三十个数，没有看见海滨奔跑的身影，于是他觉得可能是自己心急，数得太快了些，于是他又开始从头数。这一次刚数到二十四，海滨伸着头的身影已经顶破了重阳的视野。他一阵激动。

海滨住村子东头，重阳住村子西头，本来两个人是井水不犯河水的，况且两家的大人又有那一档事。（哪一档事？孩子们并不知晓底里。）两人的距离就愈加遥远。两人虽在同一所学校，但并不在同一个年级。海滨比重阳大两岁，比重阳高一个年级。海滨的教室在小学校的第一排，重阳的教室在小学校的第三排。海滨脸黑，脸上有一层蒙脸纱，就是雀斑；重阳脸白，脸上干干净净没有一个麻点。海滨显得少年老成，重阳却显得永远长不大看样子今后也不会长大。海滨的父亲是生产队里的普通社员，重阳的父亲是村子里唯一的大队干部；估计就是因为这个什么干部，两家人才撬开了仇隙……但要是生来是朋友的话，这些差别压根儿就算不上差别，仅只是一堆不值一提的破烂。传说有"桃园三结义"，海滨与重阳却是"塘堰冰上两结义"。他们的友谊确实发生在池塘边，冬天结着薄冰的池塘。

当时也是早晨放学后，有五六个孩子都偎在村里的那口大池塘堰上。池塘里刚结初冰，因为是冷天开始的第三天，那冰结得并不厚道，和他们熟得生厌的课本相差无几。几个孩子围作一堆跃跃欲试，都想看看冰层是否愿意承载他们的身体。孩子们的心情太急切，就像水面上生出的冰太缓慢一样。冰层是薄了些，能看见底下大片大片来不及逃逸的白色气泡，要是谁的脚一踩，那些白气泡就一胀一缩，像是一头生满白发的怪模怪样的什么扁体动物。前一天早晨，朝冰上扔块土坷垃，土坷垃会一头钻进冰底下；这会儿扔坷垃，坷垃只在冰上磕出个小洞，优先礼让许多白气泡一晃一晃钻进去，它自己则哧哧溜溜滑去别处。那些孩子由此断定，这冰应该愿意承载他们；他们虽然拥有这样牢固的断定，但没有一个人胆敢试试这断定是否准确，包括瞪大眼睛一会儿伸出脚踩踩一会儿伸出脚踩踩同时把颈子抻得更长的海滨，也不敢三步并作两步跑过并不宽的冰面。那冰面是池塘的一个塘嘴，并不太宽，足天也不过两丈五，但就是这两丈五，是这些孩子心中不可逾越的天堑。

重阳就是这时候出现的。重阳不像这些孩子放了学不回家，背着书包只顾和冰亲热。重阳不但回了家，而且还从家里的灶膛里扒了一块烧红薯。那种烧红薯是在包藏火焰的草木灰堆里烘熟，不剥开外皮，乍一看像是一截没烧透的黑暗木炭。重阳的家就离池塘不远。重阳手里的烧红薯刚刚剥开，冒着丝丝缕缕的热气，要是搁后来，正在踩冰玩的海滨肯定会上前夺过去尝尝。可当时海滨和重阳还不是朋友，只能眼睁睁看着重阳一声不响一小口一小口细嚼慢咽下黄澄澄的稀稀溜溜的薯瓤。重阳吃完了烧红薯，把剥掉的一面黑暗一面鲜黄的红薯皮扔给旁边仰着头急切等待的大黄狗，然后才抹拉抹拉手，说："你们怎么都不沿冰？"好像他的心都放在手里（如今已经安全落入肚里）的烧红薯上，没有放在冰上哪怕是一点点。"嗯。"海滨咽了口潺潺泉出的口水，顺口答应了一声。不知为什么，海滨对重阳感觉颇好，两家蓄积的仇恨也没腐蚀掉这种感觉。重阳并没有注意"嗯"了一声的海滨，而是稍稍伸脚踩了踩近岸的薄冰，没有任何犹疑不定的中间环节，接着他的身子已经完全不在岸上，而是令大家大吃一惊地奔跑在薄冰上。那一幕惊心动魄的景象海滨一辈子也再没碰到第二次，重阳的双脚在冰上快速交替的同时，一条白线伴随着咔嚓嚓的琴弦崩裂声紧紧追随。那种声响有点撕心裂肺，就像一根正在手指头下唱得起劲的琴弦突然绷断，同时组成弦索的股股丝线边绷断披散边依照惯性仍然发出身体里蓄满的手指头指令的声音。但重阳在奔跑，飞快地奔跑，而且没像大家看着他脚底下的白线断定的那样他必会掉入冰窟窿无疑（海滨被重阳的壮举激动得想哭，已经做好随时去冰窟窿里打捞重阳的准备），他仅仅是一瞬之后，又令人吃惊地站在了对岸。站在对岸的重阳抹拉着手上沾的烧红薯灰烬，没有望这岸被裂冰镇压因而沉默静寂的一群人，也没有看一眼冰上危险的白线，和白线之上一两处他脚后跟磕出的小洞在一呼吸一呼吸朝外喘水。重阳的脸上有一两道烧红薯涂抹的黑暗印痕，面带黑印满不在乎又好像是不省世事的重阳就这样永远巍峨地站在海滨的记忆里，站在记忆里的重阳的面前，是在早晨阳光布下的阴影里泛射阴险黑光的薄冰。

于是海滨和重阳成为铁哥们儿。因为家庭不和，两个人平时来往不多，但铁哥们儿是铁板一块，不是铁丝襻就，不会因为少往来几行就不依不饶陡然现出孔隙和漏洞。重阳喜欢小雀想喂一只小雀的愿望是在一次闲谈中被海滨得知的，于是海滨开始操心人家的屋檐下头和墙洞，开始操心是否有小雀衔着小虫子往那些墙洞和屋檐下头钻营。重阳想得到一只小雀，但并不想去那些地方掏幼雀，因为孙富成这只老狐狸在全校大会上讲的一个故事使重阳做了一回噩梦，于是他不愿在这些事情上浪费自己的勇敢。孙富成是学校校长，五十岁左右的年纪，只比重阳高出一个头颅。重阳不喜欢这个什么孙校长，因为他发现这个小个子干瘪孙校长没有因由地不太喜欢自己。其实世上不存在没有树根的大树，而仅仅是重阳不晓得这些树根深扎何处而已。孙校长家庭出身是富农，而重阳家则是纯正的贫农，不但是贫农，他的父亲还是大队干部。重阳父亲的大队干部名衔有待考究，反正肯定不是支书（握有人权），也不是大队会计（握有财权），也不是民兵营长（后来更名为治安主任，握有兵权），而仅是挂着名或者说有名无实的大队干部。前三种大队干部孙校长不敢仇恨，或者说有仇恨差可忍受，因为他知道鸡蛋终究碰不过石头，但重阳父亲这种大队干部，孙校长完全可以将其视为眼中钉，得势的时候将他在其手下上学的孩子用一种巧妙的方法打入十八层地狱。孙校长仇视重阳还有一个重阳不知道的原因，就是重阳没把他太当回事，眼里没有他这个校长。孙校长一想到这一点就气愤难平。重阳当时还只上三年级，到中秋节之后才能过九岁的生日；他的浑身上下除了头上外还没有一处胡乱生出毛发，对性别区分有点懵然无知。不但是一个重阳，重阳班上的小伙伴对性别都是懵然无知，都还没来得及萌生性别观念。男生们——姑且称他们为男生吧——在夏天里喜欢玩一种游戏，就是趁谁不防，在身后猛地撸掉他的短裤。几乎所有的男孩穿的都是短裤，短裤没有裤带，只有钻进一圈皱褶里的两根松紧带，只要抓住短裤的两侧，稍一用力就能让它不再悬在腰上，而是像只收翅的鸟一样软塌塌降落在脚跟。这个游戏很好玩，被抹掉短裤裸露出屁股的孩子大叫大嚷，当然还会激烈地骂人，极其刺激。孩子们都不太在乎他们身子前头老老实实卧在腿旮旯里的小鸡鸡，因为那家伙还没成气候，还太幼小，像种子里包藏的安静胚芽，尚不通蓬勃之道，即使在暖和的舒展膨松状态下也大不过一只没扎扁毛（即翅羽）的幼雀，完全可以忽略不计。他们最在乎的是身子后头的两瓣屁股，屁股平时总处于隐藏状态，短裤一掉马上唰地闪射一片白光，刺得人有点睁不开眼睛（在冬天被棉裤捂后更白，夏天里白度稍差），所以他们要是还拥有一个秘密的话，那秘密全在这爿屁股，而不是沉眠未醒的两股之间的小鸡鸡。他们极不愿意将屁股示人，即使非示人不可，比如生病要打针，他们也情愿忍着本不能忍受的剧痛伸出慷慨的又细又瘦的胳膊（和屁股相比，疼痛更喜欢胳膊）。大队卫生所的赤脚医生不愿意往那些皮包骨头的胳膊上扎针，因为肌肉太薄，尚不能吸收注射药水（随着玻璃注射器肚子尿空胳膊上也渐渐坟起硬包），但终究拗不过男孩子，也就是未来的男子汉们。男子汉们不能轻易就将屁股示人。

可重阳不太在乎这些，就是有一次他的短裤被人褪下时，孙校长站在了他的跟前。当时是课间休息，重阳正站在讲台上，拿着粉笔学着老师的样子往黑板上写白字，这时他的短裤被一双和他拿粉笔的手一样的小手从背后猛地褪了下来。重阳正沉醉在书写的快乐里，尽管向全班袒露了白屁股，他还是不想立即停止书写。重阳右手拿着粉笔，慢条斯理地伸出左手去提短裤，甚至都不想弄清是谁撸了他的光屁股。当他弯腰去提裤子的时候，他发现旁边多了一处明显体积大些的黑塌塌的影子，于是扭过头来，又抬起头来，一看正是孙校长。重阳没有因为孙校长的到来就扔下了粉笔加快短裤上升的进程，他仍是有条不紊地只用一只手上提。倾斜爬升的短裤松紧带弄出的皱褶挨近小鸡鸡时停顿了一下，仿佛它对这处多出一小疙瘩的神奇物件倍感兴致，重阳伸手安抚了一番小鸡鸡，让松紧带越过障碍匀速通行。松紧带到达预定位置后，为了使其舒展自如，重阳又捏起来嘣嘣在肚皮上弹了两下。然后重阳看情势已经不适合在黑板上写白字了，才趾高气扬走下讲台走回自己的座位。整个过程顺理成章，重阳一点儿没觉出有什么不妥，他怎么样也想不到他的小手抹拉自己的小鸡鸡时，让松紧裤带弹响自己的肚皮时，已经在孙校长适合滋生仇恨的心田里恰如其分种下了两粒仇恨种子，他也不会想到正是他抚摸自己小鸡鸡的动作、弹响自己肚皮的动作，日后会将他亲爱的小雀置于死地。

孙校长嗜好召开全校学生大会。放学铃是单响：当，当，当；之后常常就是让人提心吊胆的连续的集合铃声：当当当当当当当当，接着就是黑压压的学生从教室狭窄的门里拥出，排着队，喊着响亮的"一二三四"，有时还两只胳膊曲成直角前后摆动做出假跑的架势跑步进入会场。会场就是两排教室之间的空地，花花答答泡桐树的阴凉面对骄阳的烤炙无能为力，每一个站着开会的人都满头大汗。当然，孙校长也不例外。孙校长通常站在把校园一劈两半的那条砂礓路基上，这样他哪怕不借助后来流行的增高鞋垫，个头也比五年级的学生高出了半头。孙校长可能是觉出了自己的陡然高大，于是胡扯个没完，就像一只坐在水草堆上只露个脑袋的蛤蟆，咯咯哇哇，咯咯哇哇，陶醉在自己制造的噪音里，无休无止；有时你觉得他可能嗓子哑了，咯哇不出来了，可当你正这样想时，新的咯哇声又不依不饶从那处稍稍发扁的

"托盘嘴"（就是通常所说的"地包天"嘴）里蜇出，像一群雨天黄昏里的蝙蝠。就是这群令人生厌的蝙蝠，不由分说塞给了重阳一个骇人噩梦。

孙校长讲了这样一个故事：一个孩子爬上竖起的架子车的车架掏屋檐下的幼雀，但这孩子不知道雀巢里伺伏的不是他渴望的幼雀，而是一盘花斑大蛇。孩子微微仰起脸，朝黑暗的雀巢里端详。一个人悬在高处仰脸的时候，自觉不自觉总要张大嘴巴（为了逼真，当时孙校长甚至示范了仰脸张嘴的动作），此时的孩子也是这样。他张开了嘴巴，雀巢里虎视眈眈的大蛇也昂起了颈子。当孩子瞅见两点渐升渐高的绿光（蛇的眼睛）时，已经晚了，大蛇以电流的速度唰地蹿起发动攻击，哧溜钻进了那处张圆的嘴洞（据说蛇都害有近视病，也许这条蛇跃起时充满敌意，可看见张开的嘴洞后误以为那儿是它的家，于是马上改变了主意）。孙校长咯哇到这里时又出现了惯常的停顿。效果简直好得不能再好，全场静息，而且几百双专注的眼睛都在向他聚焦。于是青蛙得到静寂的鼓励万分得意，咯哇声再度噪起，使故事骇人地延续。那个孩子呼啯一声从架车顶梢摔了下来，咔嚓，他的骨头理所当然被摔折，可那条大蛇却安然无恙，仍在努足劲子朝里钻朝里钻。孙校长说，蛇有钻洞的习惯，你们应该知道吧？没有人回答，只有话尾像那条蛇的蛇尾一样在沉默的空气中蜿蜒。孙校长轻描淡写结束了这个故事，他说后来找来了不怕蛇的人，已经晚了，人早已断了气，可那蛇还在朝里钻朝里钻，越拽钻得越深。

孙校长之所以讲这么个故事，目的是为了杜绝学生们掏小雀养小雀，彻底根除这种"资产阶级公子哥儿作风"。孙校长想让他的治下成为六根清净之地，以夺取公社教改组颁发的季度红旗。应该说孙校长达到了目的，他是上午放学释放的这条嗜好钻进人身体的猖獗大蛇，重阳在接下来的大半天时间里，都被这条骇人的蛇缠绕。那条花斑大蛇一半拧着劲子钻进了一个孩子的嘴里，一半蜿蜒在嘴外，颤动的尾巴有时甚至探进了那孩子的耳朵眼儿。这幅景象太吓人了，重阳好几次自觉不自觉张大了恐惧的嘴巴，一张开嘴巴他马上意识到有可能给那条蛇提供可乘之机，于是赶紧合拢。他闭严实嘴巴，别人叫他他只是摇头，但决不回答。这种状态一直持续到晚上，重阳家里的人不知道重阳生了什么毛病，初开始还以为是什么"噤口风"呢，后来一问这种病只和不满月的婴儿为伍，对年龄大的孩子压根儿不感兴趣，这才把悬着的心搁回肚里。重阳那一天晚上斋戒绝食，天一落黑就上床用被子蒙严了头脸；但这一切都无济于事，那条无孔不入的猖狂大蛇没有放过重阳，不但肆无忌惮地蹿进了他的梦境，而且扁头一拱就撬开了他的嘴巴，径直钻进他的喉咙。重阳喉咙剧痒，激烈地大咳起来。重阳咳掉了那条大蛇，但同时也咳去了睡眠，接下来一整夜都没能合眼。

　　海滨和重阳恰恰相反。海滨说孙校长"标准是放屁"，海滨说出"放屁"两个字时一只手还在面前扇来扇去，仿佛孙校长放的这个长屁阴魂不散，至今还徜徉在空气中。海滨专门找了一处屋檐下的雀巢，而且是茅草屋檐；海滨还叫人帮着抬来了架子车的车架，令车架贴墙站稳，他噌噌几下爬上车架顶端，而且故意朝着雀巢张开嘴巴，好像他要借此招引巢里的大蛇。但雀巢里正像海滨断定的那样，没有什么大蛇，只有唧啾急吟的幼雀。海滨连雀巢里的绒草都掏出来了，他头发、脖子上沾满乱草，手里托着两只黄嘴叉的幼雀，朝远远站着的重阳喊了一声。海滨没有歪头瞅一眼围着他头顶哀求呼唤飞来蹩去老想冲下来啄他一口的母雀，他欢快地从车架上跳下地，让一只温暖的幼雀钻进了重阳的手心。

重阳拥有了一只梦寐以求的小雀，他的激动可想而知。当天夜里他差点儿又睡不着觉。他双手捧着小雀，既不敢太紧也不敢太松，唯恐慢待了小雀让小雀受委屈。他找来了一只锯开了口的老葫芦，在葫芦底衬上松软棉花，小心翼翼把小雀放里头，放下了小雀却放不下心，老怕葫芦里太闷太黑，会让小雀憋气、害怕，因为它毕竟还太小，又是刚离开妈妈的怀抱。于是重阳又找来了一只蝈蝈笼子，给小雀重新布置家园。蝈蝈笼是用高粱秸的穗莛编扎，四四方方，而且分成两层，上层起成楼顶的倾斜形状，精致漂亮；笼子下层又宽敞又通风，一只小雀尽可以在里头跳跳唱唱。蝈蝈笼的侧壁上有三根活秸莛，可以抽开成一方小门，作为食品运输及小雀出访的通道。这笼子简直就是专门给小雀设计的，仅只是打打蝈蝈的名义而已。此后重阳就给这只笼子改了名，前头的定语不再是"蝈蝈"，而是"小雀"，小雀笼。

自从拥有了这只小雀，重阳的心就大半被小雀啄去。重阳对小雀关怀备至，他精心配置小雀食谱，他不时要放小雀从笼子里出来在空地上跳跳；更多的时候，重阳是把小雀拿在手里，远去野地里逮蚂蚱，把掐掉头的新鲜蚂蚱撂进小雀张开的黄嘴——小雀的嘴又一直黄到会飞，尔后才慢慢变黑，像是果实成熟。小雀最喜欢吃紫黑的熟透桑葚，于是一整个夏天，重阳裸露着的肚皮上总是黑一道紫一道，描满奇形怪状的图案。小雀最喜欢吃蚂蚱，田野里无论多热都会有重阳的身影，连阴雨天重阳都要踏着烂泥去草丛里找寻。那只小雀没辜负重阳的厚望，从巢里掏出来时还闭着眼睛光着屁股，浑身紫红，没来得及扎一根毛羽；重阳把桑葚的碎块塞它嘴里，它骨骨碌碌咽进脖子里的嗉子里聚成疙疙瘩瘩一团还能看清有点发黄的桑籽呢，而一转眼，它几近透明的红皮已经被羽毛覆盖，它的翅尖冒出了扁毛，越来越硬实。小雀的黄嘴又正在发黑，它的吟鸣正在坚定起来，音尾不再嗞嗞啦啦地披散。终于有一天，重阳朝天空扔出了手里的小雀，小雀没像他担心的那样啪的一响摔趴在地上，而是扑扑棱棱呼扇尚不太灵活的翅膀，缓缓地保持着足够斜度地贴近了地面，尔后站在了地面上。重阳的小雀会飞了。无论对重阳还是对小伙伴们来说，这都是个影响深远的重大历史事件。

接下来没几天，那只小雀被扔进天空，就不是马上飞回来了，而是兜个大圈，然后才有点恋恋不舍地折回。折回的小雀没有选择地面也没有多看一眼树枝，而是径自稳稳地降落到了重阳伸开的手掌。重阳把臂膀张成"八"字形，一蹦三尺高。重阳此时此刻的激动心情真是无法用言语形容。再接下去，小雀就不再被动起飞，而是在重阳伸展的手心上一缩身子，嗖的一下弹射出去，像是重阳的胳膊是一支高射炮的炮筒。小雀能飞进人眼看不甚清的云彩眼里去，不要担心，一刻钟之后，它会准时返航。它哪会轻易就忘了重阳（从某个角度来说，小雀比人更重情义），它常常出其不意，一下子就扑扑棱棱双腿屈着落在重阳的肩膀上，还啁啾啁啾欢呼不停。

海滨就是这时候得知重阳养的小雀会飞的消息的，他有太久的时间和重阳疏于走动了。海滨留下的那只重阳小雀的兄弟早已夭折。海滨没有耐心，不可能把一只鸟从头到尾养下来，在这一点上他更加对重阳佩服得五体投地。

海滨迫切想看见这只小雀，但又不想去重阳家里。海滨肚子里藏有一挂一挂老实的花花肠子，世上的事儿没有难得住海滨的。海滨找来了干电池盒子，但重阳马上又被新问题困扰：带小雀到教室，上着课小雀叫起来怎么办？即将在课堂上和老师对讲的小雀召集海滨额头上的皱纹紧蹙成一团，但很快那些听话的皱纹就疏散进头发和眉毛丛中了，因为海滨又有了新对策："没事，剪一截气门芯，束束它的嘴不就过去了吗，不就四十五分钟一堂课吗！"起先重阳不太想采取这种可能招致小雀强烈抵制的措施，但为了海滨，他开始对心爱的小雀破例。后来就是这种不得力的措施惹了麻烦，而当时两个人都没有往深处细想：气门芯可能不太受鸟嘴欢迎，那玩意儿毕竟只伴着车轱辘的气嘴在道路上瞎转，一次也没逛过天空呢，和鸟儿们生来就是两个世界两重天地。

两个人的早饭都没有吃好，因为放学路上耽搁得太久，假如不狼吞虎咽风扫残云，说不定走不到学校上课铃已经气疯。重阳几乎是象征性地尝了尝早饭，马上把小雀从笼里请进纸盒，飞也似的跑出家门去村口和海滨约会。海滨对重阳的小雀自然爱不释手，但也只来得及看着它钻进云彩眼里两三个回合，不得不忍痛割爱急急慌慌赶赴学校。海滨本想陪伴小雀一整个上午，但又怕小雀怯生，不服他管，于是只好作罢。

上午总共有三节课，头两节课的老师懒得朝讲台下头的课堂多看一眼，就是藏在课桌肚子里的小雀跳上重阳的肩头，他们也不一定制止。小雀不太习惯与狭隘及黑暗共存，老在呼唤重阳放开它，看呼唤无济于事，就沙沙地踩响纸盒。尽管明白讲台上随口乱扯的老师不会对小雀感兴趣，重阳还是有点提心吊胆。下课的时候想试试气门芯，这才发现海滨支出的是一计损招。小雀翅膀和腿爪并用，与气门芯誓不两立。费了九牛二虎之力，那截气门芯只套上雀喙一次，而且持续时长不超过五秒钟；这短短的五秒，还是重阳用手背上雀爪抓出的三四条伤痕换来。

重阳之所以试验气门芯，就是为了对付这最后一节课。重阳明白这是一道鬼门关，他和他的小雀可以轻松闯过头两节课，但这第三节课却没有一点保证。重阳有一种不祥的预感，他六神无主，眼睁睁看着危险迫近。他真想去前一排教室找一下海滨，告诉他气门芯不听话，或者说小雀不听话，但又怕课间休息的时间太短，事情说不完，上课铃就会不讲道理地炸响。重阳这样担着心的时候，孙校长迈着高频的窄步将小个头抻得笔直移进了教室。这一节课由孙校长亲自挂帅，是灌输"氮磷钾"的农业课（这门课程叫"农业"，后取消并入"生物"之中）。重阳的心都在课桌肚里的纸盒子里，根本没管"氮长叶磷长茎钾长根"的扯淡理论。重阳心里默默地祈愿："小雀啊小雀你千万别喊千万别喊呀一下课我就带你去那片草地让你随便飞随便嚷而且还有肥嫩的蚱蜢……"谢天谢地，小雀懂得重阳的心事，老老实实待着，甚至没有踩响纸盒。这种安静状态一直持续到第四十分钟，眼看大功告成，可小雀却突然热衷了死亡。纸盒里呼呼啦啦声响爆发，小雀不但乱蹬纸盒而且还一个劲匆急啸吟。孙校长合拢"托盘嘴"，教室里猛地陷入死寂，地上掉根针都能声震五岳，死寂背景上只有小雀的鸣唱，像阴雨天气里云朵间突然喷发的一束又一束炫目阳光。孙校长下巴贴紧胸部，面孔前倾，将阴森森的眼睛从镜框上沿浮出。孙校长没有立即走下讲台，而是就那么盯紧重阳，盯得扭着头观看的全班学生都有点喉咙发干。重阳丧失了从容，他胳膊伸进课桌里徒劳地试图再一次将气门芯套上雀喙，当然是成功不了，反而引出更激烈的声响。孙校长终于走向了重阳。孙校长站在了重阳课桌前。孙校长用一种从来没有人听见过的变了声的严厉的低沉腔调吼叫："拿出来！"

重阳站了起来，但并没有把纸盒从桌子里拿出来。孙校长用颤抖的手猛地揪住了重阳上衣的领口并提了起来，似乎想要勒死重阳，似乎只有这样方解他心头之恨。重阳保持着他一贯的风格，一动不动，一声不哼，甚至没有避开孙校长锥着他的两道目光，他睁大水汪汪的眼睛和孙校长对视。重阳眼睛里蕴积着的泪膜像一层厚厚的毛玻璃，这层亮晶晶的毛玻璃不屈不挠，照得孙校长心里有点发毛。孙校长明白他制不服眼前这个小屁孩，又要栽在这个小孩子手里了，于是更加气急败坏。孙校长开始瞪视着重阳紧急寻觅对策，并很快达到目的——他悻悻地猛地松开重阳，用出其不意的敏捷动作伸开五指从课桌里衔出了纸盒。孙校长灵敏的嗅觉当然不会被一只纸盒子羁绊，他嚓啦剥掉纸盒，抖抖擞擞攥住了乱叫得令人心碎的小雀。小雀揪心地扎挣，重阳低着头，不敢略瞅一眼催人泪下向他求救的他的小雀。重阳明白他救不了他的小雀。小雀还没有莅临死亡，重阳已经在为死去的小雀哭泣。

孙校长没有使动作中断，他攥紧小雀的手高高举起，然后像玻璃上的一道裂纹没有任何中间过程突然从一端降至另一端，跟着就是啪的一响，混浊，沉重，给人以泥水四溅而四溅的泥水又被什么严严实实包裹着的感觉，像是一杆什么钝木头把大地凿出了一眼垂直窟窿。这记奇特的声响果决地斩断了小雀的哀鸣，教室里一下子阒寂无声。学生们差不多都悄悄站了起来，有几个甚至怯怯地绕着课桌走了过来。孙校长变调的声音仍没有恢复，他用那种奇怪得有点陌生的腔调指着围过来的学生大嚷："回去——，都给我回去！"孙校长像在剧烈的奔跑中猛地停顿，面色青紫，腰身一夯一收地不住哮喘。

那只小雀仰起脖子，好像要张望什么，但它从来没有在这么低的位置张望过景物，所以它注定失望，注定什么也看不见。于是小雀竭尽全力伸展翅膀，竭尽全力蹬直一条腿，再蹬直一条腿，把身体里储藏的鲜红血液都努了出来——有鲜血从它的翅尖滴落、涌流，染赤了教室里凹凸不平的一小片地面。实际上这只小雀伸开翅膀蹬直双腿是在和重阳诀别，不是渴望看穿黑暗，因为它的眼睛在携带着意外暴力的身体撞击地面的同时已经关闭，这个纷繁世界的物事只能留在飞翔的记忆里，而不可能再被它那黑溜溜的小眼睛汲收。

直到看见面前的死雀，海滨才承认自己早晨的愿望有点言过其实。即使上午看不见重阳的小雀，他也不至于活不到下午。海滨觉得对不起重阳，是自己夸大其词的想法杀害了重阳心爱的小雀，他就是元凶。海滨心怀强烈的愧疚，想为重阳做一切事情，包括两肋插刀的事情，来对自己的过失聊作弥补。他从重阳的教室捡来电池盒子，当作宝贝一样地抱在胸前；他慌慌张张地寻踪觅迹，终于在远离村子的这片空地里找到重阳（他和重阳一起来过这儿一趟）……但这一切远远不够，他悻悻地站在哭泣的重阳身旁，想让重阳扇自己两个嘴巴。一向有主意的海滨面对死雀面对重阳的哭泣一时间六神无主，找不到一句安慰重阳的话语。他想轻轻地、爱惜地剥开已经和死雀粘结一体的演草纸，他以为重阳没看他，不想刚刚揭开演草纸的一角，就听见重阳坚决地说："你别动！"

重阳不让海滨揭开包裹小雀的演草纸，是想自己去亲手揭开。他一点一点地、唯恐碰痛了小雀地揭去两层被血迹浸湿又被阳光烤干的演草纸，像怀抱婴儿的父亲，他温柔地两手托着小雀，把小雀放进了纸盒里。在重阳揭露小雀的尸首时，海滨已经小心地、一条一条地扶直纸盒上被踩瘪的棱角，如今它已经恢复原先的囫囵形状，就像所有灾难都没有发生过一样地完整。在明亮的正午的阳光中，在葱绿的草丛中，那只黄纸盒子在证实自己是一只不错的纸棺材，仿佛人世间所有的哀痛它都能盛得下，它也无条件地愿意容纳。

海滨没有认同重阳选好的墓址，海滨认为墓址最好选在高高的草丛中间的一小片白地上。海滨说这样的地方风水好（海滨粗通堪舆之道）。重阳空虚地瞪大眼睛，同意了海滨的说法，但他想让白地周围拥有茂盛的青草，他的小雀喜欢青草，喜欢青草间蹦跳的蚂蚱。没费太多的工夫，两个人已经物色到理想的墓址。四只小手没有借助任何工具就伸进了土层底下。他们赤手一把一把地挖掘墓坑。从深处跳出来的新土外表很快被毒太阳炙干，由湿润的褐黄变成干燥的苍白，而且正在步步深入。

自从掘开墓穴的表土，海滨和重阳都不再说话。两个人配合默契，人类用来交流的语言一下子失去了意义。重阳伸一伸手，海滨就明白要干什么。就是点燃作业本祭奠小雀的亡灵，也是彼此心照不宣，没有多说一句话。因为静默，灼热的空气变得格外庄重。能听见阳光吸去汗珠的滋滋声，能听见一束又一束阳光攒射时的清脆碰撞。两个人穿着的黑粗布褂子被濡透，变得愈加黑暗。

　　一支支玉米棒顶着萎瘪中的彩缨从堞墙般的玉米林半腰惊奇地探头张望，想弄清重阳和海滨趴地上在做些什么。静待着的所有昆虫悄无声息，甚至没有这个时节应该随时随处都能听见的低低鸣吟。草丛中的墓穴终于成形：像一只陶盆，端坐在这片空地之中。在纸棺材没入土层之前，重阳最后一次打开棺盖，并起五指抚摸了一遍小雀。他伸开小雀的翅膀，这只翅膀几小时之前还能搏击空气，驾驶那只弹丸似的小身体高高疾驰，而现在它软耷耷地贴伏着，哪儿拿哪儿去。但即使死亡也没能改变雀翅的美丽——在伸展状态下，雀翅上的绒羽闪着墨亮，中间交错排列的圆形墨斑像一只只眼睛，一直在一眨也不眨地窥望人世。

　　他们小心地放平纸棺材，再一把一把小心地往墓穴封土。小雀没有了，纸棺材消失了，连土地上的那处新伤口也在渐渐愈合，终于愈合成平坦的形状，而且隆起了疤痕——那是一只小小的新坟，比一只倒扣的海碗略大，尖顶朝天，坟表停留在湿润期的土粒以眼睛能看得见的速度极快地发白。重阳的小雀躺在黑暗里，那是比当初重阳藏它的葫芦里更深切的黑暗；它可以做飞翔的梦，但它注定不能再飞起来了。

　　比翼纷飞的是那些昆虫：蚂蚱、蟋蟀、蚱蜢，甚至还有蝈蝈。当重阳掏出书包里的火柴（二分钱一盒的"铁塔"牌火柴，是当时乡村孩子们的随身物品），点燃那两张带血的演草纸时，这些一直一声不响的昆虫开始飞翔。重阳擦着一根火柴，火柴的小小火苗被过于强烈的阳光吃掉，没有应该很容易看见的黄色的火焰，没有发黑或者发蓝的青烟，只能看见火柴的小小尖头在慢慢发黑，让它一挨近演草纸，血染的白纸也马上受到蛊惑，慢慢慢慢无声地变黑。重阳的指头靠近黑纸，猛一灼痛，这才明白纸在燃烧。火焰不是没有，而是隐身在了阳光中。重阳只是想烧掉演草纸，算是祭奠小雀的纸钱，不想海滨把书包里的作业本拿了出来，而且一旦开头就再难住手，一张接一张地撕开递到使纸张发黑的地方，于是许许多多纸张纷纷发黑，许许多多蝴蝶的残断黑翅膀开始漫空飞舞。就是这时候，昆虫们像听到了统一号令开始起飞，空中布满羽翅摩击阳光的轻柔持久的明亮碎响。这些浑然一体的声响有点类似静默自身偶发的嗡鸣，让人明明听见了却又像什么也没听见一样。

两个人起初觉得是游逛的旋风掳起了枯叶草芥，这种现象在漫野里极其常见。但好几只从飞翔状态下停顿的蚂蚱落在他们面前的新坟上时，他们才开始在意。那些蚂蚱无意在坟上停留，小憩一瞬马上又起程飞舞。在白得发黑的盛大阳光下，不单单是蚂蚱，不单单是炸蜢和蟋蟀，还有蝈蝈（不多的几只，蹦乱了阵势），还有一些不知名的长翅膀的小虫子，全都飞起来了，密密麻麻，像打谷场里在扬场，像一场遮天蔽日的大雾。而且纸烬在旋舞着升高，越升越高，形成一道黑柱，直冲云霄。这道纸钱的黑柱成了漫空密密麻麻旋舞昆虫的高傲轴心。

重阳和海滨都有些吃惊，他们弄不清又发生了什么事。

对于他们来说，这个世界的谜语还太多，他们只能无条件地接受，却不能解释。他们呆呆地望着，望着昆虫们听从无声的节奏，潮汐般翔起翔落。昆虫们快速闪动的翅膀展开后，平时隐藏不露的红的紫的内羽彰显出来，在灿烂的阳光里愈加绚丽。重阳和海滨像是站在凋零着的纷纷花瓣里，像是站在色彩斑斓的旋转着的暴雨里。

重阳强忍着泪眼的刺痛直视彩羽穿梭也难以遮挡的正午时刻的太阳，他发现看不清轮廓的太阳中心有一片黑暗的阴影。

我们通常所说的阳光灿烂其实均源自这片黑暗阴影。

七月半

一

村子南面的一角是小树林，树林的中间就是那条村口的土路了，那条路成为两种树木的分界线，西侧是泡桐树，东侧是楝树。楝树的树荫浓，而且大概因为楝叶清苦的味道被白日的炎热蒸发，到了夜晚仍然浓郁，因而令所有的蚊虫退避三舍的缘故，男人们都睡在路的东侧。只要不是落雨的日子，村子里的男人们都是露天而眠的，搬张绳襻软床，或者拎一领苇席，朝路边一摊，清风徐来，躺下随便拉几句话不久鼾声就会长长短短扯起，像是红薯田里的红薯秧藤。今天没有风，不远的玉米地没有沙沙声响起，头顶上的树叶动也不动，燠热不声不响渗透在黑暗中，让不知藏匿在何处的睡眠不敢轻易来访。被烈日炙烤的土地没有散尽热气，凉意没有从地层深处悄然升腾，躺在苇席上觉得身子底下莫名地烫热，不久就渗出汗水。月亮热得有点发红，不时晕晕乎乎撞进灰云里。几个人坐在树影下的昏暗中吸烟，烟头火像几朵小红花闪烁，伴随着明明灭灭绽放的是拉话的声音。他们在谈论白天赶集的见识。千里坐在他的软床子上，但他没有吸烟也没有说话，他通常总是保持缄默，他支棱着耳朵在贪婪地听另一个人瞎侃。那个人声音有点尖细，在暗昧中很难看清面目，他正讲得起劲，讲他晌午赶集看见两个人赌博吃变蛋的故事。一听就知道他是添油加醋讲的，事件远没有他讲的丰富，但大伙儿愿意他这样讲下去。大家一声不吭，几乎是聚精会神听他讲。那个人叫参军，虽然他的声音并不浑厚，但想象力丰富，同样的一件平常事到了他的嘴里，立马光彩纷呈，死蛤蟆也开始乱蹦着尿尿。他能把死蛤蟆说出尿来，他有这本事。但在漫长村子里的黑夜里，不听他满嘴跑马车，你又能去听啥哩。他讲到在集上供销社的门口，就是十字街口卖白面馒头的那处大食堂的南侧，有一个卖变蛋的茶摊，两个公社干部打赌，说是要是其中一个人能一口气吃掉三十个变蛋，另一个人愿意付钱。那个人并不愿意吃变蛋，但他被激火了，好像他多没有能耐似的，连三十个变蛋都吃不了。他拍了拍肚皮，尽管他刚在公社伙房里吃过午饭，但对这肚子能盛下三十个变蛋仍然信心十足。他趿蹴下来一把抓了两个变蛋在手里托了托，甚至还将一个撂起老高，轻松地又在空中接着那凭空飞高的蛋，握在手心里掂了掂分量并惬意地享受蛋体内凝冻蛋清被吓出的哆嗦。他打算付诸行动。他确信自己的肚子不会背叛他。而且他肯定好久没吃过变蛋了，对谷糠石灰硬壳包裹着的软嫩透亮的内瓤充满香甜的幻想。他应答了那一个神气活现因而有点颐指气使的人。他努了努劲儿，开始数那堆干燥石灰泥包裹圆囫囵吞显得笨重而硕大的有点石头意味的变蛋。他数了三十个而且把这些挑中的变蛋从大堆里分出来，他聚拢了一大堆变蛋——那是三十个变蛋啊，我的娘啊，像是一泥兜子（打土墙时抬泥的布兜）山药蛋，谁又能把它们全都填到肚子里去，你的肚子能有多大空当啊！但那人不慌不忙，拿起一只比拳头更大的变蛋朝地上扔去，变蛋笃地沉闷地摔落在地上，厚厚的灰糠硬壳碎裂了，还好，蛋壳囫囵囵囵的，连裂纹都没一条，而且硬痂里头仅是一枚小小的鸡蛋变成的，那鸡蛋甚至比一只麻雀蛋大不了多少，充其量也大不过一只卵子（他还朝裤裆摸了一把呢）。这是一只当年长成的小母鸡下的蛋，这小小的第一枚变蛋给了那个胆大包天的人无限的信心，他以为既然这随便拿起的变蛋体积这么小，那其余的蛋体量也大不了哪里去，三十个变蛋只有平时二十四五个那么多，对于他那能盛五个两毛钱一只的大白面馒头的肚子来说实在是小菜一碟。他的脸上有了得意的笑容，那是占了便宜的人通常都有的发自骨头里头的笑。他的动作开始从容而欢喜。他剥了那只小变蛋甚至没有擦净黄澄澄的透明的蛋清上沾染的石灰粒就朝嘴里一撂，又一瘪，那变蛋已经成为他肚包里的一部分，就像一块土坷垃扔进了水塘里……随着故事的进展，风没有贴面吹拂，蚊虫也没有飞来凑热闹，而最初的炎热已经溜掉了不少，黑暗中潜来的丝丝凉意让汗粒悉数回到了体内。有些人不想听了，也不想吸烟了，就踱回自己的床铺开始躺下睡觉，此时只要躺下，不出两分钟一准马上沉入梦乡。参军有点不高兴，他的不高兴能从他尖细的声音稍稍顿挫中听出来，但他正讲到兴头上，也不想马上中断。翅膀有点困了，他本想走回自己的苇席上听不远处的一只屎壳郎煞有介事的飞行声，因为他对吃变蛋不感兴趣，对打赌也不感兴趣。他只对那些泛亮的黑暗中来来往往的昆虫上心。但他不想离开人群，也不想离开千里。千里知道他这心思，就碰了碰他的胳膊低声说，你要是困了就睡我这儿吧。翅膀其实就等他这句话呢，因为他喜欢和千里在一块儿，也喜欢千里的这张绳襻软床，但这床只能躺下一个人，要是他再凑上来的话，千里躺下的小半个身子只能搁在另一侧的床帮上。但他太想睡在千里这张床上了，太想和千里并排而眠了，又怕千里不情愿，所以从来也不说出。好在他并不太占地方，侧着身子靠着一侧的床帮睡，千里也照样舒舒坦坦鼾声如雷。

接着说话声就渐渐熄灭了，各种蠕动也相继平伏，只有那些片状闪电在天边逡巡，一下一下照亮头顶的天空。千里的鼾声应和着闪亮开始扯响，只要他的头一挨床帮他的鼾声一准接踵而至，才不管是侧着身子还是平躺着身子呢。翅膀起初睡不着，看着头顶天空中偶至的闪电亮光余蘖，看着斑驳月光映出的树冠的轮廓，又仄脸看了看不远处拴牲口的场地里卧在地上的几只老牛安然无事的凝重侧影。他对闪电有点不放心，担心要落雨。但他的担心还没找到落处时他已经滑坠梦乡。

没有那些惊雷闪电，这个夜晚和多少个夏夜一样，一觉睡到天亮，在第二天翅膀醒来时路边一准早没了人影，只有他一个人躺在这舒适的软床上。他在清晨刚醒的那一刻会有些失落，孤单可怜，但他揉着眼睛扛着卷起的席筒朝家走的过程中所有失落会烟消云散。他年纪还太小，还不知道忧愁的滋味也无须为什么事情忧愁，和那些一大早要爬起来干活的大人不一样。但这一夜却没等到他在清晨醒来，在半夜里他已经被千里摇醒："快快，下雨了！"千里站在混沌的黑暗里，站在床边略略弯下身子叫他，"翅膀，我们去海民家新屋子里睡。"在翅膀一屈挛坐起来时雨点已经打响头顶的树叶，那种哗哗啦啦的响声比千里的呼唤灵验，让翅膀一激灵，像白天一样很快活泛起来了。这时一个吓人的闪电将树林和大路照得雪白，像是一下子跑出来了正午的太阳，翅膀吓得愣了一刻弯腰在地上找鞋鞋没穿好就听"咔嚓"一声巨响劈顶炸开树叶好像倏倏震落了许多一样。千里扛起软床子，翅膀拎着他的苇席，一大一小两个人急慌慌走在深夜里，在匆匆但从容的雨声里朝楝树林东侧的新屋子走去。

　　那是海民家的新屋，刚刚建好，房门还没有安上，四敞八开的，桁梁上还悬吊着秋千呢（这一带的规矩，新屋都要荡半月秋千，可能是期望屋子坠坠更稳固结实吧）！一股伴发麦秸馊味的新泥气息浓厚地充斥在屋子里，但这气息很好闻，似乎还掺杂有丝丝缕缕甜甜的味道。因为这气味，黑暗一下子浓重起来，只有趁着门口泄进来的光亮进屋好一阵才能看见东西。有好几张软床已经先他们之前进来横七竖八摆在空荡荡的屋肚里，他们随便找了个靠近门口的空当安置好躺下，但睡梦受了惊，一时半刻没有回来的苗头。（这新屋是千里他们一群年轻人的领地，只要夜里下雨他们一准集聚这里，而那些年龄稍大的另一茬人各寻宿处，轻易不会冒犯这儿的。）一棵烟工夫，外头的雨已经停了，没有了哗啦啦的声响，但马队一样汹涌布来的乌云似乎还没走远，沉雷仍在绕着新屋徜徉，尽管门口明显亮堂了一些。雨水带来了凉意，但仍然有点闷热，要是躺着不动也不至于出汗。翅膀以为就他一个人睡不着，不知道千里也没有睡。"翅膀你往那边靠靠，我换换边儿。"千里已经知道翅膀没有睡着，他腾挪了一番，听他的话声就知道他清醒着呢。

这时月光就从门口进来了，猛然亮了起来，让人有点始料未及，有点惊喜也惊疑。"又晴了，"千里说，"一雷一闪的，就挤出这点猫尿！"他又翻了一个身。月亮一进来他更睡不着。

千里坐起来，坐在床帮上，接着又趿拉着鞋走进月光里。他庞大的身影遮挡了光亮，屋里暗了一下，很快又恢复了亮堂。他在屋外站住仰脸看了看天，"云彩没影儿了！"他提高了一些嗓音朝屋里说。

现在能看清屋肚里的景物了，不是一张两张软床，好几张呢。他们都没再睡着，有两张床上坐起了人影。千里又从月光里走进了屋。千里叫："翅膀，翅膀，你睡着了吗？"

翅膀当然没有睡着，他的脑子清凌凌的，比河水都清亮。翅膀也坐了起来。

"你不是想吃牛肉吗？咱去过过肉瘾吧！"千里的声音在

微明的黑暗里分外响亮，但却让翅膀摸不着头脑，觉得是在梦中。怎么现在突然吃牛肉，要过肉瘾？他不知道为啥要做这样的梦。他觉得自己此刻坐着也是在做梦，也许他仍在躺着并没坐起来。

但黑暗中响起参军的声音："千里你发啥吒怔？抡一后晌大铁锤没掏完你的劲儿啊，黑更半夜过肉瘾，是不是想吃肉想疯了！"现在翅膀明白自己不是做梦，是切切实实坐在新屋靠门的软床上，千里慢吞吞的身影就在他旁边。千里说："吒怔？谁发吒怔！"他站起来，踱到参军床前，黑暗中传来断续的压低的交头接耳的低语。翅膀这会儿有点困了，他初开始没有把过肉瘾当回事儿，这会儿当然也不当回事儿，尽管千里从来不会对他说谎。他的身子猛然朝一边歪倒但歪倒本身唤醒了他立马又坐直了。他想就势躺下去，但这时千里走过来，参军也穿好了衣裳（都是粗布短裤衩白背心握手里也就是一小团，再说他们好像也没有脱衣服睡的习惯，全都好好地穿在身上呢）。他们精神抖擞。千里说别睡了走吧！翅膀的瞌睡虫全飞走了，因为四五个人都起来了要往外走，看样子要开始一场夜袭之类的行动，但直到此时翅膀仍然无法与过肉瘾扯连一堆。翅膀站起来随从千里和人群，深夜里任何行动都让他兴奋。要是有一盏点亮的小油灯，你就能看见翅膀此时两眼正闪闪放光。他总是对就要发生的事情充满渴望，好像前行的时间中到处都有芝麻开门的宝藏在等他来呢。

千里让翅膀跟着自己走，其他几个人就像一簇鱼游进了大河，转眼已经找不见踪影。翅膀揉着眼睛跟着千里，他不想知道他们都去干啥也不想知道千里去哪儿，他的使命是听话，这个时候不需要他去思想。月光不再昏沉变得明亮，将花花答答的树影摊布在地上。他们没有走那条通向村口的街路，也没有履着宽阔的护村沟前进，他们从楝树林斜插过去，抵达护村的海子尽头与护田的枯树枝交叉竖起的篱笆之间的那处根本算不了大门的村口。雨水仅只是湿了地皮，连粘脚的几点烂泥都没生出来。他们沿着那条朝南的路走上吃半根黄瓜的时间然后又拐上了另一条横路，横路的一侧是玉米地，高高的玉米棵比墙垛更厚实，把他们的脚步声全吸走了。"我们去哪儿？"直到这时翅膀才问走在前头的千里，他有点害怕，尽管千里就在他的前头一步就可以撵上，但他还是有点害怕。这块玉米地里不太平，里头藏着好几片坟苑，有一个是新坟，是海民的爷爷，那可不是个瓤茬。海民爷爷当过土匪，但土改时期还有后来的"文革"时期无论多么严峻，他都是漏网之鱼，都找不到他的蛛丝马迹。但他当过土匪这事儿是真的，至于怎么真，翅膀不知道全村人都不知道但全村人都知道他确实当过土匪，不但他当过村里还有人当过，至于谁当过不是翅膀这个年纪应该弄清的事情。村子里谁也瞒不了谁，每个人人老几辈的事情大家全一清二楚，每个人从屎爪爪长成大人的历程大家也全看在眼里。你干的好事儿大家记着呢，你干的坏事儿大家也记着呢，所以他们都听千里的。千里在生产队里似乎没有地位，队长可以随便支使他干大家都不愿干的活计，但年轻人全听他的。翅膀觉得他们听他的是因为他的个子大，比他们高也比他们有劲儿，但村子里也有和千里一样个头高大的人，却好像并没有多少人听那个高大人的。翅膀对这些事儿有点弄不清，也不想弄清。但他听千里的，他的千里哥是他的亲人呢，比亲人还亲。

路面上爬着一层锅巴草，顶着一薄层亮晶晶的雨珠，踩上去软绵绵的。翅膀体验着鞋底上的柔软潮湿清凉暂时忘了害怕。但玉米棵密密实实，随时会跳将出什么来，他不敢与千里拉开距离，只要超过一步半那么远他马上感到危险降临，让他打一个寒噤尥蹶飞奔赶上。路的南侧是大豆田，一眼能望到那一头。这种开阔比玉米地的密实更让人害怕，无遮无挡，远处的一切尽收眼底。要是田地那头真有一个妖怪什么的在这儿一眼就能瞭到。翅膀有点不敢朝远处看。千里小声问："翅膀，你是不是有点——困啊？"他停了下来，扭过头来。他故意避开"害怕"两个字。月光很明，将他庞大的身影压成一短截拍在地上，又矮又黑。月光压缩了人影，这让人有点奇怪也有点担心。"不，"翅膀说，"这锅巴草正长得凶呢，我一踩它乱动。"翅膀本来是想说他一点儿不害怕，但他这么一说他也觉得这锅巴草更可疑，他说之前根本没想过脚底下在动。"你说啥？锅巴草在动？"千里低头踟了踟浅浅的草层，"没有啊！"他说。

翅膀没走过夜路，不知道这深夜里有这么多凶险，不知道尽管有月光朗照还是草木皆兵。白天熟惯的一切在深夜里全变了模样，完全成了陌生世界，好像他们压根儿没认识过，就像这条路白天几乎天天在走啊也没觉出锅巴草怎么样，而到了夜晚它们竟是如此软和，它们一下子有了肉身有了温度。它们的温度是凉的，就像它们压根儿不是草而是某一种他尚未认识的扁体动物。它们白天是植物夜里是动物……翅膀一年里最多两次见识黑夜的旷野，一次是大年初一夜里跟着大人去祖坟里烧纸（那只是匆匆走一趟，而且不是一两个人）；另一次是秋天晒红薯干时，从麦苗刚长出半寸高的田里一片片拾起红薯干然后收到麻袋或者口袋里，最后拾光捡净后才能回家，但那时常常已到深夜。到了捡红薯干的时节，村子里男女老少都要行动起来捡拾，要和即将连阴的秋雨展开竞争。他们一冬的粮食全依赖这红薯干，要是阴雨连绵，他们的指望就会全烂在地里。他们要争分夺秒，无论月黑风高无论野地邈远，他们全都不放在眼里，都要打着灯笼捡拾干净。翅膀不止一次躺在麦苗丛中睡着了，他的小手利落但只适合白天，到了夜里总是看不见拘挛着身子的红薯干总是落下。但因为人多远近总有说话声大家都在忙活，没有人会在这样的时候害怕，再说也不必害怕，路上总能碰上人。哪像这个夜晚，尽管月光照如白昼但不见人影，深夜里没一个人影的旷野是最叫人害怕的。在这种害怕中翅膀走完了那条横路，然后一拐又打头向北走上了另一条路。

　　直到此时翅膀才知道千里是要躲开牲口院才绕道走的，其实要是直接去村子西头的这条路，没必要转这么一大圈。但牲口院里有饲养员，他们总是夜里比白天更精神，小油灯总是彻夜照亮厩房。马无夜草不肥，他们要在夜里不断地朝石槽里添草。他们的耳朵尖着呢，不但听得清老牛嚼草的声音，还对牲口院四周的动静了如指掌。喂牲口的是老板凳和黄鹭，都是夜猫子。老板凳好讲古，尤其会讲《三国演义》，而且对孩子们特别和蔼，翅膀是比较喜欢他的。牲口院后头是生产队里的菜园，仓库保管员黑脸总是守在那儿，夜里守在园子中央的草庵子里，不，夏天他不可能睡在庵子里，他睡在庵子前头的大楝树下，那儿总展开一张软床，大白天的也不竖起来，仍那么平展展地铺着，好像随时准备躺下来睡一觉。翅膀有点羡慕保管员，羡慕他可以躺在大楝树下，也可以天天浇水，总是凉滋滋的，多么惬意。翅膀想他长大了一定要当个管理菜园的仓库保管员。

　　他们刚在村西头站定，刚才消失的那几个人中的一个就出现了，像是凭空从地底下冒出来的。在翅膀盯着西南角天空的一朵乌云端详时，他的身边突然就响起了不是千里的声音，他当然能听出那个人的声音，但他还是吓了一跳。千里在和那人说话："我看看。"他伸手接过那人递过来的东西，那是一把菜刀。翅膀能感觉到沉甸甸的分量，但看不见刀刃上的寒光。这也许是一把钝刀，但他们深更半夜的拿刀做啥？此时翅膀早把千里说道的吃牛肉的事情忘到九霄云外了，因为他压根儿没指望在这个月光皎洁的雨后深夜吃上牛肉。别说牛肉，他什么肉也没想过，甚至没想过千里给他烤过的蚂蚱肉。他觉得这么个清净夏夜不应该与吃物联系一起，要是吃物也得是黄瓜啊玉米棒子啊甚至西瓜之类的清爽族类。月亮在偏西的天空，而西南的天空黑沉沉的，是走了再度返回的雨云还是新来的雨云呢？有一只布谷鸟在叫，好像藏在那堆乌云里肯定不是是在漫天空里边飞边唱："你们干啥，你们干啥……"它在不达目的誓不罢休地追问。翅膀不想搭理它，因为翅膀也不知道他们要去干啥，甚至不知道去哪里。那个握着一把菜刀的人叫谷子，千里打铁的师父车轮是他的本家三爷。千里举起刀体端详刀把儿，嘴边逸出几个字："这把刀中！"千里说这刀是他打制的，他抡起的铁锤砸瘪铁块并且将炮弹皮钢融进了刀刃。谁都知道炮弹皮钢是上好的钢能让刀子锋利无比而且不会钝裂。千里伸出大拇指指腹鏊了鏊刀刃，要试试它削铁如泥的本事。

谷子说他去厨房拿刀的时候惊醒了他娘，问他要干啥。他娘听出是他的声响当然不需要起床也不需要打开堂屋的木门，只是让声音从窗棂里扯出来。谷子说他渴了，去厨房水缸里喝水。不等他蹑手蹑脚走出院门，他娘已经回返梦乡。有她的儿子在院子里，她比啥都放心。再说谷子是个慢性子，三脚踩不出一个屁来，他除了去厨房水缸里舀水解渴又能做啥！要是知道他在厨房里找刀，他娘的觉瘾比那些云彩跑得都快。

你都没弄清怎么一回事儿，另外的几个人已经到齐，好像他们不是走来的而是一直待在玉米地里或者他们就是几株玉米，猛然间从玉米又变回了人形开始活动。参军扛着铁锹，锹把儿很长，可以当抬东西的杠子使用。参军的本事都在嘴上，身子生得细挑挑的（他的铁锹也有点妨他），胸部就承受不了头的分量（他的头略扁，像一块挤着长歪了的暴头红薯），向后拱出弯曲。他的驼背和肩上的铁锹搭成完美的线条构图。灯笼手里握着一把短把铁锹，他倒握着锹脖子，让锹把儿朝下，锹刃映着月光一亮一亮。千里问他拿没拿火柴，他说放心吧，说好的事儿我啥时办岔过！他个头不是太高，很瘦，但灵巧得像条狗，要是月光再亮些，就能看见他两只眼睛里眼白很多而黑眼珠有点少。灯笼总是一副不甩乎不在乎的模样，就是他爹给他颜色看他照样以牙还牙。他爹是村子里有名的火暴脾气，见了这个儿子也要礼让三分，因为一看他红头酱脸的样子看那白多黑少的眼睛就知道不是个好惹的主儿。他爹说这一点灯笼没满月小襁褓包着时他就看出来了一哭浑身通红好像在他娘肚里就喝醉过一样。转运有点气喘，别说急慌小跑过来，就是平时走路他也要气喘，他的喉咙里钻着一只蛐蛐或者是那种体形很小的画眉鸟儿，总是在叫发出唧唧唧唧的细响。翅膀真替他发愁，他就不能找个捉蛐蛐的或者捉鸟的能手试试！他们肯定手到病除，伸伸手的事情就不让它在里头叫啊叫啊从不间断。但转运一说话就笑，要不是夜深人静不能发出声音他早就大笑了，他大笑时气喘得身体摇摆就像大风刮着，他是风中的小树。翅膀喜欢和转运在一起，他喜欢转运的大笑，笑得浑身颤抖，憋得脸有点发紫，那才叫大笑啊！转运的任务是盐和茸柴火，但他家只有盐疙瘩，没有盐末。千里嘿了一声，但要是用着盐末的时候他也有办法对付盐疙瘩。转运的胳肢里还夹抱着半泥兜麦秸，可以引火用，至于泥兜，一会儿能派上更大的用场。

最重要的人物总要最后出场，海民一声不响抱着只大铝盆站在灯笼侧后。铝盆翻冤在他的肚子上，盆体鼓起就像厚重的铠甲或者他长了大粗腰。铝盆比海民的腰宽，一个人站到身后贴皮朝前伸出两只手，两手都能同时探进黑暗的盆体内的空虚里。月光偶尔让铝盆闪耀炫目的光芒，更让这铝盆荣耀而骄矜。海民话语金贵，但行动利落。他的嘴迟钝但手脚却拥有完美的替代。他让翅膀看过他的胳膊，只要他握拳使劲，上臂外头就拧出一大疙瘩狰狞的劈柴肉——他太有劲儿了，力气都在那里头打旋，随时都要喷发。要是打起架来，这几个人没有一个是他的对手。当然，千里是除外的，因为没有人能与千里比，无论海民多么有劲，但他站在千里身旁还是要微微仰脸看才能看到他的头发。没有人是千里的对手，因而他是排除在对比之外的人。千里举起铝盆，就着月光揣摩它的深度和容量，看起来他对这盆还是挺满意的。除了铝盆，海民还拿来了一只舀水的黑铁马勺。

　　他们都压低声音小声说话，个个一脸严肃，但浑身绷着劲儿，如临大敌。村子就在玉米林后头，村子里有深夜醒着的人，他们要想不让人扫信不能不处处小心。要是过了那处打麦场，走了那堆崔嵬的麦秸垛还有麦场旁边的西塘，他们就可以放开手脚了（还不能放开喉咙）。再往前走到那条窄窄的小径上，他们就可像白天一样敞开说话走路，一点儿也不需要顾忌啥子了。但现在还不能，一定要小心谨慎！因为都屏着气走路，他们不自觉地靠拢在一起，身体蹭着身体。转运走在最外侧，猛然他跳起来吓了翅膀一跳因为他就挨着翅膀而再里头才是千里，他就那么冷不防地一跳像是热铁烫了他的脚，要不就是踩到了一条蛇，接着那脚在半空中没有再落到路面上而是踩在了一棵手腕粗的国槐树干上，槐树哎哟一声打了个寒噤，倾盆大雨泼顶而下，所有人都跳开去翅膀对这种事儿总是反应慢半拍他仍然愣着千里伸手把他拽离。转运早已跳走站在那儿哧哧笑响。千里说你干啥！你干啥！灯笼捅了转运一拳没有说话。千里说现在能是开玩笑的时候？转运你老实点儿！转运说撵撵瞌睡虫。千里说你看谁瞌睡？你看谁不比你精神。尽管翅膀被及时拉开，但身上还是落了树叶筛下的硕大雨珠，凉凉飕飕。转运悻悻地笑着走前头去了，尽管路旁树上坠满了可以逗人惊吓的雨点，但他再也没有踩上一脚。

这条道是赶集上店必经的要道，路面平坦宽阔，没有阴雨制造的烂泥干结后的嶙峋面貌。人踩车碾出的羽毛般松软的敷土迅速吸干了刚才的雨水，同时也吸走杂沓跫音。但走过了那片打麦场走过西塘，进入茂密的玉米林中，脚步声突然大而空洞起来，有时咚咚咚地乱响，像是一群鱼游弋在大地深处不时浮上来撞动地面。它们是孤独的鱼群。它们羡慕这阳间的月光。月亮此刻皎洁清爽，刚被乌云擦拭被急雨冲洗真是太明净了，远处仍然有乌黑的云层，但它们有片状闪电照路正在远去愈行愈远。有一朵面目模糊的半边乌黑半边雪白的云走过来走过来，就要走到月亮的身边了，但它好像停住了。它要观望一阵，像男人品味漂亮女子。他们都不再说话，只是匆匆急走。夹道的深不可测的玉米林里也有什么人在行走，那人的衣襟拂动了玉米的顶穗，但他没有撞断玉米秸。翅膀听得清清楚楚，他还听见了他的轻咳，就这样，吭，像是在清嗓子，像是有什么话要对他们说，但最后没有发出一丁点儿声音只是衣摆呼啦在近处拂响玉米。你看玉米叶乱动，宽阔的革质叶片映着月光泛出幽亮，然后那人又钻进了玉米林。"那是谁？"翅膀蹭紧千里，终于他忍不住了，他指着路旁乱动的玉米叶。"哪儿？"千里扭头看了看，但并不影响他的脚步，他仍然在疾走，翅膀强迫自己不断地加快步伐跟上，"风，你没觉出多凉快吗？快点走！"千里的话有点像冬天里的大氅，一下子就把翅膀遮掩在温暖的结结实实的安全里，千里让他快走跟上。千里不想让说话耽搁时间，现在不是说话的时候。眼看半夜就要到了，他们的事情刚刚开头他们要抓紧！但这会儿翅膀仍然对他们要干的事情所知了了。他只是觉得走在深夜的野地里害怕是害怕，但也太好玩了，心惊肉跳地好玩。

其实只要处身几个人中间，翅膀虽然害怕但并不是真的害怕。他很明白他是安全的，有千里有这些人他们不怕他又有什么可怕的，无论遇到什么他们都能抵挡，他根本不用害怕。但他看见听见了太多东西而他们全不当回事儿，以为他是瞎说。"小翅膀，别再瞎说了。"有一次灯笼拧了他一把说，差点拧疼他。他想回敬他轻轻一脚，但他马上打消了这念头。大敌当前，他不能和他斤斤计较。

前头路边一蹦一蹦的那是啥？那是野兔吗？不是说兔子不能吃沾了雨水的草吗一吃就拉肚子那它为啥现在出来觅食？翅膀拽了拽千里的手："千里哥，你看！"他指着那个跳动的小东西。它不慌不忙像是压根儿没把他们当回事儿，

"兔子!"灯笼低叫了一声然后冲上前去,他不是想逮到那只野兔,他当然逮不到,他可能是想看清些,或者对月光下的野兔稀罕想探个究竟。和灯笼霎时奔跑的速度相比,野兔倒没有发挥灵巧的特长,而是有点慢吞吞溜到护路沟里,接着爬上了对面的沟坡消失在玉米林中。再走几步他们就清楚为什么在这个地方见到野兔了,因为这儿是路西的玉米林边缘,接着铺排开的是红薯田(红薯叶是野兔的美味佳肴),又有点一望无际,远处氤氲着乳白的薄雾,*丝丝缕缕恍如仙境*。野兔是没有了,但红薯田里离路不太远竟然长有一两株高粱,有一只蝈蝈正在高粱的某片长叶上弹琴。蝈蝈比蝉的本事可是大多了,它不但在晌午顶歌声嘹亮在子夜时分在一整个夜晚它都不歇地歌唱。蝈蝈是冥国的使者,它交替闪动的鸣翅上滴淌着荧光的乐符。参军想去逮蝈蝈,扫见的蝈蝈让他心痒,他有点耐不住。说实话翅膀也想去逮蝈蝈,看参军朝护路沟走去千里止住了他,千里说:"你来是逮蝈蝈的?"参军说趁势逮一个有啥。千里说你就指定它是蝈蝈?现在是啥时间?是子夜时分。参军不吭声了,他拿不准它是不是一只蝈蝈,在深夜的旷野弹琴如此响亮真无法拿准它是只什么,当他走近时它又会变成一只什么。细听每一吱声完结要交叠下一吱声时总会撅起短促的异响,像是一口白牙中镶了颗闪烁金牙,哪像是蝈蝈鸣琴,更像剑戟磨吮。参军不敢动了。按说在这种时候是不能说这种话的,但不说这话千里真的管不住参军。参军是个不服管的主儿,他会一条道走到黑。但这样一说参军比谁都穰劲,再不提溜边逮蝈蝈的事

155

儿了。话能招鬼，千里这话说得实在不是时候。

你在大路上是听不到蟋蟀的鸣音的，只有朝东拐到这条厚草蔓地的一庹多宽的小径上，当你蹲下身来时那些小虫才猛然唱响，边唱边笑。它们铺天盖地而来，那声响细碎而密集，一波一波比雨点比满地的尘土更厚实，刚才翅膀一直不知道还有这盛大的声音，也许是处身太盛大的事物里头时你会忽略这事物的存在，或者这乐音有点哀伤忧郁，有点童声似的，从来没有长大，像一群孩子在玩耍，但他们不是哭也不是笑，只是这样发出低微的号鸣。但也许是这蛋音像水一样只向低微处流淌而你站立时是听不到的，或者听到的很少，反正当翅膀蹲在软墩墩的厚草上，一下子降低到玉米的腰窝之下时，他猛然听见了这排山倒海般的乐音。他对这熟悉的乐音有点惊诧，深夜听到和白天里或傍晚听到的全不一样。深秋时节白昼里也随时能听到蟋蟀的群鸣，它们奏起哀乐的原因是它们全知道要不久于这个世界，它们活不了几天了，它们要在最后的日子里说出所有想说的话儿，谁又知道它们说的是什么啊！

但现在它们却全开口说话了。千里不让翅膀钻玉米棵，他说玉米叶锯人，翅膀的皮太嫩会被拉伤。他让谷子守护翅膀。反正他们几个五大三粗的人都一个顶几个，哪还用得着谷子这个总是病恹恹蔫里巴叽的人，他的活计就是和翅膀做伴。（翅膀此时才知道他们是要去玉米林深处挖那只埋了的牛犊，也模模糊糊明白了千里哥所说的吃牛肉的含义。）谷子有点不乐意，他觉得千里看低他了。他一直在嘟囔抱怨。

"你觉得你是谁，你以为就你有劲儿啊，你试试就知道了。"谷子在月光里伸出他细瘦的胳膊，他也像海民一样让翅膀看他上臂外侧的肌肉隆起，他们称那疙瘩肉（肱二头肌）叫"小猪子拱"，可能是说那里头乱拱像头小猪，最后会拱起一个土埂一样的突起。大致就是这个意思吧。谷子沉浸在抱怨里让害怕都趔远了，但不久谷子就不吭声了，除了蟋蟀的层层叠叠鸣响外，他们都听到了一个洪大声响，轰隆，哗啦啦！那应该是一头大家伙，应该是一头牛或者一头驴，正在朝他们狂奔！翅膀朝谷子贴紧，等着那大物冲向他们，随时也准备扯起嗓门叫千里。但他们等待的时候又销声匿迹了，好像它藏匿到玉米丛里盯着他们，像所有伺机进攻的野兽悄无声息地行动。翅膀的心脏咚咚咚跳个不停，他贴在谷子身上不敢动弹。谷子低声说是风，不是任啥。要不我点着火吧，我有火柴。翅膀只是贴紧谷子他能感受到谷子冰凉的身子里不时有颤抖乱爬，像是有许多蟋蟀爬进了他身子里，他就是一只蟋蟀笼子。谷子的话声有点打摆子。翅膀说谷子你也害怕吗？谷子说我不怕。我不能害怕。我要看好你，不然我怎么向千里他们交差啊。但谷子的话声被风吹得摇来摆去，翅膀说我们别怕，它走了。他们只用气流说话尽量不用嗓子，因而谷子的低语就不稳被吹得乱晃。但是小径上没有风风被密不透气的玉米林悉数挡在了外面，谁都进不来谁都进不来。

你要是蹲下你就能看到玉米一棵接着一棵连到天边去，月光被支支扎扎的叶片吸噬没有一丝漏下来，但还是能看见栅栏般的玉米秆，下部的叶片早已枯萎干燥挛缩，因而顺着行间一望，目光能捅出老远，更让人胆战心惊。尤其是上头不停地有什么呼啸来去而下头却纹丝不动，像是另一个世界像是它们直挺挺密插插与叶片全无半点关系，与披散开早已撒下花粉的干燥顶穗和垂头丧气已经蔫巴的前几天还湿润得五彩缤纷的缨须也没关系。但缨须之下的棒子正在丰满，像是蓬勃的少女胸脯鼓胀起伏，所有生命都这样，最美丽的部位总是昙花一现，果实总是蕴蓄隐秘。谷子和翅膀觉得已经等待了一个世纪那么久，觉得月亮都偏斜下去了他们该回来了啊不会出什么事儿了吧。千里让他们就在这儿等不要动地方，千里临走时拿走了让谷子保管的转运的泥兜，掏出那些金黄的碎麦秸。谷子说你叫我在哪儿放麦秸啊，千里说脱下你的褂子。谷子抻了抻他身上粗布黑褂子的两襟但没有脱下来，他说盛了碎麦秸麦糠会钻进布丝丝里他没法再穿。谷子把麦秸直接放在小径上，千里说你是想安大喇叭吆喝啊对整个嘘水村说我们夜里来过这儿？谷子说你放心吧，一会儿再放进泥兜子里，收不干净的碎麦糠漏到草根上你没看草丛多茂密吗……千里没再吭声，他也顾不上这事儿，他们在商量铁锹的事儿，商量从浇水的大垄沟那儿钻进玉米棵。接着他们就消失得没影儿了，真像鱼游进了大海。玉米林吸走了他们，大地吸走了他们，消失得太久了太久了，他们真的今夜还能回来？

　　那家伙是猛地从玉米地里冲出来的，翅膀嗷号一声跳起来但谷子拽住了他，它真长着三头六臂呢，在月光里支里八叉而且好像身子还在不停地涨大，胳膊腿儿都在朝外伸开——千里哥！翅膀大叫，他知道这个谷子不中用的，这大物一口就能吞下他甚至吞下他俩也不费事儿，他要让千里快来只有千里才能救他们！但千里却和大物在一起或者大物就是千里，因为他听见大物说在这儿呢，叫个啥！那是千里哥的声音，他听得分明，但让他迷惑的是千里哥怎么就是这大物？这大物难道是千里哥变的？这时谷子说你跑个啥！你看抬出来了抬出来了啊！——这时翅膀才明白那不是大物，是千里他们把那东西抬出来了，他的眼看花了。他咽口气压住嘣嘣乱跳的心脏，又长长地嘘出那一口气，但他还是有点信不过自己的眼睛，这个夜晚让他眼花缭乱，他真的不能确定他们真是千里，还有参军、灯笼、转运、海民……那东西拘挛在泥兜里四条蹄子朝外跷着，从泥兜边缘伸出的大头颅早没了平日的神气，而是软耷耷地垂挂着，随着他们的动作摇摆。翅膀没看清它睁没睁眼，也没看见它的嘴角是否还溢出细碎的泡沫，但它弓着身体的模样他可是从来没有看见过，它总是活蹦乱跳的，好像整个牲口院整个包围嘘水村的田野都装不下它，而现在它老实了，比下午还要老实，不声也不响蜷缩在狭隘的泥兜里。翅膀有点害怕它，也有点可怜它。谷子吆喝他们停下，他要把地上摊的麦秸收到泥兜里头，灯笼说你要干啥？谷子说不拿麦秸你要生吃啊！你又不是老虎！千里瓮声瓮气地说你收吧，不用泥兜子了。他们真的扔开了泥兜，直接四个人各拽着一条牛腿这样抬着走反而更省事儿。谷子小心地把麦秸收进泥兜里，谷子边收边枯皱

159

鼻子，我日，六六六粉！呛人！那泥兜子沾了玉米地的仙气，确实今非昔比，一股浓重得铳鼻子的农药气息横冲直撞，简直要熏得人打喷嚏，好像镇上的农药仓库搬到这玉米地里来了，好像这泥兜子成了供销社售货员，总是趾高气扬一副狗眼看人低气息铳人的人模鬼样。

他们吩哧吩哧喘着粗气趔着身子拽着牛腿前行，玉米们伸出长长的叶臂想拦阻他们，想一看究竟，但也许仅仅是想抖落一群水珠。月亮正在佝下脸来要看他们在干啥，不，月亮不住地跃动是给他们加油使劲儿呢！明晃晃左腾右挪好像它才是比赛场上的裁判员。谷子扛着参军的长把儿铁锨，但那把短锹还有铝盆还有菜刀不知到了谁的手上，翅膀一点儿也不害怕了，尽管两侧的玉米地愈加黑魆魆的，里头藏满不知名的动弹不停的物件，而且每片玉米叶都在朝下滴淌明溜溜的月光，他们的脚上凉冰冰的鞋子全湿了。他们都穿着布鞋，鞋底早已湿透，脚在鞋窝里湿漉漉的，发出啪叽啪叽的和泥声响。好在小径上茂草的厚毯隔离了下头的泥土，不然烂泥围簸再加上抬着这牛犊会寸步难行。

牛犊尥蹶跑着时身子轻巧灵活，像是它还没有吃足够多的草料没有重浊起来，像是一小股澄明的米黄的风，但现在它真的不动了，仰面八叉躺着了，你才明白它有多么沉重。肉身总是沉重的，只有灵魂鼓动时才显出轻巧。几个人不断地换着姿势抬，但还是累得手酸腰胀。他们已经迈过了刚才来时的那条大路，正艰难穿过西侧玉米田的小径。这条小径更窄，锅巴草也更深，几个人走得急，根本顾不上草丛里的活物。翅膀可以肯定有蛇，他太害怕蛇了，但你的心用在别处时你的害怕会减轻许多。翅膀照样蹚着蕴满雨水的草丛竭力跟上队伍。他和谷子仍然殿后，另外五个人围着那头牛犊冲在前头，他们小心翼翼似乎抬的不是一头死去的小牛而是花轿，里头坐着花容月貌的姑娘。蚂蚱蟋蟀们的美梦被凌乱的脚步声踏碎，它们雨点般四外溅射奔逃，撞击脚踝裸露的皮肤上，痒爪爪的。

这是条最偏僻的小径，只有收割季节人们才结队来干活，平常四度没人敢轻易打破这里的静寂。当一队人马走尽小路爬上河堤时，他们才呀怔过来他们到了哪里。他们听从千里的指挥，是去了那处大名鼎鼎的老鳖湾——这地方曾经做过土改时期几个村枪毙人的刑场。湾子里飘荡着多少冤魂没谁说得清，反正有人晌午顶听到过湾子里有哭声，当他走近时才发觉不是一个男人哭也不是一个女人哭，而是一片悲哭，比出殡的队伍热闹百倍，像是在开恸哭大会。他一下子惊慌失措掉头就跑，他一歇子跑到村头遇到人时才敢瘫躺地上，此人此后再也没去过一次老鳖湾，就是一群人扯他他也不可能再去一回。但现在千里领着他们来了，走尽小径爬上了高高的河堤。

河堤把他们举得很高，脚板比玉米的梢顶还要再高出一个梢顶，月亮近了很多似乎伸手就能够到，视野一下子开阔，能看见半边明朗半边黑暗的天空只隐伏不多几颗寡淡的星星。河堤看上去比实际高度要高几倍，因为堤顶种植着那些山墙一般的丛生紫穗槐（又叫荆条），它们密密实实向外向上攒射，那些细长的茎枝秋后收割后可以编制各种篮筐。这些体量庞大的植物在黑夜里令人望而生畏，它们隔开河谷与外面的世界，它们挤挤挨挨好像还在膨胀像一排崔嵬的巨人。他们拱腰钻过两苑紫穗槐的拱形空隙然后滑下河坡，压低的咋咋呼呼的声音伴随着粗重的喘息再度在滚荡，但另一种咕咚咕咚的落水声更响接二连三，起初几个人以为是谁不小心碰落了土块滚入水中，但后来大家意识到不可能有土块，满坡都是高高低低的青草，千里说："是老鳖！"千里说的话全是真理，细听仍在响起的扑通扑通确实是爬上河坡的老鳖受了惊动于是屁滚尿流滚进水里。（那时嘘水村的人就是天天挨饿，也没谁想起吃老鳖。老鳖唯一的用途是那顶供它隐蔽的甲板，可以晒干放在中药铺的药柜子里，作为治疗癌肿处方中的众药之主。）他们拖拉着牛犊走在水边找寻合适的安营扎寨地方，四散奔逃的不光是老鳖接着是蛤蟆接着是呼呼啦啦的各种响动的动物们。它们急慌慌栽进水里，有的朝更远处窜遁。而另一些更小的动物则闻讯而来纷纷乱乱比见了久别的亲人更亲。翅膀没听见嘤嘤嗡嗡的细响但身上却痒起来。"蚊子！"翅膀喊，他被自己的喊声吓住，他的声音在河湾里回荡，对面的芦苇丛都应声而动。千里说你别急，等一会儿。参军你去折一捆荆条，谷子你去薅几把艾草。"他安排着活计，已经端详着地上在水里冲荡干净仰面朝天躺着的牛犊，他在琢磨下刀的部位。灯笼在挥舞着他的短锹刨灶坑，他度量着海民的铝盆口径，要让坑口驮严实盆体。他们不再那么顾忌说话声，和平常已没有区别，他们不知觉已经提高了声音，因为在这儿你就是大声嗷号也不可能有人听见。这条河是直伦伦的小运河，在过往的年代一度承载运输功能，将此地盛产的粮食、大烟（罂粟）运往南边的界首城，然后沿大沙河顺流而下可以到阜阳甚至上海（这功能半个世纪前已经废弃）。但说不清为什么小运河到了这里却突然膨大鼓胀形成一处湾塘，这儿前不靠村后不着店，谁也不知道这处湾塘是干什么的，好像就是为了隐藏什么像是岩壁上贸然出现的洞龛。在这里你尽管挥刀放枪杀人越货，就是搭台吹响器唱大戏，所有的声响都在湾子里回荡消化，极少能散逸到外面去，即使大白天湾里和外头也是两个互不关联的世界，到了深夜更是岑寂独立。千里选这个隐蔽地方让人不得不折服。

千里不但在谋略上胜人一筹，他手上的功夫也让人心服口服。他会打铁，会用高粱秸篾编扎蝈蝈笼，会手握梭子织出或稀或稠的渔网，那才叫心灵手巧透风就过。此刻他手起刀落，正在肢解牛犊。他选中胸脯中线挑开坚韧的皮肤，然后用硬实点的荆条插进皮肉之间，能听见哧哧啦啦的分离声，他棱起刀刃边挑边前行，就像裁缝役使剪刀，于是牛皮就被豁开，像解开了黄色的衣服露出了血糊淋啦的内里。千里不是庖丁却精通解牛之道，不大一会儿在转运、灯笼的协助下小牛红红白白的肉身子就完全裸露。一股血腥气味爆发，招来一只大牛虻，嘤嘤作响，像是在不断地问讯，要探听这是干吗。翅膀不敢看四脚八叉仰躺着的牛犊，他恍惚觉得那是一个人在呼喊，他弄不清他要呼喊什么。在漾动的气

163

流中翅膀越看越清晰，他甚至看到了人的鼻子眼睛，他有点骇怕。难道它真是人吗？他动了，他在向千里伸展双臂像在求救求饶但千里不依不饶菜刀举了起来，接着带着风声落下去，那人"啊"地大叫一声，但一切都无济于事了，他的肚腹霎然剖开，千里不慌不忙将肠子肚子心肝脾肺肾一五一十悉数掏出。他只留下圆硕的肝脏和拳头形状的结实心脏，其他一应什物一股脑扔掉，连牛头牛皮都不留。翅膀只盯着灶口里的火焰不敢朝那个解体了的人看。牛皮还铺在地上，没有立即抽走。千里要在上边剁肉，肉块要分拨跳进沸浪翻滚的铝盆然后再进入缺少油水的肠胃。他切割下一块块红肉，让参军、海民拿进水里冲洗。灯笼和谷子已经拾掇好灶火，他们竟然点着了麦秸并引着了不知从哪儿找来的一小堆枯枝，于是一小丛火苗摇曳生长。只要能引着火势旺盛的干柴火，他们就有办法再让青绿的荆条生发出火焰的幼芽并最终燃起熊熊大火，他们个个都是在野地里召唤火焰的高手。他们还在湾子里找到了艾蒿，把一丛艾蒿按在火焰里，只消出气回气的工夫，葱绿的枝叶就马上盛开黄白的花朵而且冒出缕缕浓烟，一股强烈的苦味充斥，蚊虫们摸不着头脑，不知道发生了什么事儿，怎么会生出这种它们平生从没闻过的味道，它们一下子预感到死期临近于是轰隆一声四散奔逃。翅膀的身上不再痒痒，刚才咬出的硬疱似乎也不再刺痒，因为肉味已开始弥漫。和堆垛的牛犊的肉块相比，铝盆还是有点小，他们不得不分三批煮肉。先下最好的肉块，都是肩与臀，发颤发红的瘦肉；第二锅煮心肝、肩胛骨，最后再下腿骨和脊柱骨。那把钢刀虽然是炮弹皮钢的刀刃，但对付牛犊的骨骼还是有点力不从心，无奈之下千里动用了灯笼的铁锹。他让灯笼在水里洗净铁锹，以牛皮的肉面为砧板，锹起锹落，脊骨不是树根，顶不住铁锹的舂切，于是分崩离析成了必然结局。只是千里和灯笼身上沾一身血水与肉屑骨末，像是刚杀过人。海民、转运蹲在灶口前烧着火，千里和灯笼走到水边洗濯身子。水面上也不安静，除了闻讯赶来的成群的碎鱼外，还有一些什么东西蜿蜒在水草间。灯笼说这是啥？千里说别动它，那一条是水蛇，看见了吧？那条水蛇很听话，听见千里说它，马上弯弯曲曲动弹，接着挪了挪地方。灯笼一下子跳开，他有点害怕蛇。他说你说的是真是假？千里说你看看不是就知道了吗？但灯笼不敢再看，没有洗净大腿已经趟开水边回到灶火前。只有火焰是安全的，他有点怵劲这个河湾了。海民当然不怕蛇，他曾经在某年夏天把一条蛇装到口袋里。尽管那是条死蛇，翅膀仍觉得那不是人所能及的事情，所以翅膀一直对海民敬而远之，几乎就没说过几句话。海民跑到千里旁边，要看那条蛇，但那蛇已经游开，只有挨边趴在水面上的一两条黄鳝。千里说黄鳝是在仰着头看月亮，它会一看一夜看痴了呆了一动不动所以手到擒来。他问海民吃不吃烧黄鳝，海民敢玩死蛇，但他不吃黄鳝。他们都嘿嘿笑了，因为嘘水村不但没人吃鳖，也没人吃黄鳝。这些都不是人的吃物，似乎与食物无法关联上。但海民想捉一条黄鳝试试。黄鳝是有许多用途的，比如剁掉头将身子断口喷涌的鲜血滴在报纸上然后晒干，于是能够治疗外伤止痛止血的血纸就诞生了。人们不叫血纸而称其为黄鳝血，谁要是碰伤了手或脚马上就去寻黄鳝血，村子里一年四季从不缺少黄鳝血，主人会得意地撕掉一小片血纸贴在伤口上，顺手送个人情。海民问这黄鳝有血吗？千里说牛犊子身上有肉吗？你这话问的！

无论这黄鳝有血无血他们都没有去逮，他们只要伸伸手，手握铁锹用锹刃一按，那黄鳝就只能在锹刃下挣扎而不可能再回到它清水里的老窠了。但他们此刻想的是牛肉，黄鳝吸引不了他们的注意力。这事儿要发生在二十年后，这些黄鳝也不可能安然无恙，因为彼时黄鳝已成为筵席上的美味，大家全都知道只要稍做烹饪，鳝肉的香气和牛肉相比一点儿也不差。当然，等不到二十年，这条河里的鱼鳖和黄鳝就接近灭绝了，甚至连蛤蟆也不可能找到，因为十几年后，这河已经被一家造纸厂污染，黑水肆流，哪还能有活物的影迹。

铝盆里浪花翻滚，与盆下噼里啪啦的火焰应和舞蹈歌唱。火焰有时一伸头想看看盆里的光景，一朵沸浪马上跳起来点头，想搭句话但最终没有实现愿望。牛肉们早已没有了红色而变成了灰暗并漾出香气。参军烤着他的衣裳和布鞋，有点急不可耐，他终于用折出断茬的荆条插了一块上来。蒸腾的热气烫疼了他的手，他吸溜着嘴在两手间倒腾。他很快就举起伸头啃了一口。灯笼咽了一口涎水斜他一眼说翅膀都没吃呢，你先吃！参军说我尝尝烂不烂，我能不知道先让翅膀吃！是的，有好吃物必须先让孩子吃，这也是规矩。但煮到了何种成色确实需要尝尝，参军说得没错。牛犊肉并不坚

166

韧，根本见不了火，与老牛肉天壤之别。参军一口就咬下了一大团。他让那团肉在嘴里腾挪滚动，咽下去一半才空出半边嘴说话："烂了，能吃啦！"

为了有序进餐，千里不让他们随便伸手，他怕烫伤了他们的手指。他让谷子打了一沓宽阔厚实的泡桐叶铺展在草地上，捞起一块块肉先搁在桐叶上晾凉。无论多么急于求成，没有千里的口令，所有人扑嗒着嘴搓着手指但一动不动。千里分配好肉块，馋涎滴沥的几张嘴开始鼓瘪翻滚，嘴头油光烁动。翅膀得到了最好的一块肉，千里问他过瘾不？翅膀没有回答，因为实在是太香了，他自从来到这个世界还没有这样吃过肉，而且是如此香喷喷的牛肉，他觉得他浑身都是嘴，每张嘴都张大了要饕餮这深夜里天外飞来的肉块！他觉得他喉咙里伸出一只手，不由分说一把抓走还没有嚼碎的肉糜，接着又是一把。

但千里没有吃肉，他专注地在啃一棒烧玉米。他与牛肉没有缘分，只要尝上一口，不出半顿饭工夫他浑身一准刺痒难忍。那可不是蚊子咬咬的痒，而是皮上先隆起一堆堆硬疱，接着硬疱串联，山峰成为山系，全身的皮肤争先恐后全要隆起一下子成了高原。嘴唇会外翻，眼睛会肿成一条缝再难睁开。千里并没有多少吃牛肉的机会，但过年时尝过腌牛肉，这一带过年家家户户再穷还是要买上一小块腌牛肉的，那是本地特产，拌上葱白淋上小磨香油确是一道美味（卖牛肉的屠户竟然顽强地存在，牛肉的来源一直是个谜），但千里从来不能碰，只要沾上舌头就戳了马蜂窝浑身马上起火。

是的，千里对牛肉过敏，他这浑身的火疙瘩其实是荨麻疹（这些疾病的名字多么形象），要是热天里他还有办法，揉碎臭椿树叶糊在皮肤上，让自己成为一个绿人；但冷天里没有臭椿叶也不可能有其他什么药草，他只能忍受这难忍的奇痒。所以千里忌讳牛肉，像小鬼忌讳阎王。

在等待第二盆牛肉煮熟出锅的空当，翅膀极度舒服享受的肠胃突然渴望水的滋润。翅膀说千里哥我渴。你不得不赞赏千里的未雨绸缪，刚才挖灶坑时千里力排众议甚至否决了灯笼的坚持，一意孤行在灶口边缘连通了一孔搁马勺的圆洞，现在马勺里沸水冒泡，而且还放了半棒玉米和几片玉米衣。千里小心翼翼地端起马勺走到水边，将马勺平放在水面上降温，那些蛇鳝蛤蟆还有成簇的小鱼一看来者不善纷纷避让，水草里响起轻微的激水声。接着翅膀就喝到了不烫也不凉有点青玉米甜滋滋味道的温水，像刚才抓肉一样，现在喉咙里那只手开始掬水，一抔一抔急于浇向干旱的脾胃。千里说吃了肉喝生水会拉肚子，以后也要记住啊。

第二拨肉出锅的时候翅膀只吃了一块，下咽的速度明显放慢。他不想慢下来，肉香扑鼻但肚子已经鼓胀，闲空无多。千里弓起食指弹了一下他的肚包说你先歇会儿，等会儿啃骨头。翅膀吃饱喝足，把冒出青烟但没有火焰的艾草分一把放在身边，这样连偶至的蚊虫都仓皇逃逝。灶膛里一撅一撅的烈焰转弯从灶口朝上蹿，像长疯了的红植物，长得过旺有点嫩黄但没有乌烟。这会儿开始烧杨树枝，灯笼说杨树枝叶顶烧，不像荆条。那些碧绿厚韧的叶片先是苍白吱吱作响冒出汁水，汁水也马上在火焰的诱导下变作火焰，根本没有中间过程，直接从液体成为轻飘的类近空气但不是气体的火焰。离开几步看，这处灶坑就像打开的一扇窗户，昭现地心里的景象，仿佛大地的表层之下全是由这些鲜艳但没有形体的花瓣堆叠形成。但那是能熔化一切的火焰，当然也包括生命。

　　千里在照顾那些火焰，他不时地添上枝条和叶片，好让火势嘈杂号叫着更旺，让铝盆里咕嘟声永不断续。千里赤裸着脊背，他汗津津的皮肤在火光里泛出幽亮。千里的皮肤比牛皮都厚，让翅膀一想起来就发愁。千里喜好让翅膀给他挠背，当只有他俩在一起的时候千里会笑吟吟地商量翅膀给我挠挠痒痒吧。那不是商量，因为只要千里哥让翅膀干啥翅膀从来说一不二，他和千里是忘年交。他喜欢千里，因为他真的对他好，不像其他人当家里的大人在时对你笑成一朵花但大人一离地方他们马上寒脸好像压根儿不认识你，但千里哥正好相反，大人在时他不吭也不哈，当大人一离开他马上喜形于色和翅膀套近乎。他给翅膀做弹弓，做木头手枪，只要翅膀要啥他有求必应。翅膀和千里在一起时一下子庄重起来，从没感觉到自己是孩子，他觉得他是一个和千里哥一样的大人，需要用千里哥一样的方式来报答千里哥。

　　但千里哥的脊背实在太宽阔，翅膀趴在那儿像面对一堵褐红的高墙无边无际，他怕抓疼了千里哥，让指甲轻轻耙过那密麻麻挤挨着汗毛孔的皮面，但任凭他抓挠那上边甚至没有一道白印，好像他的手指根本没挨近过，指甲也没掐凹那厚韧坚实、布满雨点一般毛孔、没有褶皱的皮肤，使劲点儿再使点儿劲，千里的声音从遥远的前方响起。于是他用尽平生力气从上耙到下，他想这土地可够肥沃深厚，他的指甲的犁铧吃不进土里，但千里哥说就这样就这样，千里哥鼓励他一直挠下去，但要挠完一次这宽阔脊背会累得满头大汗，他总是看着脊背发愁，因为他不知道何处才是尽头。

千里平日饥一顿饱一顿的，但还是茂茂盛盛生长，像一株树，你根本不知道它从哪儿吸收的养料，似乎无肥无水也无太多的阳光，有的只是吸不完的空气，但它还是枝茂叶盛。千里一个人过活（偶尔去他打铁师父那儿蹭一顿饭），他的那三间老瓦房（东头一间屋顶塌了一角）似乎并没有举火的迹象，翅膀很少见到那所老屋里攒射火光，屋顶上弥漫炊烟的时候也是鲜见，但千里似乎不需要这些，他只喝西北风照样长得壮壮实实。千里没有做过晚饭，他总是拿一个红薯干面饼子朝生产队的烤烟炕跑，因为那儿总是炉火通红，他的饼子可以傍着炉火烤焦然后他佐着一瓣生蒜狼吞虎咽掉那只饼子。翅膀见过他背着粮食去打面，也见过他和面蒸馍，但没见过他做一个人的早饭。千里打面不是光给自己，生产队里的五保户打面似乎都是他去。村子里没有打面房，要打面得去三里外的村子。千里也不骑自行车（自行车此时是奢侈品），也不拉架子车，他只是背着丰腴的布袋走路。

我们很难说清楚千里的角色，他在生产队里处于一个极特殊的位置。他从来闲不住，承包了一切杂乱活计，照管机器房里的各种机器（轧花机、弹花机、浇水的水泵，还有只能给牲畜打料的一风吹打面机等等）、护青、修缮房屋（铺屋顶上的麦草并不简单）、打制铁器，手脚得空时还要挑茅坑里的大粪……尽管他拿的是最低的工分，干的是男劳力都干不了的活计，拿的是妇女（半个劳力）的报酬，但他从不计较，反正他是一人吃饱全家不饿，对于前程也没有什么牵心挂肚的憧憬。知足者常乐，千里就是这样快乐地度过他的每一个日子。他因为成分高没有任何进步的可能，既入不了团也入不了党，当然也不奢望去当干部高升，甚至连每个人都想的说媒娶媳妇传宗接代，他也不会想，因为那根本不可能，他只是本本分分地干活，吃了睡睡了吃享受今天。当翅膀给他挠痒痒时他总是那样趷蹴着盯着前方的某个地方，他的眼睛里蓄满迷惘的弯弯曲曲的光芒。他可能在想过去，也可能在想将来，但更大的可能是在享受今天，享受翅膀细小的手指送给他的醉心的舒坦。

翅膀竭力朝灶火边靠，好像只要他稍微离开火焰就会有什么一把将他攫走。他确实发现了危险，刚才躺在千里面前的那个人（不是皮肉赤裸的牛犊，确实是一个人）并没有被利刃劈碎，而是屈挛坐起来并且走到了更高些的半坡上。他坐在那儿一言不发，尽管火焰热闹，他并不朝灶火这儿看，他盯着河面。如今河面没啥好看的，那些平伏在水草间的黄鳝仍然抬着拇指大的小头颅在张望月亮，但肚子里已经装了牛肉的人再没有兴致去端详它们。在那个人盯着时突然轰隆一声大响，是在对岸的那片苇子旁，就像一个人从高处猛然跳进了水里，但不是那人，他还坐在那儿呢，他没有被河里的大响打动。转运问是啥家伙？恁响！灯笼说是一条大鱼！混子吧（草鱼叫混子）。千里说不，是火头（黑鱼叫火头鱼）。河面已经被波浪搅碎，能看见无数的斑片磷光闪烁跃动朝这边涌来，能听见波浪击打岸边的轻微啸响。那人仍在张望。千里扭脸看着翅膀，你在看啥？翅膀没有听懂千里的话，他朝千里再度靠紧，只要靠紧千里那人就拿他没办法。千里只穿着他的大裤衩赤裸着脊梁，火光几乎烤化了他半边身子，镀上了一层红铜，他的脸在高挺的鼻子那儿一分两半，一明一暗。火光和月光的脾气不同将影子拉长而月光却缩短，影影绰绰只要你一动就群魔乱舞。翅膀觉得这河湾太热闹了，他看见了许多人许多事，没看见的更多，但他只知道有更多并不知道那都是啥人啥物。千里往灶膛里续上那些绿末乱冒的枝叶，它们不太情愿，叶片艰难地伸展，颜色大变，接着蜷曲，接着就呼啦一下终于忍不住化成一小丛火苗加入更大的火中，它自己变为一撮灰烬。这火不比打铁的火，但照样能烧熟蚂蚱，连牛肉都不在话下，但要是烧出蚂蚱肯定没有千里给他烧的蚂蚱好吃，那是看不见火苗的无烟煤烧红烧炽铁块，只要让蚂蚱靠在炉堰内，蚂蚱先是伸直后边的两条大腿，后来是四只小腿，接着摇身一变像经霜的柿叶通红焦黄香气扑鼻。翅膀从来没有吃过这样好的烧蚂蚱，因为在家里灶屋里烧的蚂蚱一律沾满草木灰，而这烤蚂蚱一尘不染，连蚂蚱腿儿都能吃，咯吱咯吱嚼碎香喷喷咽下去，可惜蚂蚱太少，两串蚂蚱根本解不了馋，但他们不可能再去一趟那块田地逮蚂蚱因为天色向晚。"翅膀，看样儿你没吃够啊？"千里扭脸盯着他，千里的脸上仍然劈头盖脸着汗水，千里看他的馋样儿有点心酸。翅膀没有说话甚至没有扭头，因为贪婪食物是很没有面子很丢人的事情，他不想让人看出来他有点馋。但千里说下回让他解馋过肉瘾！然后千里就去敲打锤击砧子上的活计了，就像随口说了一句，说完被大风刮跑了也就忘了。翅膀又去拉吹旺火炉的风箱了，即使他听见了他也权当没听见，因为在村子里只有过年能见到解馋的肉，平常四度谁又能真去过肉瘾。

那个牛犊变成的人没有老实地坐在半坡，如今他爬上了坡顶与紫穗槐的黑影重叠，不仔细看你根本发现不了他。在他攀爬时，翅膀一扭脸看见了河湾南侧的河嘴里有人在泅水，两个人头一前一后冒在水面上，偶然映着月光，被水抹平的头发泛出幽亮。那不是黄鳝的小头颅那是人头！他们朝对岸游去。翅膀瞪大眼睛但他说不出话来，只要他吭一声，那个警惕地藏在紫穗槐阴影里的人就会跳下坡，就会把他扔进河里，那时就是千里也拦不住他知道拦不住的。有一柱红火摇曳着黑烟猛地从灶口钻出来而且站得笔直有一人多高，千里手忙脚乱用湿树枝叶去按，他终于按住了，从灶膛里不再钻出来新的火丛，但按断了的火柱仍然竖直在半空，灯笼掂起铁锹去砍，他的锹还没到地方那火柱已经消失。就是在火柱消失的刹那翅膀突然看见了那条大船，从北面的河嘴滑过来滑过来在河湾里缓慢沉滞但一刻不停地朝南面移动。那船可真够大的，像生产队里打麦场上的麦秸垛，你真担心这河道能否盛得下这么大的船，而且装满了沉重的麻包，那肯定是粮食，大船前头的甲板上有人影在走动，翅膀听见了船上的说话声，而且也看见了一盏桅灯，红不瞎瞎的，无法和灶口里的火光媲亮。船头激起宽阔的波浪推动水草摇头晃脑。船两侧还站着两个人在使满劲撑篙。他们将长竿插进河底然后倾尽身体的重量顶住长竿好让船头不在这片宽绰的湾子里迷路找准南侧的河嘴。船找到了河嘴但却停了下来，船停下时发出吱扭的尖叫。船是向前猛冲了一下停下来的，船头竟然稍稍撅出水面。船上有人大喊："有事！有人拦船！"至少有四个人跑到船头观察但船中间竟然扯有床单做成的船帆，从船帆的鼓面能看出此刻正刮的是东北风。这风确实能够给船行加把力，和欢腾向前流淌的河水一样。但此刻无论风也好水也好都帮不上忙，因为一道手腕粗的麻绳缆索横在河面上结结实实拦阻了大船。船上装的是粮食，当船停下来时你才能看清堆叠的鼓胀麻袋。这时正在烧火的千里一跃而起朝船冲去，他的手里端着火枪，是打野兔的土火枪，翅膀见过但他没见过千里使用这枪。千里挺直胳膊两手一前一后将枪举过头顶然后对准船头搂动扳机从枪口里喷射出笆箩那么粗一庹那么长的火团携带着霰弹向船上的人倾泻。惨叫声就是这时平地而起，有人在躲避中失足从船上滑落，他掉进河里的呼喊声和哀号惊心动魄。从叫声能听出都是年轻男人，粗壮而野蛮。从船头跌落的人很快就销声匿迹，因为海民率先冲进水里按住了那冒起的头，在这种事情上灯笼当仁不让，他不是游水也不是分开众水在河底奔跑，而是扑扑腾腾河面上盛开着磷光闪闪的白水花，灯笼协助海民让那人顺利葬身水底。转运哮喘着游向船尾而且朝船上扔了一样东西，那或许是铁锚，因为接着转运又游回岸上和谷子一起像拔河一样拉一根缆绳，于是船移动了，但不是向前通过河嘴而是靠近了这面的湾岸。刚才黄鳝趴在水面的地方如今却是船头停泊处。翅膀想大叫一声撅起来想喊千里哥但却动弹不了发不出一丁点儿声音。那个藏在荆条树影里的人仍未动仍在盯死翅膀，只要翅膀一动他就会扑上来，但翅膀根本动不了。翅膀努力想挣脱但比缆绳更紧迫他被看不见的绳索捆着就为了让他看清这一切但不让他近前掺和。他们只有行动没有话声，他们在沉默中舞蹈。又有惨叫声响起，船舱里还有活着的人，但像某种速生速朽的植物那声惨叫消失后再也没有发芽，接着就有沉重的肉体撞击湿岸的闷响，是他们从船上扔出了尸体。千里在低声指挥，他们全听他的。接着就平静了，不再有枪声不再有惨呼，只有麻袋圆囫囵吞从船舱搬卸下来艰难地挪向堤顶，然后就是一种奇怪的叽叽扭扭的声响隔堤传来，但有点遥远而且渐行渐远……

　　那束树枝仍然在燃烧，焰群跃跃欲试，铝盆里沸浪围着牛骨踊动，马勺里的水又开了，但只从暗黑的勺底冒出细碎的一簇簇小气泡。翅膀的身旁艾草吐出青烟，要是有蚊子就好了，蚊子可以用低微的营营声扇动他让他摆脱捆束的绳索。他看不见绳索但他知道绳索是存在的，不然他怎么这么清醒却动弹不得，连头旁的青草离得这么近也无能为力碰一下。翅膀大睁着眼睛焦急地等待，他想看看坡顶藏在荆条黑影里的那人，那是个神秘的人，他不知道他这会儿到哪儿去了。翅膀断定会发生什么事儿，他压制住满心的焦急他等着。转运弯着腰，一只比他身体还要硕壮的麻袋差点儿将他砸瘪在地上，但他还是朝翅膀挪过来，他要爬坡，他的上身几乎与地面平行，他的脚踢着了翅膀绊了一下于是跌倒，倾倒的麻袋被冲撞撑开了裂口，小麦流出来像金色的黏滞液体。但麻袋没有砸瘪转运甚至也没有砸中翅膀，它流出的小麦悄悄地靠拢翅膀的脸庞，在麦粒触到他脸颊的瞬间他猛然觉得轻松，所有约束松绑。他呼隆坐起来。火光涂抹在千里的脸上光脊梁上，闪耀瓷瓷实实金黄的光，那是粮食的光彩，隐含不露而结结实实。千里朝他扭过脸来说赶紧点儿，骨头能啃了！千里在朝他笑，火光照红他的白牙齿，像是刚吃过人肉。有一瞬间翅膀觉得恐怖，想大叫一声求救，但叫声冲到嘴边又咽了下去，因为他是习惯性地想叫千里哥！他想求救的正是让他害怕的，他不知道自己该怎么办。那条大船仍然停泊在湾里，庞大的黑影遮没了河面。翅膀的身旁流淌着小麦，但没见麻袋也没见被砸在地上的转运。转运从不远处正在走过来，他和谷子将牛皮内脏一应丢掉的什物埋没在水边。谷子边走近边说，没事，我还盖上一锨草皮，不出两天青草就铺严了，就是拿探雷器他也找不见！（当时有一部叫《地雷战》的电影极有名，手握探雷器的日本兵让嘘水村无限新奇，于是"探雷器"这个名词也开始胤生在话语里。）翅膀发现自己在哆嗦，牙巴骨子在磕响。千里趔着身子探过头来他有点看出了翅膀的异常，"翅膀你冷？是不是做梦了？"千里总是对他关切。翅膀身上的几小撮哆嗦被火光撵走了，但仍有不少胆大的留守着，尤其是两胁和胸脯那儿有成群的哆嗦在爬行。翅膀揉了揉眼睛，朝堤顶上的荆条丛瞅去，他朝那丛荆条指指但他说不出话来。千里站起来仰起脸看荆条没看出什么来又看月亮，月亮已经偏西已经是后半夜。月亮像被拦腰砍断的黄沙瓤西瓜，截面汩汩流淌着亮晃晃的蜜汁。翅膀又抬起手来他的手在颤抖他想指湾里停靠的那艘大船它仍在那儿啊！但船上黑沉沉的没有丝毫动静。这绝不是梦这船不是还在这儿吗！只是现在找不见流淌的小麦了也瞅不见那个隐藏的人了。除了树枝在火里兴奋的号鸣外除了蛙鼓除了铺天盖地无孔不入的蟋蟀弹琴外再无其他声响。翅膀仍在抖索。千里招呼另外几个人，都来都来，赶紧啃骨头！他没有说翅膀在颤抖，他不想黑更半夜的说这些事情，尽管人多势众，但有什么异样的动静还是让人有点发怵。千里不想让大伙儿横生枝节，他想平安无事撤离这河湾。

　　所有人都回来了，都围着铝盆啃骨头。他们已经过好肉瘾，翅膀也已经过好肉瘾，而且睡了一刻还做了梦。他是做梦吗为啥那船还在？船黑魆魆停泊在河湾里没有要走的意思，它根本就不会走的。但翅膀不想对他们说船在那儿他觉得只要他说出来那些打死的人会一下子从船里冲出来他的心脏跃上喉咙，他不想说也不能说。但他又困了在零星的哆嗦中他想闭上眼睛他一点儿也不想啃骨头了。千里把翅膀朝身边拉了拉，翅膀感受到了来自火焰的温热和安全于是睡意更浓。他抵抗不了这困，他只想睡觉只想睡觉。

　　他们把啃光的骨头埋进灶里，铲起一锨锨土填平灶坑。谷子如法炮制，铲了几锨草皮摊在平好的坡里，火早已死在土下，连灰烬也找不见踪影了。只有践踏得稍显光溜的草坡无法复原，青草趴伏在地上一看就能知道是人的痕迹，但只要停上两天，所有的草都会直起身子昂起头来，你根本看不出有人来过。

但那条船还在呢。翅膀在睡梦里再次看见那船黑沉沉岿然不动的庞大敦实身影。翅膀并不觉得是在梦中，就是趴在千里的背上朝村子走去时，他仍然清醒着，只是不睁眼也不说话。千里背着他，他能感觉到他无数次伸开十指挠过痒的肌肤的温热，感受到温热中拱动的漩流般的力气。现在他不怕千里哥了，那个把火枪举过头顶的千里不是驮着他的千里，蒙眬中他知道不是一个人，但无法理清这一切变故，只是感受到踏实和安全。他身上早已没有哆嗦，但只要那群人走在千里前头翅膀马上醒过来他害怕殿后他觉出了屁股后头的空虚马上骇怕。他只要一嗯哼催促，千里就三步并作两步马上赶到前头去，他知道前头是千里哥的硕大头颅后头是杂沓的他熟悉的人们于是他又潜入半空中流动纷乱的梦乡，就像鱼穿行在水草之中。

二

其实翅膀拿不准蝗虫和蚂蚱是否同一种昆虫，要是真有区别，区别又在哪里。可以这么说，蚂蚱伴着他长大，他的童年世界一直没缺过蚂蚱蹦蹦跳跳的影子。蚂蚱的种类很多，除了有一种瘪头的鬼脸蚂蚱他不喜欢外，其他蚂蚱他都喜欢。即使那种鬼脸蚂蚱，脸呈三角形像一斧子斜斜砍下去那么丑陋难看，但飞起来时照样崭露鲜红的内羽，像一朵小花在空中迅疾绽放，绚烂出惊人的美丽。它的瘪脸、它的贼溜溜不怀好意的小眼睛那么难看，为啥有这么漂亮的内羽呢？这令他百思不得其解。但无论内衣多么漂亮，他仍是躲着它，从来不碰，当然也不可能去逮它，他没有对它漂亮内衣考证一番的兴致，那种斜脸的丑相比一堵墙更高大地阻隔了他。对于鬼脸蚂蚱来说这未尝不是天降福音，丑陋成了它最好的盾牌，给了它安全保障，让它的天敌对它避而远之。

五彩缤纷的蚂蚱使他的童年斑斓多彩，但飞蝗席卷嘘水村的可怕景象也笼罩了他的童年。不是他亲身经历过蝗灾，而是有关蝗灾的传说活跃在每个年长的大人的口中，也就是说，在他出生前的不多几年，蝗灾不止一次光顾嘘水村，像飓风像乌云黑压压过来呼啸而去，所至之处庄稼树木全成了光秃秃的秸秆，所有叶片全用来发育并胀满那密密麻麻的小身体，每个洼坑每个沟渎都填得半平，积地盈尺全是支支叉叉的蝗虫。"为啥不烧吃啊？"在睁大眼睛陷入昔日灾难景象的同时他马上发问，因为在任何情景下正在发育的幼小身体最关心的是吃物，这么多层层叠叠的蝗虫过来，烧起一堆火让它们自己蹦跳进焰心变成焦黄的一疙瘩肉香多么惬意！讲往事的人给了他一句："你就知道吃！"但吃是这个世界的头等大事，当他们讲起因为没有吃食的某一年饿死了一多半村人时，他们关心的不是吃又是什么呢！

但翅膀压根儿没指望在这个炎热的下午吃上烧蚂蚱，而且是他吃过的最香的烧蚂蚱，焦黄，香气四溢。这是暑假的最后几天，他不止一次掰着指头算计时间，看他的美好日子还剩下几天。当然，他也有点向往那所离村子两里地开外的学校，但他只向往开学的最初两天，或者说一天，因为最初的久别重逢诉说无数暑假的新鲜见闻后很快就又堕入灰暗的无法忍受的坐在教室里的时光（其实他不自觉夸大了听课的无聊，此时所有学校都在开展勤工俭学运动，至少有一多半的时间是要进行割草、拾棉花之类的田野劳动，而这些劳动极少集体行动，一般都是采取分散自由形式，和暑假也差不了多少）。他觉得村子和包围村子的层层田野有太多的事情等着他前往一探究竟，他被深深吸引，都来不及惊叹夏天的丰富就已经堕入这丰富之中，总是无限流连忘返。他要去老高坟那块大豆田里再逮一回蝈蝈，他知道哪一片长得最茂盛的豆棵里窝藏有蝈蝈，运气好了还能逮一只越冬的紫蝈蝈呢！他还要去南塘钓一回蛤蟆，根本不用鱼钩，只用纳鞋底的线绳拴一团楮树叶在水面抖动，蛤蟆会一跃而起咬住涩碴的叶片再不松嘴，它当成是可口的飞虫自投罗网，而没想到它自己自投罗网，它让你将它甩到岸上只等你上前抓它在手中。对了，他还要去东大坑钓一回鱼，用揉搓结实的馍团当诱饵也用不着蛐蟮。还有他要去牲口院里听老板凳讲一回《三国演义》，他想听那些打打杀杀的故事，甚至想囫囵囵囵听完《三国演义》，但他一直摸不着头绪；他去过牲口院好几回但都逢上老板凳正忙，不是把牲口牵出来拴在场地的桩上就是又牵回厩房里，根本没心思给他讲那些只适合悠闲的下午或晚上时光才讲的故事。他后悔有一两回晚上时光是可以去听老板凳的故事的但他却跑去邻村听大鼓书了，是春分拉他去的，他不能不去，他们俩是好伙伴是老伙计（他们把两个人交好称老伙计）。春分的爷爷是铁匠，能捏出铁蜻蜓还能用铁丝捏弹弓呢。他和春分是老伙计因而他们大事小事总在一起算是形影不离，这让他见识了许多他并不熟悉甚至都没听说过的新事物，也让他错过更多的虽然不新奇但同样深深吸引着他的事物……他把这最后的宝贵日子细细铺排，有点像把遍地的珠宝只挑选几样放进狭小的木匣子内。他天天数一遍离开学所剩无多的日子，有点急不可待又有点沮丧。今天下午他和春分商量要去擒蜻蜓，去村南的那片白杨树苗圃。那些去年扦插进土里的一截截白杨树枝经过一年多发育生长，竟然蓊蓊郁郁密不透风，变成了蜻蜓栖落的家园。那些黄蜻蜓红蜻蜓用好几条细腿抓住阔大的幼杨树厚韧叶片，略微垂下长长的身体悬停在阴凉里歇息，有时一棵树条子上就有好几只。你看着它们两只大眼睛外凸着好像对周围一览无余看得清清楚楚，其实它是复眼它根本看不见前方的东西。他和春分精通擒蜻蜓的技术，他们蹑手蹑脚不碰出一点动静，只是顺应着风响动作，他们直对着蜻蜓的眼睛处在正前方前进，他们悄悄伸出手张开食指中指抵达薄如纱帛的羽翅时立即合拢捏紧，于是一只呼呼啦啦扑棱出干燥声响的蜻蜓就成了无望挣扎的俘虏。它无奈地瞪视着，似乎有些恐惧但更多的是恼怒，它菲薄的翅膀布满黑色的脉纹就像几片细树叶但却没有丝毫水分，是一种铁质的或者与生命的湿润全然无关的织物，但却能使曼长的蜻蜓的身体飞驰或悬停空中。无论这对羽翅有多么神奇他们都不会撕开一看究竟，他们知道蜻蜓是吃蚊子的益虫而不是害虫，不能伤害它。他们尝试在家屋里放飞，想让它吃掉屋子里的蚊子。他们从没有见过蜻蜓吃蚊子甚至没有养活过一只蜻蜓，那些被捕的蜻蜓最后大多仍是死去，因为在把它们带回家的过程中幼小的手指捏力失衡，不可能不伤害它们单薄瘠瘦的身体，死亡是它们唯一的命运，无论屋子里蚊子再多，处处美馔珍馐可以饕餮，但它们却无缘消受。

在这个炎热的午后时分，蜻蜓们尽可以抱紧白杨树硕大叶片的边缘沉入美梦，享受着顶上另一片宽阔叶体遮覆下的阴凉，而不需要惊恐不安四处逃窜了。救蜻蜓们死于非命的是一腔炉火。那火在风箱呱嗒呱嗒的怂恿声中燃烧得茂盛，没有一丝乌烟红火，全是白蓝焰心。你甚至看不见火焰的身影，只看见黑铁块红通通的越来越红红得发白透亮，在通体透白的铁块没有熔化之前一双长长的铁钳夹它出来，放在黑暗的有点蠢头蠢脑的铁砧上，说时迟那时快，一只大铁锤自天而降，一锤砸瘪尚处在白热期的红铁，接着又是一锤……砸击的同时红白的花瓣溅射飞舞，像是每年元宵节夜晚短暂的烟火景象。"趔远点！"抡锤的人发出警告，但夹着铁块翻动的那个老人一声不吭低垂着眼皮，他甚至都不会朝两个孩子看一眼。翅膀有一瞬间觉得他是在生气，是烦他们干扰了他打铁，但很快又从他盯着变薄了的铁块的眼神里看出他沉醉在红铁变幻的得意里罔顾一切，压根儿没把他们放在眼里。

翅膀没想到打铁炉会开张，尽管他在去年暑假也看过这儿铸犁铧，看他们烧化红铁并将黏稠的铁水倒进埋在土里的模具里，于是被牛们拉着的能够犁开土地的铁犁铧就浑身青黑地出生了，像是土地本身生出的一样，就像红薯、山药、萝卜这些块根类植物一样。翅膀尽管见过他们在炎炎夏日里把铁化成水，但他还是拒绝承认这热烫烫的活计要在大热天里进行，所以他没有把看打铁列入暑假最后几天的计划。事情总是这样，美妙总是不期而至自天而降，他最想看的燃烧的打铁炉里红白的热铁竟然猛然间在他面前亮相，让他惊喜，也让他所有的其他打算全去了爪哇国。

这打铁炉就蹲在南大坑的北堰，是个土坯支起来的炉灶，高及翅膀的胸口，平时上面盖层塑料薄膜遮雨但并不挡风，只要大雨浇不塌它也就达到了目的，因为一年里它只能风光三两回。都是在庄稼活儿下来之前，需要打制但主要是修修补补一些工具时，它才怒火冲天。比如眼下秋庄稼就要收割，伤了的铁锹、铁锨鞠子需要复原，别断的锹刃需要补全，还有谁家需要把菜刀，也早早列入名册，趁热打铁，也敲出一把来。南大坑里一池碧翠，藕荷长平了坑口像是大庄稼地，粉红的荷花正在盛开，风一吹送来一阵一阵芬芳。吃过午饭千里他们才开始拾掇打铁炉（上午已经在准备煤炭，还有从屋里搬出风箱与铁砧，但春分是死脑筋只想去捏蜻蜓，没想打铁比蜻蜓更热烈），翅膀之所以没扫见风声是因为直到此刻风箱还没低低吼响，还没来得及发出浑厚苍劲的匆急长嗥，当然还没来得及让炉心跃跃欲试挑战太阳。翅膀和春分要去南地这儿是必经之路，一见打铁炉，一见千里，翅膀两眼放光，一下子把杨树丛里的蜻蜓们丢在了九霄云外。他喜欢千里哥，喜欢帮他做所有他正做的事，尽管帮的倒忙居多，但千里哥从不责怪他。

　　来得早不胜来得巧，其实翅膀没有少看一秒钟打铁，就是提前扫信也不一定更提前到来，他耿耿于怀的是没有更早一点儿得知打铁的消息。翅膀站在千里跟前时炉膛里还没有生长蓝韭菜丛一样的火苗呢。千里正在生火。与翅膀的瘦小赢弱相比，千里显得憨实高大，有点不可企及。他慢条斯理但又一刻不停地在收拾他的那些打铁的家伙：一大一小两把长铗、盛在已经掉了瓷而且壁上有一个烂洞的破瓷盆里正在用水调和的黑乎乎的煤泥、一只比平常每家都用的风箱要大上两倍的专门吹旺打铁炉的风箱……他溜了翅膀一眼但并没停下手中的活计，将一大把金黄色的碎麦秸拿到炉膛里，而且正在东瞅西瞅——一定在找火柴。他穿着极少，只有短得可怜的一点儿也不合体的粗布裤子套掩着他粗壮的腿和肚脐之下的小腹——那裤子可以不用裤带，一条细细的能伸缩的内含"老鼠筋"的绳子起着裤带的作用，圈着他结实的被说书人称为"熊腰"的腰（对，称为"虎背熊腰"）。他没有穿褂子，甚至没穿他那件烂了洞的薄瀊汗衣（背心），只是那么光着脊梁，好让汗水像雨水一般没有任何阻挡地恣意流淌。"待会儿帮我拉风箱！"千里说话简短，没有一句多余话。他找到了火柴，原来那瘪瘪的小方纸盒就趴在支好的风箱顶上，只是滑落在木掌子下头，被高出平面的桯子遮挡住了。他凑近炉膛，"噌"地擦燃一根火柴，那一小朵淡淡的红火苗在火柴梗的一端生出，他双手捧捂着移近蓬松着的麦秸，于是一缕蓝烟升起。在树隙间漏洒下的阳光里，那缕轻烟蓝格盈盈，有点发翠，可以看清飘荡着的内部的丝丝缕缕，像是一条在空中流淌的碧蓝的溪流。"现在拉吗？"翅膀问。如果他拉动风箱送进麦秸中一小群风，那烟雾就会吹散，而看不清的火苗就会簇簇生发——即使在阴凉中，没有太阳直照，火苗仍然黯然失色，和夜晚的明亮招眼相比，无论多么旺盛仍然淡歪歪的，能看出面对太阳的胆怯。火苗只敢在内部张扬，一点儿也不敢对着太阳发威。"好，拉一下！"千里眯缝着眼，没有看他但发出了命令。翅膀两手握着风箱的木把手但等指令发出，于是他使劲儿往外拉，但和他平时在家里灶屋里拉的风箱相比实在是太沉，连杆曳动着绕圈编扎有密不透风鸡毛的活塞不肯移动，但在他的不断加大的双臂的力气之下终于被拉出来越来越长。风被生出来，能听见呼呼的声音，而且麦秸一下子燃烧起来不再冒烟而是生发出一大丛哈哈笑着的红火苗。千里拢了一下麦秸，立即用铁铲铲起湿煤覆盖住火苗最旺盛处。"轻拉，"他喊，"别使太大劲儿！"但他无法定量均衡，不使劲他拽不长连杆，也无法推进去然后再拽出来，而一使劲吹出的风势过大会对初生的火苗构成危害。"不会你俩一起拉！春分，快上！"千里抹拉一把遮住眼睛的汗朝他们说。于是春分站到了他旁边而且他的手旁添上了一把黏答答的小手，他一下子觉得循环拉动轻松起来，而且控制住了风速，起初一两下有点不协调有点别扭，但很快两个人开始默契稳稳让风箱服帖。

汗水和人一样，也喜欢扎堆，看见千里汗流浃背，肥胖的汗水全崭露头颅；春分的汗水也开始茂盛。翅膀能感觉到密密麻麻的汗粒钻出头皮时的焦灼，它们肯定碰得头发左摇右摆像草丛里黑水一般漫流的蟋蟀，但他无法看见自己摇动的发梢。他满头都是麻扎扎的微痒，更多的成群的汗粒在拥出。千里扯过肩膀上搭的毛巾擦了一把脑门和脖子里流淌的汗水，他的眼被烟呛得红红的，盈满泪水，而且在流泪，但汗水和烟泪早已混合，无法分辨是流泪还是流汗。那条毛巾已经没有贴面竖起的毛鼻儿，变成了光板，甚至毛巾中间使用频密处开始溃烂，那些有着细碎网格的基底编织物也已经裸露，被汗水渍垮。

煤泥一点儿也没听热晕了的千里的指使，麦秸烧成了灰烬，但它们纹丝不动，没有跟着麦秸生发火苗。由灰烬和煤泥覆盖着的炉膛死气沉沉，虽有热烫的气息但没有火苗就和一处墓穴一样。千里红红的双眼盯着死穴稍稍愣了一刻，他的表情不是失望、无奈，而是惊异，仿佛对那些煤在这么炎热的午后没有跟着一哄就燃的麦秸蹿起火苗而吃惊。有一瞬间他不知所措，不知下一步该从何处着手，他只是不停地出汗，不停地一把一把拿他那条中间溃出破洞的手巾驱赶头上脖子里还有胸前的汗水。他被热昏了。今天的火焰有点失常，按说这么多麦秸已经燃起这么大丛的火焰，煤泥不可能无动于衷，况且这不是厨房里的做饭用的烟煤而是优质的无烟煤。拒绝燃烧的煤炭让千里有点摸不着头脑，这种反常也让他心烦。千里甚至忘了翅膀与春分的存在，他陷在那种短暂的讶疑时刻等着他师父来解围（千里遇到这样的失败时刻太少见，所以他有点尴尬）。他师父（春分的爷爷，但春分与他并不亲热）也就是在这个危难时刻露面——这是个年过半百的老头儿，略微驼背，好像因为打铁的缘故，总是与那些硕大沉重的铁器为伍使他的头颅显得硕大而沉重。他也有着铁器的性情，一声不响，不到万不得已是不说出一句话的。但他会笑，那是一种假笑，皮笑肉不笑，用那层浅浅的笑意还有露出的并不太白的牙齿粉饰他内在的倔强与蔑视。他从他的那处屋子里像一只不可觉察的阴魂挪过来或者说是飘浮过来的。他的小屋离这儿不远，也就是十来丈那么远，一眼就能望见，屋门照常敞开着，但谁也休想窥清那屋子里的一切，甚至千里好像也没有进过几回那灰暗破败充满琐屑的屋子，翅膀倒是推故好多次走过那门口以窥探屋子里的动静，他对屋肚里的一切都充满好奇。但翅膀只是看清过一只像老龟一样趴在地上的铁砧和一堆破铜烂铁，此外一无所获。如今这个铁砧就在翅膀身旁，是一大块方铁而已，一侧伸出一支比擀面杖细不多少的尖铁针，另一侧则是梯形切面……这一应形状全是为了塑造通红的尚处于幼稚阶段不成形状的铁器。在阳光之下这铁砧一下子黯淡复原为普通的打铁才用的器具，没有了一进那处小屋才焕发的神秘光彩。翅膀甚至不想多看铁砧一眼，他只看那个走近的老头儿。老头儿叫车轮，虽是春分的爷爷，但他的小屋和春分家好像没有关系，春分也从不在他那间小屋里吃饭，仅只是能拿到一段铁丝或铁丝捏制的弹弓而已。车轮与千里有一种说不清楚的亲近关系，不是一个门第但是某种亲戚。他总是在关照千里，好像千里才是他的儿子或孙子而春分是外人。车轮对升火失败一点儿也没感到意外，倒是此刻炉膛里火苗熊熊倒会让他惊讶。他从随手拎着的化肥布袋里面掏出一大把干枯的细树枝，然后用铁铗清理净炉膛重新将麦秸放上点燃，而干树枝趴附在麦秸上头像是在打架把麦秸压在了支里八叉的身子底下。火苗再次跳跃在蓝烟里，但翅膀听见干树枝咔咔叽叽兴奋地低唤，像是夏天里天转暖和头一次孩子们跳进水里游泳，仍然凉冰冰的水激起一片唏嘘声。但接着树枝上生发出火苗，初开始不太情愿但马上就热闹起来，像是一树枝一树枝都是红艳艳的花朵。千里没让两个孩子拉风箱而是用一只手沉稳地一点点自己拉。煤泥覆在绽放旺盛火苗的树枝上，薄薄一层，冒出一群乌烟后也开始泛红，最终全被感染一同蹿起热闹的手舞足蹈的火苗。车轮又从那只破化肥布袋里掏出敲得适中的大块煤炭——据说那是另一种打铁专用煤块，能够烧化铁块。煤块经过稍纵即逝的灰暗时期马上浑身通红。现在已经只有蓝淡的火苗没有一丝蓝烟，炉膛里红得发白，好像那几步之外盛大的白阳光全吸聚浓缩在那炉膛的一小堆里。车轮把铁块夹放进去，棚在白炽里，好让铁块也跟着白炽起来。

你看了千里打铁你才能知道啥叫带劲儿，啥叫稳准狠！千里抡起铁锤，瞅一眼砧子上仍然白亮着的铁块，让铁锤在空中划出一条夸张的弧线，"咚"的一声闷响，你能感觉到别说是红铁就是那块铁砧也会瞬间变瘪。不错，那红铁瘪了，车轮眯缝着眼夹着扁铁，他连眼色都不需要使铁锤总能落到需要的地方。现在还看不清红铁要变成什么，也许是菜刀刀体也许是一把铁锹，要变成的器具全在车轮和千里心里，因而铁锤的落点与劲道他们都心领神会。翅膀太喜欢看铁锤最初惊飞的那些红黄虫子了，一下子飞开溅舞，就像你一脚踏在暴雨后路上的水洼里故意让水溅射出去，真是太痛快了！第一锤虫子最稠，第二锤少了一半，到了第三锤已经只蹦起几点黑影，那些红黄虫子已全部飞光。但铁锤逗出的响亮已经比头顶上的蝉声更悦耳，已没有了最初的闷钝。"当当当"的变得清脆的声音会招来风，会让满坑的荷叶翻舞露出雪白的叶背（南大坑里只种了这一年莲藕，在接下来的雨季里涨得平坑槽的大水轻易就把还没长成莲藕的莲叶抬离了坑底，让嘘水村的人从此断绝在大坑里种植莲藕的打算）。但这"当当"声也引来更多的汗水，翅膀盯着看打铁都忘了汗水，腌得眼睛通红，劈头盖脸全是汗。千里就不用说了，简直像刚从坑里跳上来浑身上下没有一块干地方。他站过的白地都有点发黯，汗水也许是浸透了布鞋但更可能是甩落的，就像雨水从屋檐下流淌。千里穿上了他的汗水蚀出了无数虫洞的白背心（早已不是白色，而是一种黄不拉嚓的褐色），但没束遮挡热铁屑的帆布裙（他裸露的胳膊上有好几点铁屑烫出的痂疤）。车轮也已经浑身湿透，但一看他就是那种顶热的角色，他连黑粗布上衣都没脱连纽扣都没有解

189

开一两颗，只是腰里束一片帆布围裙，仍然那样坐在那个小木凳上端详着就要成形的铁块用小锤敲敲打打。炉膛里仍躺着几块红铁，风箱又响起来，千里用毛巾抹拉一把汗水又在催促炉火旺起来。翅膀觉得他看不够他太喜欢看打铁。千里扭头瞅了他一眼说："翅膀、春分，赶紧找片树荫凉快去！这儿太热。"翅膀有点不愿离开，他知道千里是怕热晕他们了，但他还是想看看铁砧上究竟要演变出什么来，他想知道菜刀的刀把是如何打制出来的，还想再听刚打制好的热铁丢进另一只盛水瓷盆里的滋滋叫声，那声音太诱人，像是一群人噘着嘴在吸气，像是都在吹口哨又没学会吹所以吹不清亮。但千里想让他们趟远点儿，实在是太热。"这样吧，"千里边拉风箱边说，"你们去南地逮蚂蚱，逮回来烧吃。翅膀你吃过打铁炉烧的蚂蚱吗？"翅膀当然没有吃过，别说打铁炉，就是家里做饭烧煤的时候（因为缺少柴火，他们很多时候要用煤来烧饭。每年冬天生产队里都要派人去几百里开外的禹县煤窑拉煤）也不能烧蚂蚱。他们没有用煤火烧蚂蚱的经验，只用柴火烧过蚂蚱。

千里的这个提法果然灵验，翅膀的眼睛开始转动。他和春分嘀咕了几句，他们的眸子里开始闪现南地的那块晒垡子空田（休耕田）里青草茂密蚂蚱乱飞的景象。接着他们依依不舍地不声不响倒退着离开，然后才面朝前走路，走老远还停下来回头看车轮把烧红的热铁夹出来，千里再度抡起了大锤接着火屑飞溅。当铁锤声响亮起来时他们又开始踌躇，有一刻翅膀想拐回去看一会儿再走，但最后还是熄灭了念头，绕过碧荷翻涌清芬不绝的南大坑，开始在那条通往南地的村街飞奔。翅膀从不一步一步正常走路，对他来说奔跑才叫走路。他们要赶紧拎回一串蚂蚱，现在他已经闻到了烤蚂蚱的香气，舌头上也品咂到了青草气息的肉香。

翅膀的计划总是遇到阻碍，眼看就要跑过那片楝树林就要拐向通往南地的那条路了，但翅膀没有拐弯而是一直朝西跑去，因为他看见牲口院旁边围着一群孩子，他断定一定又发生了要命的新鲜事体。春分不离左右跟在他身后，他们很快就成为那群孩子中的一员。翅膀这会儿知道为啥打铁这样的红火事情只有他和春分当观众了，原来这儿的事情更吊人胃口。他们有的在下地棋（就是五道方，在地上用树枝画出五道纵横的直线交叉形成多个方格，两方的棋子在多个交点形成方块、三斜四斜五斜还有或纵或横清一色的大洲，根据形成状态赢方吃掉对方一颗或两颗棋子，直到把一方的棋子全部吃掉宣告胜利），有的在打扑克，但更多的孩子在围着一头牛犊出神。这头牛犊昨天还活蹦乱跳呢，翅膀看见它从牲口院里炮蹶飞奔出来根本不听老板凳的吆喝，但现在它蔫巴巴的无精打采。它站不起来了，只那样卧在大椿树阴凉里，嘴里也没有吐沫没有嚼刍动作。它有点被吓住了，不知发生了什么事儿，让它这样卧着站不起来。它太年轻了，不谙世事，弄不清这些孩子围着它要干啥。有一小堆青草就放在它嘴下面的地上，但它没有多看一眼，要是平常它舌头一伸一卷早没了影儿。老板凳慌着在端水，以为只要给它喂半盆加了豆料的水它一定要站起来了。老板凳撵孩子们："趔远点儿！小心喝饱水站起来踢你一蹄子！"牛犊要是能踢一蹄子就好了，无论它踢的是谁，估计老板凳挨一蹄子也会心满意足。但它踢不成蹄子，甚至喝不成水。它的头老是直不起来，一次次要垂下去。它已经没有挺直头颅的力气，直到此时你才能知道对于身子来说，牛的头实在是太大了，稍微得点病脖颈驮起头颅确是一件难事。牛犊的眼睛里充满恐慌和迷惘，它害怕死亡，但没有可以帮它的人。它很明白，它偶尔才发出发颤的低低的"哞哞"哀鸣，一听就知道它已经叫了无数遍叫得口干舌燥但没有效用，平时只要它这样一叫它的妈妈那头母牛马上就不顾一切冲过来，但整天却不见了妈妈的影子它明白它完了。它离断气的时刻已经不远。一头病入膏肓的牛犊无论对大人还是孩子都算是头等大事。

牛犊是夜里得的病，老板凳发现它不吃也不喝，老是想卧地上，而且身上的皮不断地在抽搐。牛犊的眼神惶惶惑惑，一派迷离。它一直在害怕。它身上的颤抖也许是吓出来的。一大清早老板凳就找了队长铁桶，找了会计，还有保管员、计分员、生产队里的各路皇帝大臣都汇集来看望这牛犊，但牛犊没有因为众人的注视而多吃一口草仍那么病恹恹的一副惊慌失措相。队长发愁地端详它一阵，决定送它到镇上的公社兽医站，也许那儿能够手到病除。于是他们调配老板凳牵着牛犊去镇上。也许不去镇上牛犊不会这么快萎坍瘫软，从公社回来老板凳不得不用架子车拉着它。把它弄到架子车上也不容易，要是搁平时，别说让它上架子车，就是让它挨近架车也休想。它是一头捣蛋的牛犊，从来没有听过话。但现在却老实了，送它卧上架子车它只是做出反抗的架势但最终还是服从了命令。可怜的牛犊啊。兽医站的医生们往它肛门里注了许多水，说是灌肠给药，天知道那是在干啥！老板凳坚持认为是兽医站加速了牛犊的死亡，要是不去兽医站，说不定拨治拨治还能痊愈呢！还能长成一头好犍牛呢！但现在不可能再有第二种结局，只能等着它头颅着地去找地狗子（即蝼蛄）说话。

　　老板凳不知道铁桶的苦衷，要是不去兽医站，死一头牛是大事，谁又能承担了责任。说不定要法办人呢！铁桶没有这个胆，你牵到兽医站死了是该死，要是你不去，该死的就是你了。这个道理铁桶当然懂，但老板凳未必懂得。因为宰杀耕牛，邻村的金克郎蹲了五年班房（金龟子的俗名叫金克郎）。牛是生产队里的劳力，被称为"劳动力"，死一头牛应该比死一个人重要。金克郎判处五年徒刑也不亏——他杀生成性，让他坐坐班房理所应当，他的手下不知窝藏有多少牛啊狗啊的冤魂。但说实话他宰牛也有点历史，方圆十里八里过年都是吃他的腌牛肉（这是他的祖传手艺，名曰腌牛肉，其实牛肉成分并不多，他有本事把瘟猪死狗肉都变成牛肉，让你尝不出来），而他本人确实弄不太清世道早已生变，宰牛已经成为犯法之事，耕牛既然是劳动力，宰杀耕牛就是破坏社会主义。金克郎热天冷天都穿着油渍麻花的衣裳，浑身溢满臊味和膻味，一只羊在远离他三百米的地方哪怕是隔着玉米棵，隔着重重青纱帐，照样马上会跳起来，力图挣脱主人的绳索。羊一下子就能感知死亡的气息，那种气息能够穿越障碍，庄稼棵以及厚重的空气都不能阻断那种气息，任何生灵都能准确地感知死亡。那气息不仅仅来自他的衣裳——衣袖上发出亮光，可以鉴拭明亮的屠刀，因而那些刀刃上的亮光就沾染在了那些不比帆布薄懈的袖子上——而是来源于他不停努动的嘴唇，明光闪耀，还有那张不大的嘴唇四周的胡须，总是保持着某种长度，仿佛专门为了窝藏某种气息，像是一片缺水缺肥的乱草，营养不良，但生命力却极强韧，总是那种高度，长年不见丝毫枯萎。此人有一辆自行车，乡下人称其为"洋车子"，当时洋车子极少，只有人五人六的人才有资格拥有，一个村子少则一辆，多则两辆，能骑骑洋车子是许多人的终生梦想。金克郎的洋车子弯曲的车把上挂着一把长柄铁钳，用来钳狗。铁钳碰撞着车架，发出清脆的叽里咣当的金属响声。那响声和哪怕是一条小狗的吠声都无法媲美，但方圆十里八里村寨们却听不得那声音，只要在哪一个村口荡响，那个村子的所有狗都像得到了统一指令，一齐吼叫，然后又比赛着逃窜，看谁跑得疾快，眨眼之间就不见了踪影，任凭主人再三叫唤也不再听话，至少失去半天的忠诚。在死亡与忠诚的选择上，大部分狗还是选择了远离前者。金克郎事件给铁桶给所有人敲响了警钟，让他们觉得这司空见惯祖祖辈辈饲养使唤的大小牛们被赋予了一种令人畏惧的神圣光辉。

只要一遇上稍微稀罕的事儿，翅膀就会沉浸其中并马上忘了自己最初的目的。濒死的小牛犊留住了翅膀，他想看小牛犊肯不肯喝水能不能吃草，他想喂它青草试试，他要薅一把翠碧的莛口沁着清汁的嫩草喂它，说不定吃上一小把，疾病就能烟消云散，它就又能昂起脖颈驮稳头颅站起来，说不定还能碎步跑上一圈呢，当然不指望它马上就尥蹶奔跑。春分碰了碰他的胳膊，提醒他南地有蚂蚱等着他们呢。在蚂蚱和牛犊之间，翅膀还是选择了蚂蚱，因为蚂蚱一蹦，炉火通红，千里哥就满头满脸满身大汗出现。蚂蚱牵连有太多吸引翅膀的事儿，所以翅膀虽意犹未尽但还是离开了牛犊与孩子们。他俩是不声不响溜掉的，因为可不止一两个孩子喜欢逮蚂蚱，要是只有翅膀一个，他就会手臂一挥领一群孩子朝南地挺进，但现在有春分做伴再说烤蚂蚱也是限量供应，千里哥最多能烤给两个孩子品尝，再多他就会犯愁。一离开村子离开人群，路面拍打他们脚板起劲起来了。庄稼这么稠密，但他们的脚步声还是如此响亮，好像并没把庄稼们放在眼里。他们听见了高粱的轻声嘀咕，它们远远近近纷纷议论，声音都不高，时大时小时近时远。这声音他们早已熟悉早已听惯，他们也不怕突然出现的高粱摇晃，好像高粱林子深处藏有无数的人或妖精。但其实是有些怕的，只要一离开村子离开人群，只要深沉的寂静如期而至，不由你不害怕。这是白昼，太阳明晃晃的，鬼魂或妖怪一般不在这个时辰活动，它们都有点怕太阳，也更怕火。但是岑寂会有魔力，会呼唤那些邪魔鬼道走出来，只要有这样的岑寂你就不要安稳把心装进肚里去，所有不太喜欢和人在一起的物件都会现形的。比如蚂蚱，比如蝈蝈。他们听见了蝈蝈的弹琴，一串一串，让翅膀心里痒痒让他想舍此去彼要去逮蝈蝈。好在春分会及时提醒他他们来是做什么的。春分似乎一点儿也没害怕，好像他从没害怕过。他还想去高粱棵里找一株不结穗实的高粱当甘蔗吃呢，这种不生育的高粱秆吃起来不比甘蔗差，也会甜汁四溅。但翅膀制止了他，翅膀只是不让他钻进高粱棵，啥也没说。有些话有些字是不能说的，只要一说就会有事被说的东西会应声而来。翅膀不会说出"鬼"这个字也不会说出"妖怪"这两个字，但他明白这高粱地里不缺这些物件。这是午后，没多少庄稼活，太阳一毒烈没有人下田的，没有人的漫拉子野地什么事情都可能发生，什么东西都可能见着，所以最好不要轻举妄动，这是奶奶反复告诫他的。也正是猛然想起奶奶的告诫，翅膀正走着打了个趔跟，他有点不想去那块晒垡空地上逮蚂蚱了，那里太偏僻，不能保证这会儿正安安静静呢，就像不能保证他们只要一走进那茵茵草丛中包围着那块地的玉米林里不跳出个什么来一样。翅膀听老板凳讲过，就是在那块地里，他碰上过一个老犍精。那是秋末，是在深夜，老板凳走亲戚回来晚了，走在翅膀正走的这条路上，就看见在那块田里站着一个庞然大物，比一所房屋都高都长，就像打麦场里的麦秸垛。它不动弹也不号鸣，只是那样站着，让老板凳头发梢子全站直了。但老板凳有各种办法对付这些突发事情，他停下脚步解开裤带，朝着那妖怪撒了一泡热尿，这还不够，他又让右手拇指钻进食指和中指之前，他拇指指天举起手来，并且念了一道符咒。老板凳不肯教孩子们符咒，翅膀他们帮他运了一下午铡碎喂牛的麦秸，想着落黑时分老板凳肯定不再吝惜那符咒，会教会他们一首的。但老板凳终究不肯教。翅膀能理解老板凳的苦衷，因为他听说这样的符咒是不能轻易传人的，再说换个人也未必有效。但老板凳碰上的那个老犍精还会在这块田里，没有听说过它会飞走再不回来，说不定这块田就是它的老窝，有它的吃草的石槽，还有它住的厕房，当然还有淘草缸，夜里还要点亮小油灯——不对，老犍精哪需要这些啊，它不吃也不喝，它才不要那昏暗的馊味浓重的厕房呢，只要能成精要啥就有啥，要是我也能成精该有多好啊！翅膀停住脚步眼有点发直，他已经决定另选地方逮蚂蚱。他想去南塘，尽管南塘不比那块地更洁净。春分不太想去南塘，翅膀已经吊起了他的胃口，他对那块孤零零田里碧翠的青草和纷飞的蚂蚱们已经在想象里熟惯，猛然遗弃让他若有所失。但翅膀谆谆开导他，用比刚才形容那块田青草与蚂蚱浓密美好得多的话语淹没他对那块田的向往，翅膀当然会成功，在这些事情上春分想做主连门儿都没有。他们找到了那个通向南塘的小梢路，那路面茂草覆盖，可真是更令人胆战心惊，踩上去一软和一软和的厚草让翅膀觉得春分的坚持不是没有道理，要是这样一脚接一脚的软和他不知道他们走到南塘那地方又会遇上什么。什么都可能遇上，什么事情都可能发生。翅膀说："蝈蝈声在那边。"他朝后扭过头去，那块大豆田确实越离越远（蝈蝈只把大豆和红薯的叶片当成美味佳肴，对高粱叶和玉米叶没有品尝的兴致），蝈蝈的琴声正在变得模糊，就像耳朵里进了水后听见的声音一样，越来越沉。有一刻翅膀又想回转去那块青草铺地的晒垡地了，但一扭脸看见春分不

197

怯也不战，大踏步朝前走，他马上打消了想法。他们心里扑腾扑腾往前走。他们听见了明亮的从地心里传来的青蛙的呼喊，一阵又一阵，一阵比一阵匆急。翅膀听见这群青蛙这么起劲地叫，知道已经发生了什么事儿，但就是有什么事儿他也得硬着头皮冲向前去。

你只有在阒无人迹的午后，走过一回漫无际涯的大庄稼夹持的半尺厚的草体铺地的小径，你才能明白那种感觉，只要一脚踩上去，下头猛一软和，像是踩着了一群老鼠或者一蟠蛇或者一堆癞蛤蟆，但从你的脚旁四散奔逃的不是你臆想的那些，而是无数零碎的节肢昆虫，蟋蟀（大大小小还没长成个儿呢）、乍蜢（大大小小）、蚂蚱（形形色色）——"对了，我们在这儿逮蚂蚱吧！"看着脚边纷乱的蚂蚱春分喜形于色。翅膀弯腰捂了一只，捏在手里端详。他否定了春分的提议："这儿的蚂蚱太瘦，南塘那片脱砖坯子的空地上有大蚂蚱，肥！"那块空地上的蚂蚱，翅膀确实逮过，也确实逮过大个头的，但就此否定这条草径上的蚂蚱当然也是歪理。翅膀害怕这个时辰去南塘，可人有时候就是这样奇怪，越是害怕的地方越想去一趟，就像你害怕蛇，但你有时候就是想看看，越害怕越想看，可能是想弄清自己为什么害怕吧。

青蛙的呼喊比庄稼林更茂密，从地心闪闪发光地向半空溅散，比所有的植物都狂放苗壮。但有时青蛙们又集体沉默，一下子不声也不响，像是大地关闭了窗户，还严丝合缝撮住了曾经的伤口。就是在这种沉默与躁动中间，翅膀和春分竖着汗毛接近南塘，像深入敌阵的侦察兵。每向前一寸，危险就增添一分。你迈出了这一脚，真的不知道下一步会踩出什么。有一只蛙又开始鼓噪，于是接二连三新的一轮再度开始一大群蛙全开了腔，这次不是呼喊其他人是在喊他们，翅膀和春分，翅膀翅膀翅膀——，春分春分——。他们已经走完了那条小径站到了南塘堰上，而且那只废弃的老窑也在池塘南侧静等着他们。在一片庄稼叠堆起的绿色中，黄赭色的老窑巍然耸立，就像一位瘦骨嶙峋的老人头上只有几根毛发——老窑身上还没像后来那样长出楮树，只有不多的几棵高草，是茅草。它的窑洞口黑咕隆咚的打死也不敢近前一步。池塘里靠岸的地方长有既不茂盛也不枯瘦的芦苇，塘心里漂浮着一堆堆黑暗的苲草，那些偶生偶发声响的青蛙就趴伏在堆堆黑暗的苲草上露出个小头在端详翅膀和春分。但他们现在不想和青蛙们搭腔，他们要捉蚂蚱。他们出气回气顺畅了，真正看清南塘也就这回事，根本不像想象的那样恐怖。但这不是他们消除恐怖警报的真正原因，真正原因是塘西南角那块地种了菜瓜而且地中央搭了庵子看守，此刻庵子里有人影在走动（种瓜的是海民爹，听说他在瓜田里放养的一窝小鸡全没了影儿，在一个月光之夜他走出庵子尿尿，乖乖，一条吃馋了嘴头的大蛇盘踞在庵门口，在芯子闪睒地质询他为啥没了小鸡的香甜鸣叫。那条蛇极大，没有解馋也并不愤怒，垂头丧气踽踽离开时，蛇头到了窑口而尾巴还在庵子旁边扑甩呢）。翅膀也不是之前没来过南塘，每当生产队分菜瓜时他们还是会来一趟南塘的（当然，有时他们也把菜

199

瓜拉回村口去分）。翅膀之所以改变想法要来南塘，与这块菜瓜田不无干系。

一看见他们来，老窑顺手扯过一朵云彩遮住了太阳。翅膀身上不多的衣物——遮住小鸡鸡的裤衩和奶奶缝制的黑粗布褂子全都湿透了，连脚上的布鞋似乎也汗津津的一走一趔趄。春分劈头盖脸都是汗水而且满面通红。再没有阴凉光顾他们，身上的水分就全被榨干了，而且有再多蚂蚱也无心去逮了。但阴凉说来就来，只要太阳打盹，凉风马上就一群群从庄稼林里走出来，凉风们到处找汗粒就像小鸟到处找草籽、庄稼粒。翅膀身上的汗不大一会儿就被风啄光，他忍受着口渴，两眼开始朝草丛里寻找。那是一片开阔的空地，是烧窑兴旺时脱晒砖坯的场地，因为布满了细碎的砖碴，暂时种不成庄稼，这地就空置下来专门长草生蚂蚱，好让孩子们偶尔心里痒痒一回。名不虚传，翅膀和春分从粗壮些的草茎里提了两根茅草莛用来串蚂蚱，不一会儿草莛上已经有好几只蚂蚱朝外舞扎长腿了。他们挑个大肉多的那种绿蚂蚱捏在手里，肉墩墩的草莛穿过它们颈上的硬领时能感觉肉质的鲜嫩与肥硕。蚱蜢们太庆幸了，因为翅膀不太喜欢它们长长的略微发紫的长腹，虽然对它们外头深绿里头浅绿的羽翅并不反感但与绿蚂蚱们一比确实逊色不少。翅膀也喜欢土蚂蚱，质朴而平实，没有花哨的外衣，但内羽漂亮得令人眼花缭乱，怎么也想不出来这么像黄土一般颜色竟然内里这么鲜艳，就像一朵开在土层深处的花。只有袒露在阳光下只有阳光才能使漂亮显现，否则没有五彩连芳香都没有。花朵要开在白天。土蚂蚱要不时展开你的内羽啊。

　　他们已经拎了一满串蚂蚱，已经寻觅到新的茅草莛要再穿一串，但草丛里蚂蚱明显少了，因为那种鬼脸蚂蚱开始多起来，翅膀有点生气，他真想踩这鬼脸蚂蚱一脚，可惜不够踩一脚的，它们形体实在是太小了。鬼脸蚂蚱都长不大，陡脸阴森，草籽般的小眼睛恶狠狠瞪着你，一直想警告你什么。但实在是太多了，你只要一蹲下它们像漫灌的大水，像蚊子那样一下子全围上来。它们要真是蚂蚱为啥不逃跑？蚂蚱见了人总是四散奔逃，这是规矩，但鬼脸蚂蚱好像在等你来，只要见了你马上就蹿上来，有的竟然跳到了翅膀肩膀和头上。翅膀招呼春分，要告诉他蚂蚱少了而鬼脸蚂蚱到处都是，像惹着了蚂蚁窝。春分也开始愁眉苦脸，因为他碰上的鬼脸蚂蚱不比翅膀少。春分说："我们掉鬼脸蚂蚱窝里了，恁多！"他这样一说翅膀警惕起来，翅膀抬起头来不再盯着草丛——乖乖，这一看他的脸马上苍白，马上掉头就跑，因为老窑的黑黢黢的门洞曾经颓土压死过人的门洞离他们只有两三步远呢，要是那条大蛇卧在那儿只要嘴一张芯子一颤，不费吹灰之力滋溜就能把他们吸飘起来吸离地面，一头栽进黑咕隆咚里去。

　　那才叫没命狂奔才叫仓皇逃窜！凹着脊梁伸着头，两只胳膊像是划船，屈起来在身子两侧快速摆动。"照护着蚂蚱串！"春分一点儿也不比翅膀跑得慢，他就差一点儿踩中翅膀在草径上晃动的黑头。翅膀的影子是黑的。草丛里不断有起飞降落晃动点点屑屑，但两个人都顾不上看究竟。他们一跑那朵云也跑了，如今太阳又得意地出来了而且不让他们盯着看一眼。翅膀拎着蚂蚱串的右手不再来回甩动，他不能摇落草串上的蚂蚱，但这样一来他根本跑不快，他一只手像是被人砍了，一跑身子就朝一侧歪。好在不需要那样上气不接下气地奔命了，因为春分竟然跑在了他前头，竟然站住了，"你看见了啥啊？"春分的胸脯一起一伏，肋骨一根根暴露出来，他的身子真像一只筷笼子（灶屋盛放筷子的口大底尖的竹笼）。春分的黑粗布褂子没穿在身上而是抓在手里，另一手里的蚂蚱串完好无损。翅膀朝后瞅了一眼催春分快走，别站着，他不会说他看见了啥，而其实他除了看见黑黢黢的窑门洞外又能看见啥！要是能让你轻易看见，你还害怕个啥啊！

　　一走到那条通往村口的土路，翅膀十五只吊桶打水七上八下的心一下子咕咚落了地，他的喘息渐渐平复，直到这时他才知道他身上有多少汗水。他的褂子湿得冒水，像是刚才他掉进了南塘扎了个猛子才爬上来的。他掉塘里了吗？他有点恍惚，仔细一想没有挨水边，没从塘堰往下走一步。他身上有冒不完的水，无数细小泉眼在看不见地涌流，阳光一照晒得紫红的皮肤上明晃晃耀眼。翅膀的胳膊在麦收季节已经晒脱过一层白皮，像麻秸瓢子，蜕了一层下头还有一层。但现在就是晒一晌午也晒不出那层麻秸瓢子。翅膀已经百炼成钢，太阳拿他已没有办法。但这汗水实在是太多了，腌得他的眼痒爪爪地生疼。

　　他们到了村口却没有再走老路，春分担心一看见他们拈着蚂蚱串马上就会跟来一队孩子。他们宁愿牺牲想知道牛犊是死是活的好奇心也不想后头长出尾巴。他们沿着环绕村子的寨海子东行，从另一条路回到荷花满池的大坑。只要你想到一个地方，从来都不止有一条路的，而且这另一条路虽然要爬过寨海子，但要近好多。现在翅膀喉咙里已经着火，需要马上用清水泼灭。他咽口唾沫就难咽下去了，浑身到处都是干裂的土地，都等着淋漓的雨水啊！

千里和车轮干够了一歇活计，铁砧旁堆躺着几把锹头、铁锨或者镢头、菜刀，泛着新铁的靛青，他们正在洗脸抹胳膊当然还要喝水。一只黑铁桶就站在旁边，桶里荡漾着清凌凌的刚打来的井水（那口供大半个村子吃水的水井就在南大坑的东南角，离这儿很近）。翅膀顾不上许多走上前去就要痛饮，但他太匆急，两手端不动铁桶，蹲地上伸头又够不到桶里的水。他已渴红了眼，他要仄歪铁桶让水流进嘴里但操作难度太大。他正在急煎煎发愁寻找窍门的时候，铁桶突然升高并且仄歪向他的嘴，正好供他咕吞咕吞尽情倾注肚里。翅膀不操心为啥铁桶这么会意，他只想赶紧让清水泼灭干渴让旱得冒烟的肠胃得到滋润。千里提着桶趔着身子托歪桶底笑了："看你喝水的样儿，像八百年没见过水！"千里问他为啥不早点回，渴了饿了都不知道，那不成个二半吊子了！沉醉在洇透中的翅膀既顾不上千里也顾不上就要跳火坑的蚂蚱，清得发黑的井水像美酒沉醉了他。

接着就是这一天的高潮。那串还在瞪眼瞪腿的蚂蚱开始经受火焰的酷刑，摇身一变为人类的美味。翅膀每年一到秋天也偶尔逮一串蚂蚱烧吃，但那是在灶膛的灰烬里，灰屑包裹着蚂蚱，就是你对着烫手的蚂蚱使劲儿噘起嘴唇吹，但想吹净袒露蚂蚱焦黄的身体也困难重重，因为蚂蚱身上到处是褶皱沟壑，藏灰纳烬是它的拿手好戏。但现在蚂蚱根本挨不着灰烬，千里把它们请进炉堰里尽量远离炉膛，可热度一点儿不低，蚂蚱们没有经受过如此的酷热，它们先是惊慌失措胳膊腿儿乱伸乱蹬，接着就懒得动弹，接着就伸直所有腿儿蹬了一下或者两下就再也没有丝毫动静，你只看见那美丽的羽翅一下子黯然失色，浑身披挂的鳞甲在悄悄变化，像是羞赧的晕红，像是麦子成熟的金黄，接着千里就用火钳夹它们出来。蚂蚱有点烫手，既不蹦也不跳更不会趁势用红色的两颗板牙夹你一口，而是赤裸、焦黄、热气腾腾。翅膀等蚂蚱稍微降温，马上揪掉它的头并带出一小坨腔子里的肠肚——那里头盛满发黑的青草，然后翅膀清除掉它的腿脚，就把那残剩部分放进嘴里，舌头上翻搅起四溢的清香。那是一种脆香，在颊齿间萦绕流荡，偶尔的一道白肉会钻进牙缝但舌头卖力地立即将它挖掘出来。蚂蚱的肚子几乎是空的，而胸脯却藏着一疙瘩白肉，那一小点白肉甚至能够掰开，丝丝肉窬分明。春分在这些事情上也不会耽搁怠慢，他也在如法炮制地嚼蚂蚱。最忙的是千里，他要照护好风箱，让它总在呱嗒呱嗒拉话，又要让炉膛里的铁块通红透亮，又要让炉堰里的蚂蚱焦黄。好在千里总是眼疾手快，几样活计并在一起他不会落下任何一种，样样都能做得漂亮。

只可惜蚂蚱实在太少了。蚂蚱在草串上显得多，好像一只排着一只一箩筐都盛不完，但摘下来支棱的羽翅销毁身体已经缩小多半，再去掉腿脚头与肠胃几乎不剩了什么。看翅膀眼睛直往草串和炉堰里审，而蚂蚱的踪影儿早已全去了肚里，千里就说："翅膀，下回我要让你过过肉瘾解解馋！你等着！"

三

翅膀倚着一棵小桑树站在人群外面靠近大坑的地方，他太喜欢这大坑里在小风中翻卷的莲叶了，更喜欢正在悄然开放的荷花，他站的地方能够嗅到荷花的清香，但他却没有一点儿品咂花香的心思。几乎全生产队的大人孩娃全在大坑南堰的这处空场上，因为铁桶通知所有人，七岁以上八十岁以下，全都要参会，这是从没有过的盛会（平时生产队召集开会能稀稀拉拉来上几十个人也就很像样儿了），看上去黑压压一片，比春秋天的饭场还热闹。男人们在交头接耳插科打诨，有的一进会场马上搁开了地棋，聚在一堆的女人们清一色全在纳鞋底，线绳穿过布层像是一群马蜂在飞，但"嗯嗯嗯嗯"的声音比马蜂们轻柔悦耳。铁桶并不想弄这么大的会，但他没办法，他得跟在县公安局来的那俩人身后，人家叫他干啥他得干啥，一副点头哈腰的孙子模样（他痛恨自己这个尿样儿，而那俩人却觉得他趾高气扬地处处在怠慢他们）。不但县公安局介入，最初是公社派出所的穿蓝制服的民警，他们办不了这大案，因为侦查了好几天也没有眉目，他们只有上报公安局，让手段更高明的人来查办。铁桶只怕嘘水村被树成典型，要是好事啥也别说了，可弄这么一件事儿他觉得丢脸。公社派出所已经抓过人，案子发生第二天他们接到报案马上赶到现场，他们盯着玉米林中的眢井拉开布尺量了脚印（哪还有脚印啊，夜里一场雨水冲垮了所有痕迹，他们只是那样装模作样量量，不然他们来了能干什么事儿呢）。尽管一夜雨水冲去了脚印，但六六六粉的味道仍然很冲，那个一脸酒糟疙瘩的年轻民警说："我靠，撒药没撒到玉米缨上都倒这井里了啊？"他本想再发掘一桩大案，以为有人搞破坏为了省事，把生产队装玉米缨的农药一下子倒进了这眢井里。他的眼睛东审西瞅，想再发现蛛丝马迹。铁桶慌忙解释说："这是昨天埋牛犊子时我安排人撒的，清知道会有人打牛肉的主意，我想着这样撒上六六六粉他们就打消念头了呢！"那民警没好气地盯他一眼，为打消了他的新发现而一肚子怨气。但他们根据掌握的第一手材料很快号定了嫌疑犯——除了宰牛的金克郎外不会有第二个人！这人刚刑满释放马上就旧病复发，心里痒痒又要牛刀小试！他以为可以瞒天过海，他没想到处是天罗地网。酒糟疙瘩二话没说打头就去了静庄，那村子离案发地不远，甚至比嘘水村还要近一些，就在北面半里地。他们浩浩荡荡开进那村庄径直闯进金克郎家的土院，金克郎早饭吃晚了还端着糊粥碗呢，看见民警进家那碗砰的一声跳到地上，一碗糊粥泼溅洒开引来群鸡欢呼啄食。金克郎战抖得说不出话来，他的牙巴骨子一直在响。民警二话没说就拿出了手铐咔嗒一声就把他铐起来了。只要一见那闪闪发亮的手铐，金克郎比狗见了他都服帖。"我说，我说。"他就会说这两个字，至于说啥他也不知道。两个民警把他请进了三轮摩托的拖斗里，反正他不是头一回坐这种摩托也不是第二回坐，他早已有了经验但经验没能帮上他的忙，他一直在反省自己是不是又触犯了规条但一直弄不清是哪条规条。村子里照常跟来一大队老老少少看热闹看稀罕，弄不清这刚刚蹲了班房放出来的屠狗宰牛的杀生人又犯了啥法。到了镇上的派出所都没审讯呢，金克郎就说个没完自己全招了，说他不该掐生产队大田里的红薯叶掺面蒸吃，他好几年没吃过就有点嘴馋，他边交代边扇自己的嘴巴。酒糟疙瘩在一个小本子上不停地记着什么，金克郎佝着头铐着的两手互相摩挲着扑嗒着嘴小声生产话语。他说了大事小事一大筐但还是不合酒糟疙瘩的心意还让他说下去，他说他说完了。说完了！酒糟疙瘩大怒，问他七月十五夜里去哪儿了，要一分钟一分钟地说清楚，只要错一分钟以上就再判他几年！他这样一问金克郎倒不害怕了，他说你是说七月十五那夜？酒糟疙瘩说你自己比谁都清楚就别装蒜了！金克郎一点儿也不哆嗦了，甚至从方凳上站了起来："你去问问我那一夜在哪儿！我在卫生院，俺婶子拉肚子我尽孝心一直陪着呢，一整夜一刻也没离开——乖乖，卫生院的蚊子可真厉害！"为了加强真实度他加了一句话进一步证实而且还捋起裤脚让那人看看他腿上咬出的红包。酒糟疙瘩断定金克郎又在说谎，他知道凡是犯过事儿进过劳改农场的人没几个人说话实落。他说："说啊说啊，你说啊！编，继续编！捣你几电棍你就不说蚊子咬你了！"他以为金克郎会蔫巴谁知他不但没蔫巴还站了起来，他说你捣个试试，这不！他甚至要朝前走一步。酒糟疙瘩这时才有点说话平和，他知道这个刑满释放犯说不定说的是真话，要不没这么足的底气。

金克郎确实受了冤枉，七月十五夜里他一直在公社卫生院守着没离地方以表现他多么孝顺，连他婶子有病他都这么上心简直就是亲儿子。金克郎离开村子七年，他必须找一切机会表现，让全村人知道让所有的人知道他金克郎历来就是一个拍着胸脯讲良心的君子，至于抓他蹲班房那是国家形势，其实他想说宰牛是他家的祖传手艺，难道宰牛真的有错，哪朝哪代也没说不能宰牛啊！他心里是这么认为的但再给他十个胆他也不敢把话说出口来，反正他觉得自己没犯法理直气壮但一摊上事情他又比谁都尿，一下子像殃打了一样缩头缩尾，就像受了惊的老鳖。给金克郎当证人的可以一抓一大把，连那夜当班的医生护士都说那个刚刚释放的劳改犯一整夜没离地方一步，好像他都没怎么睡觉。真事假不了，那这丢失的埋在眢井里的牛犊看样子是真的与金克郎无关。

但与谁有关却成了谜语。其实七月十五落黑时分铁桶就派饲养员和仓库保管员一起把牛埋了，特意安排黑脸带上半袋六六六粉，先把牛犊撂井里（这是口从前的灌溉井，后来打了机井，这井就彻底废弃，也没谁费个事儿去填平，如今只是个两人深的黑窟窿，只有发水天下头才有水，平时井底上倒是有几只蛤蟆卧在不太茂盛的几丛青草中的湿泥上夜以继日揣摩圆镜子一般又高又远的天空），然后多撒几把六六六粉再封土（也正好填了眢井平出一笸箩口大小的土地，来年种麦有牛犊肥田肯定好收成），让想打这牛犊主意的人一闻六六六粉冲鼻的气息就打消了歪主意。铁桶想尽管早已易风易俗"破四旧立四新"——为这个破四旧可没少让他费事，群众觉悟实在太低，你不让他七月十五烧纸他会偷着烧，逼得干部们彻夜站岗，只要抓住烧纸的不但罚工分还要开公挨斗（其实就是挨揍，通常是开夜会斗争人，找几个力气使不完不分青红皂白的年轻人把挨斗的人拉上来，灯影里看不清，你一拳我一脚不一会儿就打得鬼哭狼嚎让干啥干啥）。采取了这样的举措算是终于见了效果，这几年眼见得别说七月十五连初春的清明节上坟的也少了，听说坟也很快就要迁到一处大坟场，那样更节约土地。人死如灯灭，埋不埋坟烧不烧纸其实又有啥！铁桶想要是像当年一样都过这七月十五，大伙儿都知道这一天阎王爷要放鬼（他自己其实是信的，这一天他早早关了屋门再没有出去）谁还敢夜里去挖头死牛犊！没事儿找事儿！他也怨自己是没事儿找事儿，七月十六那天上午一直下雨，谁也没想到去眢井瞧一瞧，你说牛犊死了也就死了埋了也就埋了你瞧有屁用！偏偏就是有人咸吃萝卜淡操心，就是要去踏着泥泞去钻玉米棵瞧瞧。铁桶开始埋怨黑脸这人多事，本来下雨天你不好好待菜园子里你去玉米棵做啥子！这不，眢井里的秘密叫他发现了而且马上向他报告，他是队长，接到报案不能不重视，害得他也两脚泥泞一趟一滑钻玉米林去探眢井。你没有下雨天钻过玉米棵，你不知道玉米叶像钢锯拉得你身上冒火生痛，即使你穿着黑亮的雨鞋你的好胶鞋是刚买的但你照样也得带两坨烂泥，玉米叶像一条条带刺的胳膊拦着你钻进去伸着头瞧还要挥舞铁锨铲铲土看究竟还有没有小牛犊。那牛犊是没影儿了，难道他就不嫌六六六粉的气味不知道这农药有毒吗？难道他真能牛毛上带着这有毒的药粉毫不在意剥剥烀吃！铁桶不相信有人会烀肉，他还是坚信是金克郎偷走了牛犊，没有第二人，他说得天花乱坠也不要信他的，这样的人一上绳马上全部交代，不怕他嘴硬就怕你手不硬。派出所这俩年轻人嘴上没毛缺少经验容易上当受骗，金克郎一说不是他一说夜里在卫生院他们就全信了，他们刚褪净胎毛不知道这些生意精有多狡猾。他竭力说这不是什么大事你再审金克郎一次，要是你们审不出我们可以协助，但派出所的人不听他的话，他这个队长只能管嘘水村的生产队管不了派出所，人家连账都不买。你不买账你找我干什么，你自己去开会去调查不就得了。铁桶几乎和那俩人大干一仗，人家亮出手铐似乎想铐他，他想你铐我试试，谅你没有这个胆！但人家没打算铐他，只是觉得这案子有点棘手，不是想的那么简单，这队长不配合，说话阴阳怪气，你都弄不清他在这案子里究竟扮演什么角色！他是报案的队长还是犯案的人的亲戚？他们是不是想借这个案子整整谁或者谁想借这个案子整整他？这些不好厘清。碰上这样难缠的案件最好上交，交给上一级公安机关去侦查办理。当然，看上级有没有兴趣接手这案子，看他们心情好不好，是不是在县公安局的办公屋子里待得有点烦想下乡看看，尝尝新下来的煮玉米棒子。

　　铁桶本来七月十六晚上就可以报案了，但他去大队部找到支书棒槌打电话时却发现电话不通，他拼命摇电话就是没一丁点儿声音。棒槌说你别摇了，你摇零散电话机也不会打通，这电话机只是个摆设，有声的时候没有不吭声的时候多，你还是赶紧去公社派出所直接报案吧。铁桶说："天眼看着就黑了，路上烂泥二尺深，你说得怪好听我咋去公社啊！"棒槌说："你看着办，我不管！"铁桶说："案情我也给你说了，越山不打鸟，我这个案就报给你！"棒槌一听就发了火，这不明摆着往他肩膀上推卸责任吗！但他干气也没法再说，他说："这样吧，你明天去，都是咱们大队的事儿，啥是你的我的责任。我们一起担责任。"棒槌不愧是支书，不但觉悟高而且有手腕，让铁桶也再没话说，只得第二天（七月十七）一大清早穿着他那双本来幽幽发亮的新雨鞋（走这样的泥泞路让他心疼他的新鞋）去了公社。好在当他领着派出所的那俩二货回村时天已经放晴。二八月烈马等路，只要天放晴，路上的泥泞一见太阳马上就没了影儿。铁桶再走进那块玉米林时，站在眢井里朝下瞅他的雨鞋上没有一丁点儿烂泥，倒是有干泥凝结的斑斑块块。天一晴玉米林里简直热得像铁鏊子，像要把他们当烙饼翻着面儿烙熟。

你要和聪明人打交道，不要与这种脑瓜不够用的二半吊子挨边。你说这么一大点事儿有必要惊动县公安局吗？！眼见着天一晴各路农活全下来了，不但要碾平打谷场等待庄稼上场，芝麻已经有裂嘴的，而大豆也几乎落光了萎黄的叶片很快就要摇铃催你收割，你说这节骨眼儿上一群穿蓝衣服的人在村子里蹿来蹿去好吃好喝还得人陪着这叫哪门子事儿！

这还不算，不让你干活啊，说是社会主义耕牛的事儿大还是你收收庄稼的事儿大？你是队长你要分清！但铁桶说耕牛是社会主义的但庄稼也是社会主义的啊，你看焦芝麻炸豆的眼见着都等不及三秋大忙时节你让人支挓着两手闲坐着开会谁有心开会啊。县公安局的人烦了，说："你这个队长觉悟太低，你咋干队长了？你是不是党员？"铁桶说："随你怎么说，开会不能误了农活儿，我们还是抓紧点，赶紧破案吧。"其实他嘴上这么说一肚子是怨气，他想你县公安局怎么着，你腰里别着鼓囊囊的小手枪难道你敢对着谁随便放枪不成！我才不怵你呢，我也不是吃素的你吓唬不住我。但他一边发着牢骚一边心里也是打鼓，他不知道这事儿最后能掏腾成个多大的事儿。炮捻子一旦点着你都不知道最后能炸出多大的响儿。他当初还不如不上报这事儿，剋一顿黑脸不声不响也就完了。你说没事儿找事儿惹出这么一堆麻嗨事儿图个啥。

让铁桶这样一肚子怨气的人主持全体生产队社员大会能主持个啥样可想而知，他简直是哪壶不开提哪壶，让棒槌的光头上沁满汗珠摩拳擦掌几次要站起来打断他。但铁桶正说到兴头上，棒槌一次次使眼色他根本看也没看，他说到三秋大忙不能这样耗着，我们是要觉悟起来，牛犊子虽然死了但那是社会主义的牛犊，上头是有法规的是不能动的，我们要检举揭发七月十五夜里虽然是鬼节阎王爷发脾气，但确实要让静庄的那个挖牛犊的人当面说清楚……棒槌终于忍不住他站了起来，棒槌说队长说的有点疏漏，已经核实过静庄的金克郎在此事上是清白的，这是经过调查取证过的，我们可不能信口开河。铁桶有点烦，他咂了一下嘴扭过头去不瞅棒槌也不接他的话茬。现在他们两个人站在会场中间，另外两个穿蓝制服的人一脸恼怒地坐在长板凳上，他们的面前是一张破烂不堪桌面大窟窿小眼睛的不知从谁家临时抬出来的木桌权当会议桌。进入会场时棒槌指着这桌子问铁桶你就弄一张这桌子？铁桶说就这桌子还不知怎样才找到的呢，阎王爷别嫌鬼瘦。棒槌觉得挺没面子，他想他大小是个支书，县上来人了你摆张漏洞百出的桌子这不是明着治难堪吗！但他又能对这个拗种队长有啥办法呢，他不贪不占又一心想着集体，心思全在大田里的秋庄稼上呢。棒槌是个读过书的人，他曾经在镇上读过三年高级小学，不但能在纸上写出他自己的名字，而且许多人的名字他都会写，最多写错三五个字，他参加各级干部会议培训，对上级政策说起来头头是道，让你以为他才是制定政策的人。他剃着光头，头顶上好沁出汗珠就像刚锯开的大树断口总是往外沁水。棒槌也是个大公无私的人，他从没占过公家的便宜，因而说话嗓门奇大而且好对人发火，除了给铁桶留点情面外，全体大小队干部没有不怵他的。反过来说铁桶和他也一样，全生产队没有不怵他，他只给棒槌留面子，不直接撑他。但公安局来的俩人却和他俩心情不同，他们都觉得铁桶是在放烟幕弹，要转移侦查的视线、混淆是非，增加破案难度，他们想让支书棒槌火线撤掉这队长，让这样的人当队长你这工作还咋开展！棒槌总是抹拉他的光头，从额门到脑后然后再返过来抹一遍，仿佛想让头顶的油汗更均匀地分布到光面的每一个角落，仿佛在用

213

稀泥污墙，但他不会下决心让铁桶从队长这个位置掉下来的，除非他从支书这个位置也掉下来。他们两个人都站着讲话，但铁桶不再说话只听棒槌一个人瞎咧咧。而或蹲或圪蹴听会的人也没人真的在听，竟还有人在搁地棋——这让棒槌有点愤怒，他的怒火正无处发泄，他猛然变了腔调，吼搁地棋的："你能不能停一会儿太不像话了！"那些人赶紧聚精会神听他讲话，也聚精会神朝那俩傻鸡喝醋一样愣着的蓝制服看，以显得他们多么尊重他们博取好感。很快他们就不会漫不经心了，因为待一会儿后这些人会一个个被轮番叫到牲口院里的一间屋子里，那几个下地棋的人会被另行处置——蓝制服可以随意根据每个人的配合情形决定罚不罚，罚多少工分。工分工分，社员的命根，看你还敢不敢不放我们进眼里，还搁不搁地棋，你把我们看成啥了啊，在你家门口打着简板唱着戏词要饭的乞丐吗！

　　这些人被罚了工分只是背地里骂骂娘出出怨气，根本不会当回事儿，而千里、海民、参军、转运、谷子这些人却是度日如年。他们心焦眚乱没有星点心思去搁地棋，这两天几个人没事一次次围在一起在黑暗里桌椅，订立攻守同盟，打死也不说出那个饕餮之夜的半根牛毛。他们彼此都有信心，但翅膀毕竟太幼小他才九岁啊，嘴叉子还嫩黄着呢，是否能够坚守秘密他们心里实在没有底。千里心里翻江倒海但外表岿然不动，根本看不出丝毫慌乱，他私底下谆谆诱导翅膀，教他如何应对可能的变故。翅膀想，考验我的时候到了，假使他们抓住我要上大刑但我就是咬紧牙关一句话不说，什么都不说。"他们会不会灌我辣椒水啊？"翅膀万分担心地小声问千里，因为那样他会呛的，你不知道辣椒进了鼻子该有多难忍。千里说不会，你放心。他们会哄你说出那一夜，你只说在睡觉，下雨了，从路边挪到海民家新屋里睡了一夜，其他一问三不知就好了。"好，用烙铁烙我手指头我也不说。"翅膀咬着下嘴唇差点咬出血来说。"你想哪儿去了！你以为他们要打铁啊，他们才不呢！"千里被翅膀说得嘿嘿笑了，但翅膀却严肃地在想这些可怕的景象，当这些酷刑真的落实到他身上时他能否一如既往地坚强。我一定要顶住！他叮嘱自己，考验我的时候到了。他以为自己要为国捐躯，他要成为小英雄！但千里轻描淡写地说你只要说睡觉睡在海民家新屋里一夜就好了。好，好！翅膀一个劲儿地点头，"听说竹签钉进指甲里疼得会燎心。"翅膀看一眼千里，他在选择假如遭遇他们钉竹签他该怎么办，是大叫还是忍着不吭声。他觉得他忍不住，他会大叫，但大叫会很丢人再说他也会哭，流泪更丢人。千里说："好了好了，你别瞎胡想了，说不定人家根本不问你，你也就装不知道，啥事也没有。听见没有？""听见了。"翅膀说，但他没有从种种可怕景象中走出来，他的身体还在经受各种可能的想象刑具。他在不停地命令自己要挺住要坚强，不说出那夜里有关吃牛肉的一个字。

　　一听说叫他开会，翅膀就知道不妙，他想终于来了终于来了。有时他渴望早点到来，等待是最折磨人的。学校原说是公历九月二日开学，但因为教室修葺什么的拖后了几天开学，但对翅膀来说不去学校更是难熬。他天天在等着这一天这一时刻的到来，他已经等得喉咙里老有东西往外拱，再不到来他觉得他要咣的一声爆炸了。只说在新屋里睡了一夜其他啥也不知道！他一遍遍告诫自己。给他安慰的是不仅他一个人，还有千里哥，还有参军、灯笼、转运、海民、谷子，虽然除了千里哥外这些人都不甚重要，但和你站一堆的是一群人的时候你的胆子会莫名地胀大。翅膀知道关键时刻没有谁能帮你，千里哥也帮不了你，你只有自己挺着。他拿不准他们会不会动刑，会不会灌辣椒水、钉竹签，也有可能让你坐老虎凳（他一直弄不清老虎凳是个啥样机关），他们做这个的时候千里管不住的，说不定给他上刑比这个还要酷呢。会场里种有好几棵大腿粗的洋槐树，浓荫匝地。翅膀盯着层层叠叠的南大坑里的荷叶，但他哪有心思去观赏荷叶，离他不远就有好几枝红荷花在绽放，透黄透黄的花蕊也披散开了，正是最香的时候，但翅膀压根儿闻不见那股诱人的清香。他不时睨视会场中心的那些人，看铁桶还有支书当然最核心的仍是蓝制服的俩人。他真祈望他们说散会这个事儿就此结束，你们都忙农活去吧！但他知道这是妄想，那俩蓝制服愁眉苦脸能拧出水来。他们嘴绷紧眉头紧锁，没有一丝笑容，也许他们从来没笑过。铁桶仍然站着，头一拗一拗，他的头就像一盏波浪里倔强的漂浮式航标灯，他的窄长的红脸膛就像一只老南瓜。他更不高兴一直想拾回棒槌打断的话头，但棒槌不给他机会，棒槌在大谈耕牛的重要性而且每说一句都要"啊"一声，好像没有那个"啊"字他就不会接续下一句话了。他一脸严肃，眼瞪得像鸡蛋，右嘴角挂着一星半点白唾沫。支书棒槌和队长铁桶虽然礼贤下士与群众打成一片，一副清官形象，但到底与群众还是不一样。他们当然不会穿制服，但他们可以穿日本尿素袋子布，那是公社供销社的特供，只给大小队干部们穿用。真不知日本人怎么能做出这么比葱叶更菲薄的布来，像苇秆的内胆膜而且用来包装化肥，天下事儿真是无奇不有。日本人哪想到中国的大小干部们将这化肥袋子作为特供产品，成为高一级阶层的标志。不过那布穿着确实凉快，像是什么也没穿，只要一见风贴着身毂觫不停，好像风能带来它老家的消息让它激动不已。当时有一首民谣——干部见干部，比比毂觫裤，前头日本产，后头是尿素。屁股一扭，含氮量百分之四十五——形象地说出了靛青染料也遮不住字迹的这种特等布料的时髦风尚。身上包装有毂觫布的除了支书和队长，还有老虎，就是那个个头不高敦敦实实和支书一样长有一双暴突眼的壮年男人。老虎没坐长板凳上（坐不下他的大屁股了），他趿踳在板凳一端。他不会有手枪，但他拥有民兵训练的步枪，而且每年打靶时田野里的枪响都听他的。他不多说话，但他是村里的国防部长（主抓偷鸡摸狗杀人放火），这种县公安局亲抓的重大特大要案他是不可或缺的。与那俩人相比，公安局的蓝制服比较相信老虎，尽管后来也明白这是个更不能相信的人，他和支书、队长明里针尖对麦芒，暗里却穿一条裤子，是一块田里的蚂蚱。

棒槌讲完话也没再给铁桶留讲话的空儿，直接让老虎说几句。老虎吭哧半天说了几句，但他自己也不知道他说了什么。接着就是蓝制服，你不得不承认，他们讲话还是有水平，丁是丁卯是卯，一句话一个地方。他们敲打村里干部不配合办案，"你还是没弄清案情的重大，你不能老站到村子的一小片地方看问题成为一只井底之蛙，你要认识到问题的严重性，要提高认识，站到与世界人民一道线上看这案子"。这是其中一个方脸膛脸上长有密密麻麻酒糟疙瘩遗迹的蓝制服讲的。另一个圆脸蓝制服说话明显柔和，表扬了社员们干部们，肯定了这么热这么忙的时候大家都出力办案让他感到振奋精神，要为社会主义大厦增砖添瓦。这个圆脸擅长说假话，但翅膀觉得圆脸说话好听他有点喜欢他了，他希望审他的是这个圆脸。

嘘水村人五人六想搅浑水的干部们包括支书、队长还有民兵营长全都看走了眼，太小瞧两个蓝制服了，这一天傍晚这两人就让他们见识了他们的手腕。他们不像公社派出所来的菜货民警，案情越理越乱，前后折腾五六天还没摸着头绪，还听信铁桶的指鹿为马，揪住金克郎不放。他们根本不朝金克郎瞅一眼，一直在深挖嘘水村，一场接一场开会，好像他们不是来办案的，是来嘘水村不停亮相烧包跩跩架子满足虚荣心的（初开始大伙真以为是这样）。他们一共来了两天，那辆驮他们来的带拖斗的三轮摩托车这天傍晚离开嘘水村时已经驮走了嫌疑犯，那嫌疑犯还老老实实把两手平举到胸前，因为他戴着明晃晃的手铐呢！

牲口院里的驴和马们（另外加一头健骡，但它轻易不叫唤）算是大开了眼界与鼻界，本来机器房里的柴油已经够稀罕的了，现在竟然又平白无故跑来了汽油，像是大豆田里硬生生冒出了一大片艳丽的盛开罂粟。那辆三轮摩托就歪别着头停放在账房门口，牲口们无论是在厩房还是在院东侧的拴牛场都能嗅到暴烈的汽油气息。它们张着鼻孔品咂，接着打了个喷嚏，再接着就"哈哈哈哈"笑响了，一个接着一个笑响，仰着头张着嘴扯着长秧子大笑不止。它们不但在拴场上肆意笑响，在厩房里也无所忌惮大笑长笑，笑声在四壁弹跳震荡整个牲口院连说话都听不清。这阵牲口们的大笑（牛们不知道发生了什么事，只是瞪着眼乱瞅，间或哞哞一声，但没有驴和马那种长笑）干扰了账房里的拉话声——是的，那两个蓝制服在和翅膀拉话，还不时打哈哈，像是翅膀的亲戚，根本与审讯无关。翅膀有点摸不着头脑不知他们葫芦里卖的是啥药，但他一直没有放松警惕。圆脸制服说："翅膀，别当个事儿，是闹着玩儿的，一开会都得沉着脸，毕竟和平时不同。"他笑嘻嘻地让翅膀坐在板凳上，屋子里有两条长板凳，但他让翅膀坐在他身边同坐一条板凳，他从裤兜里掏出了一个钥匙链让翅膀看，那是一个闪闪发亮的金属圆环钥匙链，还挂有一个白瓷像章，翅膀有点喜欢那白瓷，滋腻油润摸着像红薯粉面，看着像香脂或玉石（老板凳屁股后头挂有一个玉件蛤蟆，翅膀见过也摸过，老板凳说挂到一定年岁那蛤蟆会被人气滋润暖活的），翅膀小心地触摸然后捏在手指间有点爱不释手了，但他知道这是人家的物件于是马上奉还。但圆脸没有接，而是说这是给你的，是我送你的小礼物。一时间翅膀有点愣怔，他总觉得不对劲儿，但到底是哪里不对劲儿他也不知道。他不应该在这样的场合收这样的礼物，但圆脸很坚决，让翅膀觉着要是不留下这礼物有点难为情。翅膀把钥匙链放了面前的桌上，圆脸马上拿起来又塞到他手里，但翅膀乜斜了一眼亮晶晶的小礼物终究还是丢在了桌角。他不要别人平白无故送的东西，礼物也不行。但翅膀紧张的心不跳得那样急了，他觉得这个圆脸人也不赖。接着圆脸就问他几岁了，上几年级，家里几口人等等扯淡问题，话题不知觉慢慢靠拢要害部位就像捏蜻蜓的手靠近羽翅。圆脸就问翅膀晚上都睡哪儿，翅膀说有时睡村口的那条路旁，和奶奶睡家里的次数不多。他喜欢和大家在一起奶奶也放心。圆脸说七月十五那晚上你也睡在路旁吗？翅膀开始再度心跳加速他想开始了开始了终于开始了，之前那都是诱饵引你上钩呢！你要管住嘴就是不说就是不说，一问三不知，只说睡在大路旁，下雨了然后去了海民家新屋子里睡了一夜。他的手开始发抖，他管不住自己。七月十五晚上？翅膀像是发呓怔跟着问了一句。那人说是啊，不就是那晚吗？他浅浅地笑着眼睛都眯细了，他应该是个好人，看上去不太坏。他有枪吗？他会给他上刑吗？但这间账房确实没有烙铁也没有竹签也没有他也不知道是啥样的老虎凳，反正他屁股底下正坐着的绝不是老虎凳。翅膀说那晚上是睡在大路旁，我初开始躺在苇席上，后来就睡在千里哥的软床子上了。圆脸说后来下雨了，你们没淋湿吧？翅膀说没淋雨，我醒来时下得哗哗响但我们躺在楝树下树叶稠密能隔二指雨呢，我们走到海民家新屋里也没淋几滴雨。千里哥说这个是可以说的，睡到大路旁睡到海民家新屋里都可以说的。圆脸说你一直睡在那儿？翅膀有点懵，这个千里哥没说能不能说啊，也没说会不会问这个啊。翅膀摇了摇头抿着嘴再不说话。一问三不知一定要一问三不知。我不知道。我啥也不知道。圆脸笑眯眯的很谅解翅膀，没有去拿任何刑具的意思也没有摸屁股，他的屁股那儿没有鼓囊囊的好像没有手枪。他要是有手枪看样子一时半刻也不会崩人，但翅膀还是无端地紧张。圆脸说你一直睡在新屋子里，对吧？翅膀点了点头，就应该这样说。他又问你们几个人睡在新屋子里啊？翅膀想这个是可以说的于是他说有参军，他停下来了因为他拿不准该不该说，他在看那人的面色，要是他很当回事儿他就不说了，要是他压根儿不当回事儿他就可以往下说。但那人没当个事儿甚至都没怎么注意听，只是随口问还有谁？翅膀说还有海民、灯笼。那人说一下雨都该挪屋子里了，还有好几个吧？翅膀说有转运、谷子。翅膀不说了因为要说出千里的名字了他不想再说。那人又接着问肯定还有人啊，是不是？翅膀瞒不了就不情愿地小声说，千里哥。那人说这是明摆着的你就是不想说，你都和千里睡一个软床他怎么可能不跟你一起挪到新屋子里呢！翅膀这才想起先前说起过和千里哥同睡一张软床子，他有点后悔他弄不准该不该说这事但已经说出来了啊。就是这时候一匹马开始像喘气那样叫起来它刚叫了一半，一头驴又连着叫起来，其他的马和驴全都叫了，叫声塞满了账房根本听不清说话声。他们停住了对话，圆脸制服若有所思盯着脚尖踢地上的一根麦秸，他都把地面踢出了一个小坑。他忘了翅膀的存在，翅膀这时已经不担心那些刑具了，也不担心手枪了，看样他没有去摸枪的打算。但马和驴的嘶鸣确实不太中听，就像天上正在下砂礓雨而那根本不是砂礓分明是碎铁碴子。那人有点生气，他感觉到这些马和驴是冲着他来的，但他也明白这是大牲口谁也管不住的他生气也是瞎生气。但这时候他要是有手枪他真想摸枪他想一枪崩了这些扯着喉咙号鸣好像永无止境没完没了的牲口。

你要是说那些驴和马是自发地昂首嘶叫似乎也有点不对头，它们是识号，老板凳已经和它们厮混了十个年头还要多点，老板凳做一个动作或者咳嗽一声它们马上明白是叫它们干什么，比如要跷一跷蹄子跳开缰绳或者暂时不要把头伸进石槽里喝水……也不是说老板凳叫它们干啥它们就干啥，也不能说老板凳会对着它们的鼻孔撒一点儿胡椒面或者辣椒面或者其他刺激性粉尘，因为这些东西并不是顺手拈来，估计老板凳当时手头也没有，但老板凳想让它们不停号叫的时候它们不一定不给他这个面子。反正它们一直在扯长喉咙大叫，别说小声问话，你就是照样扯起喉咙问询被问的人也不一定能够听清，这牲口们的大叫太有混淆效力了。

要是你让大牲口一齐叫叫就能干扰了办案这想法实在是太幼稚了，是三岁小儿的伎俩。两个制服有条不紊不管不顾在推进，可怕的是你并不知道他们在怎样推进，你只看见他们一会儿一个进来了一会儿一个又出去了，他们在会场和牲口院之间来回穿梭。他们竟然要带着翅膀坐坐那辆三轮摩托——圆脸制服提议让翅膀试试坐摩托："翅膀你坐过摩托吗？"他脸上摊布着笑容有点和蔼可亲像是一个远房亲戚，翅膀只要面对人家朝他笑着说话，他马上也会跟着笑着说话他板不起面孔来。翅膀笑了一下说没坐过，赶集时见过呢！翅膀是说他连见过这样的摩托次数也有限，至于奢侈地去坐他可是从来也没有想过，坐摩托有点超越他的可想象边界。

　　但圆脸制服亲切地要扯他的手，他也拒绝不了只是很难堪，他不知道该如何应对这种突发状况。人家要拉你的手而你只与奶奶拉过与千里哥也拉过或者与其他亲戚伙伴也拉过，但与一个半生不熟的人拉手，翅膀从没有过，可人家对你这样好这样亲而你冷脸拒绝多不好啊，人家是对你好啊，伸手不打笑面人，翅膀就这样被动地被人扯上摩托。但一坐上摩托他又有点怵了，他想他不是拉我去哪个野地里吧，听说行刑的人都是这样拉到哪个野地里才动手。那三轮摩托并没有掉头朝西边的出口开，而是日地大吼一声像是要压住驴马叫声径直朝东出口冲去，而东出口是通向村子的，于是他停在了厕房门口，因为他看见了老板凳正在石槽旁调教那些牲口，也许他仅仅是想学学如何才能让大牲口们接二连三不断地叫嚷。老板凳搓着双手不得不走出厕房，但他仍是那样硬挺挺的连胡楂都是一根根支棱着的，这时老板凳才发现圆脸制服原来要驮走翅膀。老板凳马上不干了："你怎么……你吓着孩子怎么办！你有本事发在大人身上，不能吓唬小孩子！俺们看见了不管，没法向孩子家大人交差！"老板凳架着腰质问圆脸制服。圆脸制服满脸堆笑："你问问翅膀我吓着他没有，他稀罕摩托我驮他出去兜一圈。"老板凳盯着翅膀有点傻鸡喝醋了不知今夕何夕了，"翅膀你真的想兜摩托？"他的口气软下来但他目光里全是疑惑。翅膀要下车，圆脸已经让摩托走动他又不敢随便挪屁股了，他看着愣着的老板凳想说什么但什么也没说。这时圆脸才问老板凳从东侧出口出去能不能上大路，因为三轮车太宽掉头有点费事，此时大牲口的叫声有稍息的苗头，但老板凳大声告诉他还是掉头吧，你出了东口照样要朝西掉头，而厩房后头堆着刚出的牛粪，怕过不去这么宽的摩托，于是圆脸驾着摩托磨头朝南开过东厩房的门口。饲养员黄鹭正在那儿瞪大眼睛瞧着，接着是草料房，房门关了锁鼻上插了根短木棍好关闭搭链。翅膀头有点晕有点看不清摩托车要朝哪儿去，他还有些想吐。摩托又掉了头掠过南侧的藕池，马上又掉了头窜过西侧的机器房，接着就从西出口呼的一声冲出去。你都来不及反应已经把牲口院撩到了老远的后头。稍微平稳地行驶在大路上了摩托的叫声低了很多，好像一下子放心了而且平息了愤怒。速度一快翅膀更是心惊胆战，他看不清两旁倒退的玉米林，他不知道下一刻他们要送他去哪里，他高叫停停停我要干哕！于是摩托车停了下来，又是那张笑嘻嘻的脸凑上来，翅膀现在有点讨厌这张脸了。

　　你要是认为摩托车真是想驮翅膀兜兜风让孩子见见世面那你就完全错了，这是人家的招数，为了让东偏屋的那间草料房里关着的人心神不定，而且效果惊人，最心猿意马的当然是千里。那里不但关着千里还关着翅膀说出的七月十五日夜里睡在新屋里的所有人。圆脸制服负责讯问翅膀而方脸制服则专门对付千里他们。为了不打草惊蛇，他们先传来开会时下地棋的那几个人，没有过激言辞只是批评教育，让那几个人被罚了工分还心怀感激，他们说你看人家说话多家常，像走亲戚一样。而在传翅膀来牲口院之前他们也先传叫来两三个孩子，他们也是不大一会儿就返回会场了，还说没啥事儿就是让你回答几个咸吃萝卜淡操心的问题，比如晚上睡路旁有没有蚊子、夜里露水大不大、会不会第二天清早头痛……正是这些被传讯后返回的孩子让翅膀提着的心略微放了下来，他想他完全可以蒙混过关和那些孩子一样。他当然不会想到圆脸哄着他说出那些名字后，方脸马上将这些人传唤到牲口院而且被关了草料房里，协助传唤人员的是老虎，老虎在关上草料房门时朝着千里几个人吼："你们这几个小贼种子没一个成器的！都支棱着耳朵听清了要有啥说啥，要是胡说八道看我回头不打断你的腿！脑袋要长在脖子上不要长在裤裆里长成夜壶像铁桶那样。"——方脸制服听他吐秃舌头唤鸭子越呖呖越呖呖不上来了就说打住吧打住吧！谁都能听懂老虎话里的意思，这也让灯笼、转运、谷子之流内心更坚定，让他们视死如归不吐露半点秘密。

但翅膀被三轮摩托驮走却完全出乎所有人的意料，千里趴在草料房窗棂上瞅着翅膀东倒西歪坐在车斗里，那摩托在院子里比受惊的驴跳得更欢更夸张，所有的土尘腾空而起，仿佛被激烈的发动机尖叫与闷响吓坏，接着一闪而逝，千里的心呼嗵落进了深渊，他们做的事儿让一个小孩子来扛这算什么事儿！而且翅膀毕竟才九岁，想哄一个九岁的孩子说出事情原委并不太难，说不定翅膀已经将那个深夜里的一切全

225

说了，尽管他相信翅膀会听他的话坚守秘密，但他不能确定这俩蓝制服到底能干出什么事儿，他们玩一个小花招就足以让一个孩子有啥说啥的。他们是驮翅膀去河湾里吗？是翅膀已经全说了来龙去脉吗？还是要驮翅膀去县局里再度审讯？一个九岁的小孩子出个三长两短，他们这一伙人高马大的大小伙子该如何交代，以后在村子里该如何做人……千里七上八下，灯笼七上八下所有人都七上八下，他们如坐针毡全没主意了。他们逗头耳语但没有结果这才是万般无奈，千里只是挠头再挠头，他让他们看着点听着点，也许摩托不一会儿就返回了……但摩托再无音信，连一声低微的突突声也没有偶尔传来，看来是去县城了……终于千里挺不住了，他说这样吧我去招了吧，这事是我一个人干的与所有人没有关系！你们要记清与所有人没有关系！七月十五夜里我从井里挖出牛犊在河湾里烀吃了，是我一个人的事，我干事从来不带上别人！千里决绝地说完就站起身来，胸有成竹地开始拍草料房的木门呼唤方脸还有老虎开门，灯笼、转运、谷子都没有吃怔过来，方脸制服已经打开门，千里走出屋来，千里说你们别再折腾了全是我干的……

四

　　他穿着一件灰蓝色的工装褂子，连最上头的那颗纽扣都扣上了，严严实实不让你看见他星点儿脖子。其实他的脖子里并没有老年斑，只是有几褶松弛的皮肤能够撮住搐起老高——在说话的当儿，翅膀见他好几次手伸向脖子挠痒，将松皮提出领口好像还耷拉到领口的外缘像失去弹性的破布，手离开好一会儿仍没有缩藏起来。他的手背皮肤比纸更薄几近透明，你都能看见那一根根骨头和骨头旁边暴出的青筋，但那手仍然灵活一点儿也不笨拙，从抓痒痒的利索动作中你能看得出来。他的双眼仍能睁圆，但眸子已被云雾遮盖，你看不清它是否在闪闪发光，眼睑边缘也有点发红但不是发炎没有外翻。总之他是一个干干净净的瘪缩了的小老头，能看清并认出你来，哪怕是四十年没有见到你了，你已经与当初的孩提模样判若两人，但他能从你的面孔轮廓和其他微细的方面一下子认出你来。他的耳朵时而聋一下但不是真聋，因为说到关键事情时他没有弄错过一回。他的记性真好，他能记起二十几岁时的一件小事，记起黑夜里的一场小雨，甚至那年的一穗麦实有多少粒他都能弄清，那干瘪的身体好像是上好的账房，一册册本子上缀满密密麻麻的记号，只有他一个人认得，他要翻哪一本哪一页时他只要动动手就能准确找到，精确详细得让你吃惊。时间曾对他暴虐，不止一次要销毁这处侵占空间并挑战它的权威的肉体，但一次次失败，你从那正在缩小的身体上得意又满足的神情里能够清晰地发现这一切。不止一次他要消失了，像每一个他认识的熟人一样就要死了，但后来他没有死仍然活了下来，而且活过了八十岁接着又活了十年活过了九十岁，大伙儿都觉得他扛不过那个寒冷的冬天了，谁也弄不清怎么一回事儿他到了来年春天仍然在村街上走动，在南地麦苗刚漫到脚踝的麦田里寻找他喜欢吃的野菜，灰灰菜或者面条棵或者其他。就这样他一直活着，今年已经九十六岁了，仍然可以每天拄着一根枣木拐杖到坑堰晒着太阳喝茶，还能不时地挠痒痒。而南大坑也早已变了模样正在走向消亡，像一切事物一样，等到翅膀再次回到嘘水村这坑肯定不存在了，但要变成一片房屋或者土地是在啥时候却没人能说得清，没人能够测知未来。不但是坑里没水，坑口小得像一眼井壁塌陷的土井，而且坑底又深又窄，好像它想探知它消失的原因但终究一无所获，就那样瞪着一只空洞的独眼。坑里的水去哪儿了？车轮也说不清，他说东边（这样一说都是几公里开外的东边）的黑河疏浚挖深挖阔把村子里的水都吸溜走了。其实这话并不准确，真实的原因既不是连年干旱也不是排水顺畅，而是过度的地下水开采早已超过了自然弥补极限。翅膀不想给一个百岁老人（还差四岁）说这些道理，人间的道理对于过长的时间来说差不多全部是荒谬的错误的。他只是和他坐在温暖的三月的太阳地里品尝老人自制的茶叶。车轮说你喝不惯这茶吧，这是怪柳叶。就是水柳。我喝一辈子了只喝这个。翅膀当然知道这种柳树，一蓬一蓬生长在河坡里靠水的地方，长不成树但叶片茂盛，和村子里种植的柳树相比，它的叶片要长些而且白色的叶脉宽大而突出。翅膀不止一次和千里去河边采过这种柳叶，在毒太阳底下一晒可以喝到来年怪柳再度繁茂。车轮说他这茶叶（他一直称茶叶）不是西河里采的，那里的水又黑又臭，别说长出的叶子喝茶，洗手都蜇手，他是让亲戚在黑河里采的，那河清得能照出人影，水从没变过色，而且亲戚每年晒好了送来，反正如今也没人喝这茶了。但车轮掂了暖水壶还找出了两只粗瓷海碗，他泡了两碗茶一定要翅膀尝尝他这茶。翅膀小时候跟着千里品尝过这茶但有点忘记那种苦味了，他喝了一小口当然是苦，但似乎有一丝甜味，其实说穿了也是树叶之一种，和那些名茶相比也说不清有无差别。车轮看他喝了他的茶于是脸上堆满笑容，即使年迈的老人只要一笑仍然阳光灿烂，况且那是没牙的嘴绽放的笑容，袒露粉红的牙床有一种慈祥在荡漾。还不仅仅是慈祥，与翅膀能够记起的车轮的形象相比那张脸发生了显著变化，也许是牙齿落尽后的两颊萎瘪凹陷，也许是目光的锋利磨钝，反正曾经的被压制的怒气沉怨如今烟消云散，镀上了一层柔光。时间是一只筛子，能筛去人身上的坚硬部分而留下柔质的东西，虽然整个形体明显缩小但质地已发生变化，甚至早已骨质钙化的头颅似乎也略有缩小，而且不再像石头或铁那样没有丝毫人情味（他的头皮光滑红润，和身上的皮肤没有区别，看不见一根头发的影子甚至也没有汗毛，他从来不戴帽子冬天也不戴）。车轮比原先可是健谈得多，尽管说清一句话需要偶尔喂一下嘴堵住嘴角的漏风以使咬字清晰，而且因为耳朵欠聪不自觉地将腔调抬起老高唯恐你听不见。

翅膀在寻找千里，几十年来他从没中断过寻找但从没有过任何有价值的消息。有人告诉他要想找到千里你只能去找车轮他肯定知道底细，在这次深谈的前几天翅膀已经拜访过车轮一回，但他得到的唯一消息是千里曾经给他寄过一回钱，是那种绿色字迹的汇款单，那还是刚分地那几年（一九七九年开始包地到户）。当时车轮糊涂，觉得他不应该花千里的钱，当他知道是千里寄给他的钱时二话没说就将那个骑车送信的乡邮电所的邮递员递给他的汇款单又递了回去。千里应该是刚刚从劳改农场刑满释放（他被判了七年徒刑），或者已经出来了一段时间在某个地方打工——当时已经政策松动允许打工，人们可以靠出卖自己的劳动挣钱而不违法。车轮固执地认为他不该花千里的钱，你看千里用他在农民夜校里学的几个字写清了他的名字而且简单地在绿字汇款单背面写了一句话，叫他车哥，给你寄点钱你花吧，那后面就缀着千里的名字。一听说是千里寄来的钱，没有流过泪的车轮泪水瀹瀹地流，带着哭音说他咋能花千里的钱啊，在班房子里头受过多少罪啊可怜的孩子！车轮始终认为千里是冤枉的是在替别人顶罪，和铁桶坚定认为的一样，他觉得是后庄上的金克郎挖走了牛犊，但只有千里这样成分高的年轻人来顶罪，"这都是俺梁头叔作的孽啊！"车轮说着说着就揉眼睛，他的泪腺并没有枯竭，该泉出泪水的时候还是能够湿润眼眶的。翅膀第一次听见车轮叫"梁头叔"这个词，因为他从来没说过这个词，千里也没说过，但所有村子里的人都知道这个词，梁头，一个响当当的名字，像面大锣敲响在过去的时间里响彻嘘水村乃至方圆几十里的村寨。翅膀并没有马上追问车轮和梁头的关系，这也是个隐谜谁也说不太清，但车轮却为此不知挨整过多少遭，自己的成分并不高但还是莫名其妙被划进五类分子之列，接受各种批斗与质询被另眼看待。

翅膀等他将眼睛揉干并揩净耷拉下来的一缕鼻涕，等那双混浊的老眼再度盯着他看而他怀疑他是否真的能看清，他怀疑他仅仅是在靠估摸着是他，他看着他，他们对视。"翅膀你真的写书？"他们从没像这样对视过。翅膀自小就熟识这个人，但直到他长到二十岁他们说过的话也绝不多于二十句，因为他们根本就没搭过多少话，在幼小的时候，车轮是个传说有点恶魔的味道让他心生怯意，接着他就离开村子去县城读书，尔后去外地读书，和他见面的机会几乎就没有。如果不是千里，他们也许永远再也不见面也根本不可能说话，但小时候翅膀与车轮说过的所有话都是因为千里，现在说话还是为了千里。车轮没要那张汇款单，到了几天后才知道只有通过汇款单才能弄清千里在哪儿，也许千里就是想汇笔钱看看车轮还在不在人世，毕竟这么多年过去了毕竟世道无常。车轮当时没弄清千里已经从劳改农场释放，因为千里出来后并没再回嘘水村，一趟也没回，他可能出了那农场大门马上就去了新疆，但也许是人家也给了他一点路费。车轮一听说可以找到千里的信息，马上再去乡邮电所寻觅，但没人能找到那张汇款单早已退走，再说谁给你费事去找这个哪！他当时想以后千里还会来信的，说不定哪一天猛然就在村子里露面了，他只要混抖起来他会回嘘水村的，但他没想到千里会想他已经不在人世，可能就断了再回嘘水村的心思。没人能料到车轮会一直这么活着会活成村子里的寿星，谁能活多大岁数真是说不准，像车轮历经沧桑一辈子吃的也说不上好（多少次差点饿死），住的更说不上好（算是一直独身一人），但他竟能活成寿星，经历的岁月马上就凑够三位数。他看着嘘水村多少人欢实实地出生然后又凄惨惨死去，他们和活不过岁的蚊子蚂蚱一茬茬来去的猫狗也真的没有太大区别。你只有活过了八十岁然后再活过了九十岁你才能窥知这一切的底细真的不过如此。车轮一辈子没有出过远门，最远也就是到过南面的界首城还有本县的县城，年轻时最多赶个十里开外的远集，这就是他见识的世界。但他不出嘘水村却见识过无数的人无数的事，没有人没有事能让他看走眼。当然对于未知之事他仍得抱有敬畏之心比如这写书，远超他的经验，尤其这写书的人就坐在他的面前和他一起喝这种水柳叶茶，而且这人曾经光屁股时候就在他面前跑来跑去，他看着他长大，这更让他不可思议。翅膀给他带了他出版的书来，老人有点不敢摸那本书的封面，以为那是易碎的珍宝或者娇嫩的花朵呢。翅膀帮他翻开扉页让他看那里的签名，还有车轮的大名（嘘水村的男人们都有两个名字，一个是小名一个是大名，但平日说话人们叫的一律是小名。车轮不知听谁说签名最重要，于是坚持让翅膀签名）（为了讲述清晰，本篇一律直呼小名）。车轮不识字，他的眼睛也看不清翅膀用钢笔写的名字，但他知道这是宝物，远超他的经验与想象。在接下来的说话时间里，他就那样一直抱着那书，有一两次翅膀想让他放到面前的小木桌上，但他笑笑仍抱在手里贴着身子。他扭捏一番犹豫再三终于用他的粉红的牙床嗫出的有点漏风的像是接触不良的收音机说出的话语问："翅膀我给你讲讲我的事儿，你能写成书吗？"翅膀若有所思地看着他点了点头，这正是他找他的目的，是他求之不得的，他还担心他不会吐露一个字呢（翅膀不仅是探听千里的消息，更重要的是他想弄清车轮和千里的关系、他们的世代瓜葛）。车轮说我觉得活不过这个春天了，一到春天阳气上升，像我身上的阳气早没了，顶不住这往上升的地气，就像树枝上的新芽顶落老叶，我觉得留也留不住了，我过不去这个春天了。一看就知道他每年都会这样说，他是笑着说的，他把死看得太淡了，就像他现在啜了一口茶无足轻重，既然随时就要死了，那就把憋了一辈子没说的话都倒倒吧，说不定这个翅膀真能写成书呢！

但车轮的讲述也没有像他说的那样倒个底朝天，把事情全抖搂出来。他竭力想讲出全部讲出真相，但总是有所保留，也许不是故意而只是他一辈子的习惯在阻止他讲出一切。有许多事情害苦了他，谨慎已经成为一种本能，不是说改就能改了。他和梁头自小就是老伙计，两个人门第并不近但就是走得近，说不出的亲。在十多岁的时候他们就拜过把子，成为把兄弟（其实论辈分梁头比他高一辈，他应该称他叔，他也的确叫他梁头叔，但这并不影响两个人成为拜把子兄弟）。两个人干所有事情都是搭帮搁伙计，很少有一个人单枪匹马做事情而把另一个撂一边。那是兵荒马乱的岁月，你都不知道有多少兵来来往往，你也弄不清那些兵到底是哪一边的，一会儿中央军一会儿八路军（因为黄河决口，日本兵到了东边的亳州西边的陈州，黄水阻隔竟没有侵犯此地）。除了兵以外，各路匪帮数不胜数，今天鲁山的大马子来了，明天从新郑那边闯来了刘忠志的队伍，都是悍匪而且全都心狠手辣烧杀抢劫，那才叫无恶不作呢。鲁山的大马子是一群骑着高头大马的土匪，因为竿首姓马所以只要庄名带马的他们都避开，而一般村庄他们毫不手软，洗劫一空是家常便饭。嘘水村一带当时流行一个词叫"跑反"，就是突然有消息说又来了一群土匪，于是所有人携带着粮食家眷一切稍微贵重的物品前往有寨墙防御的大村寨去，只有这样才能躲过洗劫（嘘水村算是一个大村，但并没有坚固的寨墙）。当然这也是一厢情愿，因为并不是每次都能躲成，比如有一个谢楼寨，寨墙不用说坚不可摧而且围着寨墙还环绕一圈宽阔的寨海子，只有寨门那儿有一座吊桥进出，不说固若金汤，起码可以让大马子这样的匪帮举步难前。但凡事总有例外，大马子明白这样的寨子藏金纳银，虽然攻克是要费一番工夫的，但他们锲而不舍。他们水泄不通地包围谢楼七八天，他们安营扎寨发誓要拿下谢楼寨，但总是功败垂成。寨墙上的守卫者手拿镢头锛下试图爬上寨墙的进攻者，据说墙根儿断手落了一层，夜里也有守候者不让任何人乘隙而入。因为难以攻克，大马子恼羞成怒，正在筹划新的策略时谢楼寨的人自毁了江山——寨门里的一座土火炮火药没有铳出砖石碎块，而是原位爆炸，将寨墙炸出个豁口，于是那群土匪呼啸而入，到处是纷乱的惨叫，血沿着村街流淌，尸体像谷捆横七竖八。大马子已经气急败坏已经杀红了眼，不分男女老幼见人就砍，那才叫惨无人道。谢楼寨有两千多人加上外村来避难的就弄不清有多少人，至少有四五千人吧，在这次血洗

234

中无一幸还。大马子的手段残忍到你不敢去想的地步，他们把所有小孩子用铁丝穿手捆在干秫秸垛绕圈然后点着秫垛，他们看着惊恐中听着在火焰中烧焦着的孩童痛苦的哀号哈哈大笑取乐。

就是因为那回鲁山的大马子匪帮窜入嘘水村抢劫有人跑迟了一步被一刀砍了，这被砍的人是梁头的远房婶子，这更让梁头怒火冲天。他说不能这样任人欺负，他要立竿起事。梁头当然先找车轮，自古上阵父子兵，但他没想到车轮会一口回绝。车轮家有薄田三亩，而且当时梁头快三十岁了还打光棍，到这个年龄还没娶媳妇，拉鳏汉的成色已十有八九，而车轮已经当爹他挂念着家当眷属，梁头没说什么也没有不乐意，他不是找不到更合适的人选但找车轮这样贴心的并不容易。虽然车轮回绝了梁头但两个人交情并没因此淡漠，只是井水不犯河水，你走你的阳关道我走我的独木桥，各行其是，在许多事情上梁头都帮过车轮，在民国三十一年千里赤地的大旱田里颗粒无收，要不是梁头接济，车轮还有家里的老少几口不可能活下来。车轮从来不说但心里都念记着，他和梁头之间不用语言说话，许多事情是用不着说透的，每个人心里有一本账。

要不是民国三十三年七月十五夜里的行动，梁头的命运会被改写，千里也就不是现在的千里了。梁头不是等闲之辈，眼量长远，他早就看出八路军是仁义之师，得天下者非他们莫属。他要和弟兄们一起投靠八路军，而且他已经和魏凤楼的部队接上了头。魏凤楼是中共苏鲁豫军区独立旅旅长，大名鼎鼎，是让对手闻风丧胆的人物。梁头只想和独立旅暗送秋波，怎么可能去招惹他们呢！但他却在这个七月半的夜晚彻底惹怒了魏将军，以致后来遭到痛击的不仅是他和他的弟兄们，而是所有散的小股各路队伍。正是这次运粮船被劫，让独立旅下定决心打一次歼灭战，剿灭地方武装扫除障碍，这也让梁头投诚归顺的希望彻底破灭。这次劫粮事件其实是一场误会，梁头的手下一直以为是那些鲁山横冲直撞一路冲来的大马子队伍在补给粮草，没想到那些敢于黑夜行船的人竟然是魏凤楼的部下。当时大灾之年刚过，虽然上半季丰收，但许多田地却被用来种植了罂粟，因为那种开花艳丽的植物市价奇贵，只要在刚膨大的蒴果上劙一道伤口，静等渗出的汁液凝结成膏状，然后用碗碴刮下那半固体的凝膏，这就是价格高得吓人的大烟（当时一多半的田地都被这种植物覆盖，春天往野地里一站你会被艳丽的花海包围，甚是壮观），于是麦子成了抢手货。不但魏凤楼的部队需要粮食，中央军需要粮食，各路队伍全在渴求粮食，兵马未动粮草先行，没有粮食还能打什么胜仗。梁头派出的探子报回的消息是那只运粮食的大船正停在北边八里开外的朱寨，他们正在将成麻袋的麦子装进船舱，而等他们装满行船起码要到夜半时分。他们断定这些形迹可疑的人会夜里行船，因为顺风顺水，最重要的是夜里比白天更安全，他们可以支起简易船帆借助东北风的力量前进，只要他们行到下游十二里的阴堂集（当时是一处漕运码头，主要运输粮食，后来废弃）也就万事大吉。而且梁头得到的确切消息这些人是西边来的大马子土匪，正是这些土匪曾经洗劫过嘘水村，还打死了几个没来得及逃进附近寨子的老年人。梁头早就想收拾一下这些外乡来的痞匪，而这个燠热的夜晚正是良机。他们做好了充分准备，从半下午已经布置完毕，单等那船自投罗网。因为拥有洪车子（一种独轮手推车，直到一九五〇年后才被胶轮的架子车逐步替代），车轮被纳入这次行动，他当然不情愿，但梁头并没直接找他而是让其他人去说服他。梁头的意思是想给他送点粮食，他很明白他家上顿不接下顿的困窘情境，但车轮宁愿过缺吃少穿的穷苦日子也不吃嗟来之食。最后人家说这样吧，你给别人推车也是推，你给我们推车是我们赁你的，给你车钱！车轮叹了口气没再说拒绝话，但他的这次让步也让他在此后的几十年里吃尽了苦头。

车轮没成为梁头的竿众这一点大家知道，但他从老鳖湾往嘘水村推了几趟洪车子的粮食是不是有一趟推回了自己家却是个问号。如果他推回家了粮食，那他就参与了这次对革命队伍的抢劫，罪不可赦，但他坚持说他没有拿回家一粒粮食而且梁头应该付他的赁车费也一直没顾上给（这些死无对证）。当年嘘水村的农会调查过此事但不了了之，因为找不到证据，既找不到车轮将粮食推回家的证据，也找不到他没有拿一粒粮食的证据，所有参与者都成了鬼魂。梁头是最后一个被击毙的，就在嘘水村南地的那条横路上，他已经被追杀到绝路他无处可去，这时他拼命朝嘘水村奔驰（他仍然骑着他的那匹枣红马），他想死在嘘水村或者离家近些……这些他都想到了，会有人将他的尸体埋在他家祖坟里的，这一点他坚信不疑。也许就是因为这个他才朝着嘘水村死命飞奔。但他的那匹马奔跑了一整夜已经跑得筋疲力尽，终于一颗或者一排枪里的子弹撵上了它，它长嘶一声绊倒，它试着昂起头来但没有再站起来，而此时追赶的人已经近在咫尺，但他们都不敢再朝前来，因为梁头已经就势滚进了护田沟里。那是来年春天，在刚刚过去的冬天里谁也不知道梁头去了哪里他的弟兄们去了哪里，他一整个冬天甚至过年都没回过嘘水村一趟，但在这个春光明媚的清晨他突然出现在了嘘水村南地，而且他的身后是持枪的追兵。他们不是一个人而是好几个，他们都下了马因为此时再骑马已无必要，只能让人当手枪的靶子。梁头腰里别着双枪没人敢轻易靠近。据说他们对峙了一顿饭工夫，而双方都藏在护田沟里前进或逃匿，没有了大庄稼掩护旷野里跑一只兔子也能看得分明。后来他们将梁头围在了那条短地畛的麦田里，护田沟太浅根本护不住梁头高大的身躯，他逼得实在没办法了于是一跃而起，直到此时他仍想跑进嘘水村，他当然不是想只要跑进嘘水村就能逃脱此次追击，他没有丝毫侥幸，他知道必死无疑，但他想死在尽可能离村子近些的地方，他想进祖坟。接着有一个魏凤楼部队的骑兵连长就站在了与他相隔几丈远的地方两个人都平举着手枪，他们都红了眼睛，无论谁先开枪都不一定处于优势，因为接着另一支枪也会爆响。后来两支枪就同时响了，两个人先后倒地，但梁头栽倒的同时有许多支枪朝他攒射，他的胸膛被打成了窟窟窿窿的马蜂窝。

　　车轮没有吃一粒河船上打劫的粮食但为梁头收尸的的确

是他，他们自小相好是真正的老伙计，让他看着梁头曝尸野外他看不下去。梁头在嘘水村没有亲人，他唯一的哥哥前一年去了南乡（在安徽蚌埠一带）逃荒，后来带走了他的父母。他是当天下午推着他的小车去的南地，一整个上午谁也不敢朝南地挪一步，因为不能断定那些持枪的兵是不是全离开了，直到晌午顶有一个不知深浅的走亲戚的人旁若无人走过那条横路然后又拐到那条短地畛的纵路上，他发现不妙因为他看见了仰躺着脸歪向一旁血糊淋啦的梁头，他瞅了一眼马上加快了脚步接着就小跑起来，但是没有子弹追他，空旷的田野里没再响起枪声，一直在观察动静的车轮这才确信那些兵都撤离了，他可以去拉他的梁头叔回村了。他是一个人去的，千里娘哭得拉不起来一定要去，但好几个人拦住了她，车轮明白这么枪响了一大清早梁头叔被打成个啥样可想而知，不能让一个女人家看见这景象。他梗着头推着他的叽叽哽哽的洪车子走向躺着的梁头，他说梁头叔啊，我来接你来了，我接你回家。车轮在梁头身旁站了一会儿，盯着梁头黑血凝结的脸他的泪水就掉了下来。他就这样哭着说着用手巾擦去他梁头叔脸上的血污，然后轻声叫着告诉他要让他躺进席子里，他小声地解释像是在商量，叮嘱他躺进席子里要小心点儿因为他要用麻绳扎紧绑到车子上。梁头的身子直绷绷的好像在握拳发狠怒目向天，他的眼睛似乎看了一瞥车轮想说什么，但已经被子弹贯穿打烂的嘴不可能再说出一句话。他不放心他怀了身孕的媳妇，他一定在要车轮照护好媳妇。车轮说你就放心地去吧，我会照护好梁头婶子的，只要有我吃的我不会叫她饿着。车轮合上那两只仍然圆睁的眼睛，于是梁头像是真的安详地闭上了眼睛而且身子似乎在变软和，就像那迎面的春风一样。

为了梁头婶子（就是千里的娘）也没少费周折，梁头下葬的时候她哭得死去活来，最后几个人才把她架回家，不能让她这样恸哭，她怀着身孕呢。此时千里在她肚里还得等三个月才到外头这世界来。嘘水村受过梁头恩惠的人不是车轮一个人，那些能挨过民国三十一年的人你问问有几个没有向梁头伸过手，问问梁头拒绝过谁，所以没让车轮费事，有打墓坑的人也有抬棺的人——棺材是木匠临时用旁屋里的门板拆卸下来用大钉扣到一块儿的，因为嘘水村前一年饿死人太多，早已没有了现成的棺材也不可能有做棺材的板材。好歹梁头没有软埋，虽然入土时没人披麻戴孝只给千里娘用白布撕了孝披，也没有放炮只有一个人的恸哭，但流泪者肯定不是一个人。若干年后此事也被追查，车轮没有推辞给任何人，一人做事一人当，他觉得给老伙计送个葬是天经地义，无论他是个什么人。

而这梁头婶子则是另一桩隐谜，谁也说不清来龙去脉，有一天她突然坐着梁头的那匹枣红马来到了嘘水村。她是界首南街大户人家的闺女，但她怎么认识了梁头并且心甘情愿从城里来到偏僻的嘘水村却让人琢磨不透。你说是梁头抢来的吧又不太像，你从她盯着他看的眼神里能觉出她的中意。梁头当然是一表人才，这个是没啥说的，无论嘘水村还是周遭村寨比他长得更排场的男人确实难找。梁头高个头白净子，说话响亮从不藏着掖着人又仗义大方，是力大无穷的大力士。要不是家里太穷几乎算是田无一垄房只两间（是外头下大雨屋里下小雨的茅草屋），这样标致的小伙子怎么会落个拉鳏汉的光景——他已经快迈三十岁的门槛但还没有媒人上门过，一旦过了某个岁数想再找媳妇几乎不可能，他自己也死了这条心。而如今领回来这么漂亮的大闺女——千里娘不能用漂亮来形容，她让村里的男人全都直了眼不敢朝她脸上看也不敢轻易朝她身上看，她浑身放光，走到哪儿一片明亮。她的个头不低但一点儿也不胖，那才叫风摆杨柳！嘘水村的女性审美标准一直是"又高又胖"列第一，不但能干活还能生育是实用美丽的极致，但千里娘高而不胖，女性美的标准从而改写。可这么花容月貌的大姑娘你说跟一个草寇你能图个啥啊真是鬼迷心窍。

梁头死了，许多人都替千里娘庆幸，觉得她终于可以解脱了，虽然已有身孕但回到娘家再找个二婚也不难，这么风姿绰约，颠荡的日子没在她身上留下丝毫痕迹，她依然天仙下凡。车轮也正在琢磨这事儿，只是他想留下梁头一条根，想让她生下孩子再离开。但事情总是节外生枝，最终千里娘没有离开嘘水村，千里生下来了，眼见着一岁一岁在长大直到土地改革的风暴来临。千里娘是因为一场场批斗不堪侮辱往树枝上拴了一条麻绳结束生命的。车轮说到这些时瘪嘴四下漏风有点说不下去。他又开始揉眼睛，他的眼睑开始泛红，鼻涕像檐冰再度垂挂。他无声地在哭。他用手背擦拭涕泪太像个孩子了。

他和他的梁头婶子之间到底又发生了什么事儿只有天知道。他一个字也没有多说，当然能说出此事三长两短的人也不是太多。嘘水村奉行家丑不可外扬的训诫，只要牵涉村里的他们认为的丑闻每个人都会三缄其口。在某些偶然的场合在事情过去多少年后，翅膀曾经听到过有关千里娘与车轮的风言风语，但没一个人能够说得清，或者能够说得清的人早就去找地狗子说话了。在凄风苦雨中千里出生了，一个年轻寡妇（又是这么出众地漂亮）带一个孩子而丈夫又是恶名远扬的竿首，日子有多么艰难可想而知。好在有车轮，没有他的悉心关照，这一对母子想在嘘水村平安无事地待上好几年几乎不可能。接下来的几年直到土改运动开展日子总算太平，如果说发生过要紧的事情，也就是车轮后院起火，他媳妇发现事情不对头，也许是拿住了什么死卡，反正她开始闹腾并大兴问罪之师。当时鸡飞狗跳的程度肯定与后来的人提起时的轻描淡写背道而驰，但究竟闹到了哪种地步也没人能说得清，最后的结果是车轮析爨单独度日，而且这种景象延续到今天。他和媳妇之间到死没再过过话，尽管低头不见抬头见，但有事要说时全都得托人捎话，他们像是生活在两个国度里，语言不通互不理解连手势都不打一下甚至比形同陌路更疏远因为他们从来不看对方一眼（翅膀当然认识车轮媳妇，那时她已经老了，牙齿掉了一多半但剩下的几颗牙齿不依不饶一到夏天就上火，而且只有一种叫癞蛤蟆皮棵的药草能够泼灭那疼痛的火焰，于是她总是吸溜着嘴含着一片草叶就像她是羊托生的一样）。

千里娘自缢的那个上午车轮去赶集了，要是他一直在村子里也许她就不会自寻短见了。他一进村就听说了他梁头婶子出事了，他一口气跑到那三间瓦房前，看见她已经被从横梁上卸下来，脸上盖着她的蓝士绫布衫，因为她的脸青紫，而不满五岁的千里就在她身旁摇着她的手在哭喊。车轮冲上前，他想抱起千里娘但最后却抱起了痛哭的千里。他没有掀开那盖脸的布衫，他不忍看也不忍让千里看见。那天上午他们再次批斗她，让她脖子里挂两只破鞋游街。千里娘咽不下这奇耻大辱，她只有寻短见一条路。车轮当时是自顾不暇，因为老鳖湾劫船的事情他被穷追不舍，他们只想一旦坐实就一枪崩了他。

　　真的假不了假的真不了，最终车轮虽然没有落个一身清白但也没落定他是反革命分子，只是每次开五类分子批斗会时需要他陪斗。他是六类或者七类黑分子，人们拿他没办法。他没有公然对抗政府，但他也确实做过扰乱人心的事情。有一天黑夜里他扯着千里一村街里吆喝，从东头吆喝到西头，他让大家拍拍胸口凭凭良心，问问谁没有受过他扯的这个孩子的爹的恩惠，人不能忘恩负义不管到了哪个世道。村街上鸦雀无声，狗吠也只是象征性叫几声后来就一齐沉默。这是一个沉默的夜晚。但到了第二天千里家院子里扔进了五花八门的东西，不但有粮食也有衣物甚至还有铺盖……后来尽管分房子分地村子里一时像炸了窝，但没人提要去分这个孤儿家的三间瓦房。翅膀去那瓦房里找过千里，他一直不明白为啥千里一个人家徒四壁却住着村子里不多的瓦房屋

（当时那瓦房已不比当年，已经破旧不堪多处漏雨，再说村子里也有几户人家先后建起瓦房，而当年只有这一所青砖青瓦的浑砖瓦房，连东头号称有五十亩地的嘘水村最大的地主住的也才是土墙瓦顶的半瓦房）。

千里算是吃百家饭长大的，五六岁的小孩子无论玩耍到哪家哪家就要管他饱，这是不成文的规矩。甚至到了一九五八年吃食堂饭食金贵也是先紧着千里吃，当然他也不会多吃，千里很早就懂事了。十几岁的孩子正是装饭的时候却没有一口吃的，那年冬末春初正是青黄不接时节，村子里的榆树皮全吃光了露着白树身，而野菜还没有冒出来，车轮上天入地全想到了，但弄到手的能够进嘴的吃物仍然少得可怜，但他总是先让千里吃然后才是他的两个儿子。最后他的小儿子成了饿殍而千里因为多了口吃的而幸存下来。车轮从来没说过这些，当说到这些时就又开始落泪，因为如今他的大儿子也已经入土多年，与他誓不两立的媳妇骨头也早已沤糟，而他竟然还这样活着。不仅是他的家人，嘘水村人五人六的人全被他摞走了，支书棒槌、生产队长铁桶，还有民兵营长老虎，还有老板凳、黑脸全都去了地底下，而他还坐在春天的阳光下喝茶，这让他总是生气，起码他嘴上说生气。他说："唉，活个没完，早该走了三十年前我就准备好了，可硬是不死，你说这咋个是好！"他说这话时两只手搓着插在两膝中间，仿佛在嗔怪在无奈而又得意，真正是小孩子得了便宜卖乖的那种神态。

但翅膀问车轮千里会不会已经没有时，他坚决地摇了摇头。掐指算来千里已经七十多岁了，也不算小的年纪。车轮说千里肯定还健在呢，他说不出道理但他认为千里要是走时肯定要给他说一声，至于怎么说一声他自己知道，但千里一直没有对他说过，所以他认定千里还在人世。车轮说别说千里就是千里他爹他自己要是不想死也是死不了的，之所以他想死是因为他手里有人命，他天天睡不安稳，他不止一次给我说过他不是能杀人的人，但他干了要杀人的勾当而且杀了不止一个无辜的人，只要手上沾满血污你的良心会日夜不安。其实这些年翅膀一直在寻找千里，参军、灯笼、谷子几个人给他提供了各种线索但全无着落。他到过据说是千里服刑的那个临近县的劳改农场而且托关系走后门求人家查查档案，帮忙的人不可谓不尽力，但最后还是音讯渺茫，只因为一场大雪——一九九六年夏天，农场清一色的平房要升级为五层楼房，而拆建过程中所有档案要搬到几间临时屋子里存放，那年冬天老天爷落下了罕见的大雪压塌了房顶的某几块机瓦（此时传统的小青瓦已被淘汰，建房一律用红或青的机器制出的大瓦），于是漏雪漏雨不可避免，遗憾的是房顶并没有塌下来，仅只是某些地方陷落很难发觉，到了第二年秋天要搬上新楼时人们才知道有漏洞，再去检查案宗，那堆摞起来的装在牛皮纸袋里的记满各种事件与名字的材料纸早已变成了一撮松脆的碎末，而千里的来龙去脉应该全在这堆碎末里。海民听说有人在新疆碰上过千里，翅膀有一年趁出差去了新疆，但他没料到新疆的地盘竟然如此广大，一个人到了新疆连一粒沙子都算不上……之所以最后来找车轮也是没有办法的办法，想着他也许会得知些信息但不会有任何希望的。但能和知道千里底细的人详细聊聊也让翅膀觉得不虚此行。

他们坐在春风里品茗水柳叶茶观看往昔，大戏一出接着一出，许多人事乍生乍灭像此刻日光里开始飞舞的蜢蠓。他们是称职的观众，一个皓眉童颜一个正值壮年，一起回望他们熟知的那些人与事。就像坚定地认为千里还好好地生活在这个世界的某个角落里一样，车轮也料定千里顶罪这桩事（翅膀百般给他解释金克郎也是被冤枉的但根本入不了他的耳朵，反正此时金克郎骨头和他宰杀的那些牛的骨头一样也早已化成尘土）和他爹出的那事儿内里头连着筋脉，但具体咋个关联他梳理不清。只有一个活过了九十岁的人才能感受到他二十多岁经历的一件事与五十多岁经历的一件事，其实中间的距离没有想象的那么久远，或者说仅仅相当于隔了十天八天而已，梁头劫船是一九四四年（按他的说法是民国三十三年，他掐着指头算计这一年，从民国三十一年的年裉算起，民国三十二年虽然来了蝗虫但还是有所收成不至于饿死，到了民国三十三年风调雨顺年景丰收，一穗麦能数到九十粒麦籽，最重要的是连发了七年的黄水到了该来的时节没有再来，下半季也是囤满苂尖），而千里出事是一九七四年，都是七月半，都是夜半时分。七月半是中元节，阎王爷放鬼的日子，所有的鬼魂放假一天不受管束可以四处游逛（估计阎王爷也没想好是否禁止他们为非作歹）。这一天你可以烧纸燃香祭典但天黑之后绝不能出门，可千里爹差人叫车轮，无论他多么不情愿但他还是推了洪车子出了门，而且上半夜乌云像过马队黑压压冲撞过来，好在雷声大雨点小只下了一会儿雨，他们躲在河堤上的荆条丛下避雨——翅膀瞪大眼睛，他想起那个夜晚最初的雷雨他竟然没有听到雷声，等到他醒来沉雷已经远遁，好像在地心闷响。他问："你说啥？你推洪车子那个前半夜也下了雨？"他看着他，他仍然眯缝着眼潜入回忆，他的眼睫毛早已掉光和他的牙齿一样，而且眉毛雪白就像某种神奇的草丛并不茁壮可一直强韧生长，生命力让你叹服。"是，我推着车子跟着他们，推车子的不是我一个人还有三辆呢，但他们后来却没有挨批斗，现在也没人究讲这事儿了，但那两个也早已去了地底下……我们一路上不断地仰脸看天看那翻滚的黑云彩，滚雷隆隆闪电道道，眼看暴雨就压来了，我们想下这么大的雨也许梁头念头一闪就让大家原路返回了，但我们走到了河堤，我们几乎还没站稳呢雨点就像拳头一捶一捶擂下来了，我们全冲进荆条下头躲雨。"车轮说他从没在七月半夜里出过村子，而那夜他们竟然跑到漫拉子野地里就是白天也轻易不去的老鳖湾，清知道要出事但他根本说不下梁头，那会儿梁头虽然不和他一般见识该怎么着还怎么着，但对他一口回绝他一直耿耿于怀，所以他也不便真的去说服他，再说拉竿子的人只防活的哪还防死的，他们不信这个但车轮却深信不疑。翅膀说千里出事那夜前半夜也下了雷阵雨，因为当时他们都睡在村口的那条路旁，现在已经建上房子了而当时那儿有一片楝树林，车轮对楝树林记忆犹新，但对千里出事那夜是否下了雨却没在意，因为一到夏天他只敞开门铺领苇席睡在他小屋子里的地上，他的头不能经露水他第二天会头痛，所以他不知道那夜里下没下雨，他睡觉太死。翅膀问梁头劫船的时候是不是河堤上有望风的人？车轮瞪大眼睛看他一会儿然后低下头去："有一个人望风，这是他们的规矩——你怎么知道？"翅膀说土匪行事的时候不会没有望风的，因为他们警惕性高。车轮说他可是真的没有翻过河堤，他对河谷里发生的事情一无所知，他们不让他们进入河谷，那阵雨很快就停了，他们三个推车的马上就被撵下河堤了。你没有看见那个望风的？看见了，因为他跑上跑下他还操着我们几个推车的心呢！河谷里砍人的惨叫你听见没有？没有，河堤实在太高了，荆条丛就像山像一垛高墙，声音全给隔掉了，但好像有几声叫声没听真清。他们是怎样拦住那船的？这个我怎么知道，我又没在跟前。翅膀说他们用缏绳横在河面上从这岸扯到那岸，那船突然走不动了船上的人提着桅灯乱照但已经晚了，因为梁头的人已经蹿上了船，说不定梁头本人还一马当先。车轮愣住了，他蠕动粉红色的牙床但灵活的舌头没有拨拉出丁点儿声音，他盯着翅膀看，虽然有一层云翳遮挡，那两粒眸子闪闪发亮就像云朵后头的太阳，翅膀能透过遮挡看见那探询的双眸，那两丛白眉开始耸动，像是草丛中藏着蛇或者蝎子或者其他蚂蚱什么的节肢动物，但他的面色不会苍白，有几根细如蛛丝的血管爬在那薄皮的下面，因而你能觉出生命之气从大地上某处裂隙吹拂而让这个老人在空间和质量上浓缩，以便增加看不见的智慧的体积。他终于问你怎么啥都知道？翅膀第一次从他这声音里听出了胆怯但仍然平静，他不能对他讲那晚河谷里他看见的一切，他从来没对任何人讲起过。翅膀一遍遍质问过自己那晚他看见的真是梦魇而不是真实？但为啥那样真切而他明明清醒，据说空旷之地能够录下昔日事件的音像，但科学解释不了那老鳖湾真的录下了往昔的音像而在相同的时刻开始播放？即使这个老人印证了这一切让两个相隔三十年的夜晚重叠，但翅膀仍然觉出科学的牵强与局限（翅膀就这个问题请教过一个在物理专业颇有建树的朋友，这个朋友斩钉截铁地说是地磁现象太好解释了就像海市蜃楼之类的现象一样，但翅膀问他为啥这地磁放映只找他一个观众而且还要将这个观众捆缚着不让动弹？朋友瞪大眼睛要找出他的理论体系破解疑问，但后来找到的是他的伟大老师牛顿，这个发现了经典力学的先贤后来与他发现的真理背道而驰，竟用后半生的全部时间研究子虚乌有的神学）。车轮的声音里充满无奈："既然你都知道我也就说出来吧，你不会是他们派来调查我的吧？翅膀啊，你穿开裆裤就在我跟前跑着玩，你和春分是老伙计，春分可是我的孙儿，但他去了海南打工再也没回来，你可别哄我啊。"车轮有点祈求他，那是被逼到角落里无奈的祈求。翅膀说我只是想知道千里哥的下落，再说您见过八十岁后再坐班房的人吗，法律规定过了八十岁是免于刑事处罚的，因为岁数一大啥都看穿了谁还犯不该犯的事情啊（翅膀这是信口开河，只为了套出车轮的实话看见真相，再说谁闲着没事再去追究七十年之前的陈秧子老账呢），所以你尽管说，没有星点儿麻烦的。车轮伸着头真像是一只老龟在探听动静，"真的?"他重复着质疑，"也好，全都说出来吧，不能带到墓凹子里!"他像是自言自语，于是他略微托盘（地包天）的下颚再度崭露粉红的牙床说个不停，他不再犹豫，因为能够淋漓地叙说而有点兴奋有点陶醉。但他一再掩饰更正那绠绳的事情，虽然是他出借的但并不是他推到河谷里的而是赖狗那人，赖狗也早死了，甚至比梁头还要早，他得了一种也许是霍乱的病症，但也许是其他拉肚子拉得像浇水一样的病症，反正那年夏天他就一命呜呼，所以多少年来车轮从没提及过绠绳的事情，其实梁头差人赁车时还捎带借他的绠绳，他们知道他有一挂套牛拉太平车的绠绳，别说是梁头，就是其他人张张嘴车轮也不会挫人兴头儿，但他真不知道他们借绠绳是拦河船，他既不知道绠绳用途也没参与携带运送绠绳，所以他们做的事情真的与他没有瓜葛。要是这绠绳的事情哪怕是走漏丝毫风声，那车轮今天不可能坐在这儿讲绠绳，六十年前或许更早一颗枪子就送他去他口口声声即将去的地方了，但让他想不明白的是为啥这个翅膀啥事都知道，阴间阳间的事儿他全知道，是因为他写书的缘故吗? 他两手抱紧翅膀送他的那本书，他突然对翅膀说你要听我的话到了七月半可不能夜里出门啊，阎王爷正放鬼呢! 他颤巍巍坐直身子，挂着他的枣木拐棍缓缓地磨转脸来看翅膀，翅膀觉得他已是半人半鬼，甚至后者的比例更大。

车轮嘴里开始时断时续哼一支童谣，像是随口哼起的，但他是乜斜着翅膀，用柔软的舌头从粉红牙床间滋拉滋拉拨弄出的那首歌谣：

七月半，开鬼门

鬼门开，出鬼怪

鬼怪苦，卖豆腐

豆腐烂，摊鸡蛋

鸡蛋鸡蛋磕磕

里头坐个哥哥

哥哥出来上坟

里头坐个奶奶

奶奶出来烧香

里头坐个姑娘

姑娘出来点灯

扑通，掉进河里没影儿

图书在版编目（CIP）数据

草灵 / 赵兰振著 . -- 成都：四川文艺出版社，
2020.11
ISBN 978-7-5411-5799-8

Ⅰ . ①草 … Ⅱ . ①赵 … Ⅲ . ①中篇小说—小说集—中国
—当代②短篇小说—小说集—中国—当代 Ⅳ . ① I247.7

中国版本图书馆 CIP 数据核字 (2020) 第 172997 号
本书中文简体版权归属于银杏树下（北京）图书有限责任公司，并由其
授权出版。

CAOLING
草 灵

赵兰振 著

出 品 人	张庆宁
选题策划	后浪出版公司
出版统筹	吴兴元
编辑统筹	朱 岳 梅天明
责任编辑	陈雪媛
特约编辑	孙皖豫
装帧制造	墨白空间 · 黄 海
营销推广	ONEBOOK
责任校对	汪 平

出版发行	四川文艺出版社（成都市槐树街 2 号）
网 址	www.scwys.com
电 话	028-86259287（发行部）028-86259303（编辑部）
传 真	028-86259306

邮购地址	成都市槐树街 2 号四川文艺出版社邮购部 610031
印 刷	北京盛通印刷股份有限公司
成品尺寸	143mm × 210mm　　开　本　32 开
印 张	8.25　　　　　　　字　数　160 千字
版 次	2020 年 11 月第一版　印　次　2020 年 11 月第一次印刷
书 号	ISBN 978-7-5411-5799-8
定 价	42.00 元